CB045756

TEXTOS

LÁZARO R. DE LIMA RICARDO DOMENECK ALBERTINA VICENTINI

HUGO DE CARVALHO RAMOS
OBRAS REUNIDAS

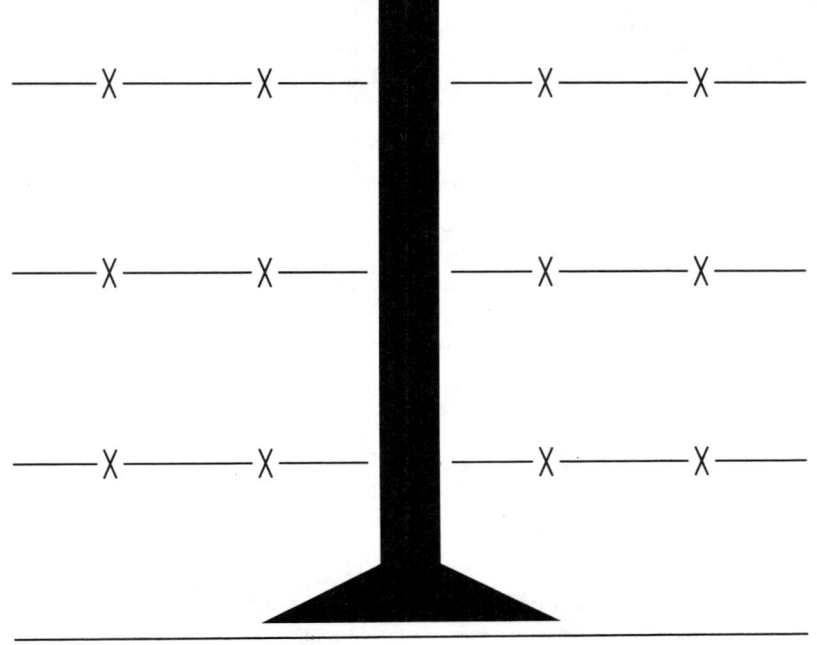

ERCOLANO

© Ercolano Editora, 2024
Esta publicação segue as normas do Acordo Ortográfico da Língua Portuguesa, Decreto no 6.583, de 29 de setembro de 2008.

DIREÇÃO EDITORIAL
Régis Mikail
Roberto Borges

PREPARAÇÃO
Maiara Alves

REVISÃO
Eduardo Valmobida
Raísa Maris

PROJETO GRÁFICO E DIAGRAMAÇÃO
Estúdio Margem

IMAGEM DE CAPA E ROSTO
mau.estar

Todos os direitos reservados à Ercolano Editora Ltda. © 2024.
A reprodução não autorizada desta publicação, no todo ou em parte, e em quaisquer meios impressos ou digitais, constitui violação de direitos autorais (Lei nº 9.610/98).

AGRADECIMENTOS

Ademir Luiz, Bia Reingenheim, Carolina Pio Pedro, Daniela Senador, Eliézer Oliveira, Maria de Fátima Silva Cançado, Fernando Lobo, Goiandira Ortiz de Camargo, Láiany Oliveira, Mazé Alves, Mila Paes Leme Marques, Rodrigo Lage Leite, Tadeu Arraes, Victória Pimentel, Vivian Tedeschi.

1   Foto de Hugo de Carvalho Ramos no Rio de Janeiro, autor desconhecido.

Capa da edição de 1965 de *Tropas e Boiadas* desenhada por Luís Jardim.

H. CARVALHO RAMOS

Tropas e Boiadas

Rio de Janeiro
REVISTA DOS TRIBUNAES — JULIO CESAR, 55
1917

3   Reprodução da página de rosto da primeira edição de *Tropas e Boiadas*, publicada em fevereiro de 1917.

A Madre de Ouro
(Poço da Roda. Arredores de Bomfim).

Bomfim é uma das mais antigas cidades de Goyaz. Como suas irmans mais velhas, Meia Ponte e Villa Bôa de Goyaz guar-

---

Historia que tem a sua origem nos bolidos, phenomeno que o olhar apatuvalhado do mattuto observa, muitas vezes, pelas noites claras daquella terra de varzeas e chapadões, e de que gera a imaginativa a sua lenda, filha do cosmico deslumbramento e da superstição primitiva.

H. de Carvalho Ramos.

4 Reprodução de trechos (inicial e final) do manuscrito do conto "A Madre de Ouro".

SUMÁRIO

16 HUGO: UM APANHADO BIOGRÁFICO ✸ LÁZARO RIBEIRO DE LIMA

✸

32 INGÁS E PEQUIS: LOCALISMO E MODERNIDADE EM UM POEMA DO GOIANO HUGO DE CARVALHO RAMOS ✸ RICARDO DOMENECK

47 TROPAS E BOIADAS

- 50 CAMINHO DAS TROPAS
- 58 MÁGOA DE VAQUEIRO
- 66 A BRUXA DOS MARINHOS
- 78 NOSTALGIAS
- 90 CAÇANDO PERDIZES...
- 96 ALMA DAS AVES
- 102 À BEIRA DO POUSO
- 108 O POLDRO PICAÇO
- 116 NINHO DE PERIQUITOS
- 120 O SACI
- 124 PERU DE RODA

140 A MADRE DE OURO
146 PELO CAIAPÓ VELHO...
154 GENTE DA GLEBA

✸

249 POESIAS

✸

282 ALGUNS SENTIDOS DA OBRA DE HUGO DE CARVALHO RAMOS POR QUE LER *TROPAS E BOIADAS* HOJE ✸ ALBERTINA VICENTINI

16

HUGO: UM APANHADO BIOGRÁFICO

LÁZARO RIBEIRO DE LIMA[1]

---

[1] Cineasta, historiador, mestre em Performances Culturais (UFG), diretor do Museu da Memória de Goyaz.

> Já que vais brevemente à Chapada, vê se ainda se encontra legivelmente o meu nome num tronco novo de jenipapeiro que fica junto à casa do teu agregado (se é que ainda o mantens), próximo a umas goiabeiras, e ali talhado por mim a última vez que lá estive (Ramos, *Tropas e Boiadas*, p. 79).

Adentrar o sertão de Goiás pelos escritos de Hugo de Carvalho Ramos é encontrar, entre árvores baixas do cerrado, matas, rios, gente e suas glebas, o mais genuíno regionalismo.

Hugo deixou gravado seu nome não só em algum "tronco novo de jenipapeiro", como descreve na citação acima, mas na história e na literatura brasileira; influenciou futuros regionalistas, como o mineiro João Guimarães Rosa, e encantou outros escritores que o leram, como, entre tantos, Mário de Andrade, Lima Barreto e Monteiro Lobato, que reeditou, no ano de 1922, a única obra de Hugo de Carvalho Ramos: *Tropas e Boiadas*.

A obra de Hugo de Carvalho Ramos é composta de palavras, memórias e imagens de um sertão primitivo, pisado, sulcado por patas de animais, regado pelas chuvas e lágrimas da gente simples e sofrida que sobrevivia à dureza da vida em meio à pobreza e aos maus tratos.

A cidade natal de Hugo é a antiga capital de Goiás, cuja formação urbana se deu no ciclo do ouro como Arraial de Sant'Anna, depois Vila Boa, e hoje Cidade de Goiás, reconhecida pela Unesco em 2001 como Patrimônio da Humanidade. Com arquitetura e princípios vernáculo-coloniais, levantada em taipa de pilão e pau a pique, com paredes alicerçadas e calçadas de pedras, Goiás foi construída nas duas margens do Rio Vermelho no vale da Serra Dourada.

Hugo de Carvalho Ramos, ou Hugo Juvenal Ramos, como consta no livro de registro de nascimentos do Cartório do Registro Civil e Tabelionato de Notas de Goiás, nasceu às 22 horas do dia 21 de maio de 1895, na

Praça Primeiro de Junho (Praça do Chafariz), conforme transcrição do registro nº 279 do Livro de Registros de Nascimento nº 1-A:

> Aos vinte e três dias do mês de maio, de mil oitocentos e noventa e cinco, neste Districtal de Sant'Anna da Capital de Goyaz, em meo cartório do juiso Districtal, compareceu o cidadão Dr. Manuel Lopes de Carvalho Ramos, Juís de Direito desta Capital, e em presença das testemunhas abaixo assignadas declaram que, no dia vinte e um do corrente mes pelas des horas da noite, em casa de sua residência à Praça Primeiro de Junho, nasceu uma criança do sexo masculino que se chamará Hugo Juvenal Ramos que é filho legítimo do declarante e de sua mulher Dona Marianna de Loyola Ramos, casados neste Districto; que são avós da criança, pelo lado paterno o cidadão Antônio Lopes de Carvalho Sobrinho e sua mulher D. Rosalina Maria Ramos, já fallecida, e por parte materna o falecido cidadão Francellino Fenelon de Loyola e sua mulher D. Mariana Amélia da Silva Marques, aqui residente.
>
> E para constar lavro este termo que comigo e o declarante assignam as testemunhas. Eu Joaquim Xavier dos Santos Guimarães, escrivão. Manuel Lopes de Carvalho Ramos. Testemunhas: Olympio da S. Costa. Mariana Amélia da Silva Marques [...]

Os hábitos de leitura e escrita do ambiente familiar no qual Hugo cresceu influenciaram e traçaram seus caminhos. A mãe, Marianna de Loyola, goiana, vilaboense, foi leitora e frequentadora do Gabinete Literário Goyano; a primeira biblioteca do Estado de Goiás, espaço de reuniões literárias e musicais de intelectuais e de artistas goianos. O pai, Manuel Lopes de Carvalho Ramos, baiano, tornou-se membro do Gabinete Literário ao chegar na então capital Goiás e, anos depois, assumiu a direção, tornando-se presidente da referida instituição por dois mandatos.

Manuel Lopes veio ao mundo na cidade de Vila da Cachoeira (BA) no ano de 1865, e foi poeta tal como seu pai Antônio Lopes de Carvalho Sobrinho, originário da Vila de Santo Antônio de Jacobina (BA). Antônio publicou seu primeiro livro, *Horas vagas*, dois anos antes do nascimento do filho Manuel, em 1863.

Além de poeta, Manuel Lopes era juiz e, ao assumir a comarca de Goiás, onde passou a residir, constituiu família, casando-se com a jovem Marianna de Loyola.

Entre os escritores prediletos de Manuel Lopes, estava Victor Hugo, autor de *Os Miseráveis* e grande romancista e poeta de expressão francesa do século XIX, a quem homenageia batizando seu primogênito de Victor e seu segundo filho de Hugo.

Para marcar o nascimento do filho Hugo, Manuel Lopes publica, em 1895, o livro *Os gênios*, pela Typ. de Arthur José de Souza & Irmão, em Porto, Portugal.

Hugo de Carvalho Ramos cresceu nesse ambiente, tendo o pai como referência, que incentivava não só o interesse pela literatura, mas das artes em geral, de modo que o menino Hugo, a partir dos seis anos de idade, também se tornou frequentador assíduo do Gabinete Literário.

Hugo teve como primeira professora Silvina Ermelinda Xavier de Brito ("Mestra Silvina"), que ministrava aulas em sala improvisada na sua residência, situada à rua Direita, n. 13. Entre os vários colegas de Hugo, estavam seu irmão Victor de Carvalho Ramos e Anna Lins dos Guimarães Peixoto, nome de batismo da poetisa Cora Coralina, que, ao homenagear a mestra com o poema "A Escola da Mestra Silvina", relembra os colegas:

> Sempre que passo pela casa
> me parece ver a Mestra,
> nas rótulas.
> Mentalmente beijo-lhe a mão.
> "— Bença, Mestra",

E faço a chamada da saudade
dos colegas:
Juca Albernaz, Antônio,
João de Araújo, Rufo.
Apulcro de Alencastro,
Vítor de Carvalho Ramos.
Hugo da Tropas e Boiadas.
(Coralina, 1980, p. 63-64).

A escola ficava próxima ao antigo Teatro São Joaquim, no beco da Lapa, e à casa da bisavó materna de Hugo, Francisca Ermelinda da Silva Marques (também conhecida como "Mãi-Chi"[2]), localizada à rua 13, local predileto de Hugo ao sair da aula, principalmente quando se zangava com algum fato na escola ou quando brigava.

Na maioria das vezes, Hugo preferia a leitura e a pesquisa sobre assuntos que o interessavam em vez dos estudos obrigatórios nas aulas e dos estudos das matérias para ingressar no Lyceu de Goyaz. Talvez o que mais encantasse Hugo fosse acompanhar o pai, que era juiz e percorria a cavalo toda comarca de Goiás.

Nessas aventuras a cavalo, perambulando o território por dias, Hugo ficava atento a tudo e a todos, anotando o que conseguisse em um caderno que levava em seu embornal. Além dos registros escritos, gravava na memória as paisagens, os povoados, o modo de vida e as histórias das pessoas simples; histórias e rotinas de andarilhos, de tropeiros e de boiadeiros com seus causos.

Hugo foi uma criança como todas as outras, que gostava de brincadeiras e de brigas. "Encrenqueiro", segundo relatos do irmão Victor na biografia publicada na 5ª edição de *Tropas e Boiadas*:

---

2 *Mãi-Chi* é também título de uma obra de Victor de Carvalho Ramos, que reune crônicas e artigos de jornal, publicada pela primeira vez em 1929.

Justificava-se dos insultos recebidos nas ruas anotando-os cuidadosamente num caderno, cuja leitura, por ele feita em casa, provocava boas gargalhadas das pessoas da família (Ramos, 1965, p. 14).

Nessa época, Hugo inspirava-se nas façanhas de D'Artagnan, de *Os Três Mosqueteiros* (1844), de Alexandre Dumas. Brigava tanto a ponto de os pais dos meninos agredidos procurarem o pai de Hugo, Manuel, para que ele tomasse providências; entre elas as de que o filho deveria chegar à escola apenas depois que todos já estivessem em sala de aula e que fosse o primeiro a sair.

Em 1907, aos 12 anos, Hugo foi aprovado no exame de admissão do Lyceu de Goyaz. No mesmo ano, a família se mudou para o Rio de Janeiro para que Manuel Lopes pudesse receber os cuidados médicos necessários, pois estava com uma série de problemas de saúde, incluindo perda da visão.

A mudança também era propícia para os estudos dos filhos, principalmente de Victor, o mais velho, que precisava ingressar na faculdade. Hugo se juntaria à família no Rio de Janeiro logo após concluir o Lyceu e, por isso, permaneceu em Goiás e passou a morar com a bisavó, Mãi-Chi, na rua 13, pois os pais tinham vendido a casa da família na Praça do Chafariz.

De menino peralta e extrovertido passou a ser um adolescente calado, introspectivo, isolando-se em meio a sua solidão filial, pois as figuras do pai e do irmão não se resumiam apenas à presença familiar, mas também amiga e motivadora daquilo que ele buscava talvez já no seu inconsciente: ser também um escritor.

Após as aulas no Lyceu, Hugo passava a maior parte do tempo no Gabinete Literário, lendo, anotando e rabiscando ideias. A partir de suas lembranças e narrativas, levou ao público Lyceano seus primeiros escritos: *Diário de estudante*, em 1909, aos 14 anos de idade, seguido das novelas *Dramalhões de faca* e *Bacamarte do sertão*, e, um ano mais tarde, da comédia *Os novos mosqueteiros*, textos que se perderam entre tantos outros escritos queimados por ele mesmo, movido por seu perfeccionismo, como afirmou em cartas:

> Quantas vezes quebrei a minha pobre caneta jurando solenemente não mais escrever uma linha sequer, quantas vezes atirei-me com febre de iconoclasta aos meus míseros escritos reduzindo-os todos a cinzas, e quantas vezes – oh miséria das fraquezas humanas — momentos após, me apanhei curvado sobre o papel, com a mão febril, os olhos acesos e o gesto breve e veloz, a escrever furiosamente, desatinadamente! — Paradoxos da entidade humana (Ramos, *Correspondências*, p. 278).

Em seu quarto na casa de Mãi-Chi, o qual nomeou "sobradinho", por ser, de fato, o quarto mais elevado da casa, Hugo passava as madrugadas à luz de velas, lendo e escrevendo. Começava ao entardecer, observando da janela os morros das lajes, Dom Francisco e Canta Galo. Ao pôr do sol, que dourava as baixas árvores do cerrado, ao som dos "murmúrios" das águas do Rio Vermelho que passava no fundo do quintal da casa de Mãi-Chi, Hugo recordava suas andanças com o pai, momentos que serviram de inspiração para suas narrativas.

Foi no sobradinho que começou a escrever os primeiros ensaios e contos que tiveram sucesso na imprensa goiana, inicialmente assinando como "H. R." e, logo depois, como "João Bicudo". Entre esses contos estavam "O Saci", "Pelo Caiapó Velho..." e outros que no futuro seriam reunidos em seu único livro: *Tropas e Boiadas*.

Ali, o jovem Hugo começou a nutrir uma nostalgia e, ao mesmo tempo, uma tristeza que transmitia para seus escritos. Quase não saía, era metódico e, muitas vezes, impaciente com jovens de sua idade. Segundo as descrições de Victor, um dos programas que Hugo fazia era ir ao Cine Goyano, às vezes, para assistir a alguns filmes, caminhar pelo cais do Rio Vermelho ou ouvir a banda da polícia no coreto, finalizando o passeio no outeiro de Santa Bárbara.

Muito estudioso, conseguiu passar em primeiro lugar em um concurso da Secretaria de Finanças em julho de 1911, aos 16 anos de idade. Mal assumiu e já recebeu a triste notícia do falecimento de seu pai. Manuel Lopes de Carvalho Ramos faleceu no Rio de Janeiro no dia 9 de setembro de 1911. Hugo foi o único dos filhos que não estava no Rio e não pôde se despedir, restando-lhe apenas as boas lembranças desse homem que o despertou para a literatura e que lhe apresentou o sertão goiano e os sertanejos quando ainda era uma criança. Aquele deve ter sido o momento mais difícil na vida de Hugo, algo que nunca conseguiu aceitar nem superar. Essa notícia o levou a ficar ainda mais ensimesmado e solitário, passando a ser considerado por muitos psicótico, maluco, estranho.

Por ter estatura alta, ser magro e pálido, a aparência de Hugo passou a ser ainda mais abatida; ele tinha um olhar perdido e uma tristeza que jamais conseguiu abandonar.

Em 1912, finalizado o Lyceu, resolveu se juntar aos irmãos no Rio de Janeiro. Hugo era o segundo de cinco irmãos: Victor de Carvalho Ramos (1893), Hugo de Carvalho Ramos (1895), Ermelinda de Carvalho Ramos (1897), Américo de Carvalho Ramos (1900) e Ary de Carvalho Ramos (1910).

Os Carvalho Ramos moravam na rua General Canabarro, em casa separada, ladeada à da mãe, Marianna Loyola, que se casou novamente, em 1913, com João Câncio Póvoa, também de família da antiga capital de Goiás, professor da Escola Politécnica do Rio de Janeiro, com quem teve mais dois filhos.

Hugo passava a maior parte do tempo escrevendo sozinho, raramente saía com algum amigo para espairecer, mas, quando saía, gostava de ir à Quinta da Boa Vista.

Junto às árvores centenárias, ele percorria os caminhos do parque imperial como uma forma de se sentir mais próximo das matas e do seu sertão.

Como todo escritor iniciante, Hugo nutria o desejo de conhecer renomados escritores nacionais, mas não conseguiu se aproximar de nenhum deles por causa de sua timidez. Apesar disso, participou de diversos concursos literários e escrevia para jornais do Rio de Janeiro, na época ainda Capital Federal.

Entre os diversos contos, enviou ao jornal *Gazeta de Notícias* "A bruxa dos Marinhos", dedicado a João do Rio, cronista do referido jornal e que publicou na primeira página o conto com uma bela ilustração. Hugo ficou surpreso com a publicação e mais ainda com um bilhete de João do Rio agradecendo ao jovem contista e o convidando para ir à redação conhecê-lo pessoalmente. Infelizmente, o encontro não aconteceu.

Hugo passou a ter crises de psicose, ou alguma doença que hoje talvez possa ser definida como esquizofrenia, depressão ou ansiedade. Mas, naquele tempo, essas crises eram diagnosticadas como início de "loucura". Ele passava horas fumando na janela, observando o movimento da rua, o bonde, os transeuntes, sentindo que cada vez pertencia menos àquele lugar. Uma possível volta para Goiás tampouco foi levada em consideração.

Um período longo de introspecção, escrita e crises o levou a queimar diversas vezes os seus textos, além de não dormir por dias e perambular pelo quarto durante as noites. Segundo Victor, ele caminhava de um lado para outro recitando versos de vários poetas em voz baixa, o que fez a família procurar ajuda médica.

Em 1915, com a saúde aparentemente estável, Hugo resolveu ingressar na Faculdade de Ciências Jurídicas e Sociais do Rio de Janeiro, seguindo a carreira do pai e do irmão Victor. Lá passou a conviver com mais pessoas e fez colegas que o acompanharam em sua trajetória, o que o levou a uma melhora significativa, tanto que, no ano seguinte, retomou a escrita, chegando a publicar na revista universitária *Época*.

Isso despertou nele o desejo de reunir seus contos que já chamavam a atenção de todos que os liam nas revistas e jornais da capital. Encorajado, assim o fez e apresentou a coletânea à Editora Revista dos Tribunais, que publicou no final de fevereiro de 1917 seu célebre e único livro: *Tropas e Boiadas*.

Mesmo já reconhecido e noticiado em jornais, Hugo continuou isolado em seu mundo. Em 1918, Victor, que era o mais próximo dos irmãos, deixou o Rio de Janeiro e partiu para Uberaba (MG) a convite do proprietário do Jornal *Lavoura e Comércio*, Quintiliano Jardim, para ser um dos redatores, além de se dedicar à advocacia após sua formatura. Por lá, construiu sua vida, casou-se e teve duas filhas.

Além de Victor, apenas o irmão mais novo de Hugo se casou e teve uma filha. Os outros irmãos, incluindo os dois do novo casamento de sua mãe Marianna, não tiveram filhos.

Existem especulações sobre a sexualidade de Hugo. A filha de Ary, Maria Lúcia de Carvalho Ramos, por exemplo, em depoimento ao meu documentário-ficção *Reminiscência*[3], afirmou ter ouvido em casa comentários sobre acharem que Hugo era de fato homossexual e que jamais assumiria por medo do preconceito que sofreria ou mesmo por autorrejeição. Isso é algo que jamais saberemos ao certo. O que temos são indícios, talvez uma leitura ou interpretação de alguém que está no século XXI, no qual, mesmo com todo preconceito

---

3   Documentário de ficção dirigido pelo autor deste artigo em 2016, com base na pesquisa produzida em parceria com o produtor e pesquisador Jadson Borges, para a produção da obra: *Hugo*, baseada em fatos reais da vida de Hugo de Carvalho Ramos, que estreou no FICA 2017 (Festival Internacional de Cinema e Vídeo Ambiental).

ainda existente, as relações homoafetivas não estão apenas dentro ou atrás de "armários", mas nas ruas e onde queiram estar, lutando e empunhando bandeiras contra todo tipo de discriminação.

Deixamos aqui um trecho de uma carta datada de 22 de dezembro de 1911, em que ele relata boatos em Goiás segundo os quais ele era "simpático das moças", mas ele nunca teria procurado saber por que não tinha interesse nelas. Isso poderia, então, ser algo que acene para a atração de Hugo pela figura masculina:

> Admiro tanto uma mulher formosa, como aprecio um bom charuto; mas, entre uma mulher formosa e um charuto, opto pelo segundo. – Ah! Um louro charuto!... Confidente mudo e amigo que arde, consome-se e transforma-se em branca cinza para não trair as confidencias alheias... (Ramos, *Correspondências*, p.272).

Hugo tentava, às vezes, ser como todos: "normal". No ano de 1919, com todos seus colegas, preparou-se para a formatura, conforme se pode observar, em algumas edições de seu livro, sua foto de beca. Mas Hugo não conseguiu se formar no referido ano por não ter concluído algumas matérias, algo que o deixou muito contrariado e desanimado, e que fez seu foco voltar de forma mais intensa à literatura.

A reedição de *Tropas e Boiadas* foi cogitada, e Hugo começou a acrescentar novos contos que escreveu posteriormente: "Alma das aves", "Caçando perdizes..." e "Peru de roda". Na primeira edição, foram publicados nove contos: "Caminho das tropas"; "Mágoa de vaqueiro"; "A bruxa dos Marinhos"; "Nostalgias"; "À beira do pouso"; "O poldro Picaço"; "Ninho de periquitos"; "O Saci"; "Gente da Gleba".

Em 1920, Victor convida Hugo a visitá-lo em Uberaba. Este decide não fazer os exames finais da faculdade, a qual jamais concluiu, ao contrário dos colegas, que finalizaram os estudos e seguiram seus caminhos. Além de ir para Uberaba, Hugo vai para Araxá (MG), tendo ficado lá por algum tempo e conseguido, por intermédio do irmão, um emprego de agente especial de recenseamento. De lá, comunicava-se com a irmã Ermelinda, que continuou a morar no Rio de Janeiro, por cartas. Entre essa correspondência, há uma carta datada de 2 de novembro de 1920 na qual Hugo deixava claro que estava passando novamente por crises nervosas e se sentindo muito triste, o que o fez retornar ao Rio meses depois.

Nas primeiras semanas de maio de 1921, tomado por uma tristeza profunda, Hugo teve uma recaída muito brusca, a ponto de quase não falar mais. A família buscou novamente apoio médico, o que o ajudou a voltar a escrever. Escrevia, fumava, caminhava o tempo todo dentro de casa. Tinha o desejo de finalizar um novo livro no qual já vinha trabalhando há algum tempo. Segundo Victor, seria mais um "estudo social da vida interiorana".

Em carta à irmã Ermelinda, datada de 1º de janeiro de 1912, escrita ainda em Goiás antes de se mudar- para o Rio de Janeiro, Hugo confessa:

> [...] tenho em encubação um vasto e soberbo plano, para a ampliação do qual, vou acumulando as mais insignificantes anotações, as variantes mínimas de fatos e aspectos comuns. Será — só a ti confio este segredo — uma como apoteose da vida do sertão, não como Euclides da Cunha a escreveu, mas mais suave, com cambiantes de luz e sombras leves a lilás, à elegia, ao ditirambo, à epopeia e ao idílio... Mas isto é um sonho, um simples sonho meu e irrealizável: falta-me tudo, até a fé e a obstinação que são as grandes alavancas do mundo. (Ramos, *Correspondências*, p. 277).

Esse sonho foi algo impossível de se concretizar, porque, em meio às crises, desesperado, ateou fogo em todos os escritos mais uma vez, mas sem ter uma segunda chance de reescrita. A caneta foi quebrada para sempre e nunca mais as folhas em branco seriam preenchidas pela caligrafia precisa daquele jovem escritor de 25 anos.

Nove dias antes de completar 26 anos, na manhã do dia 12 de maio de 1921, seu corpo foi encontrado dependurado na rede que levara de Goiás, onde passava as horas de descanso. Além disso, havia uma bíblia e vários papéis avulsos entre os textos que não tinham sido queimados, diversas frases e palavras soltas.

Ecoou pelo sertão de Goiás o silêncio doloroso da morte prematura de um dos maiores escritores brasileiros, legando-nos uma obra regionalista que merece ser conhecida pelas novas gerações. Sobre sua morte, a imprensa só noticiou que havia morrido "um bacharel", Doutor Hugo de Carvalho Ramos, filho do juiz Manuel Lopes de Carvalho Ramos.

Mesmo não demonstrando muito afeto para com os filhos do primeiro casamento, provavelmente por ter sido obrigada pela família a se casar com Manuel Lopes, como era de praxe naquela época, Marianna tomou a decisão de recolher tudo que restou de Hugo na casa dos Carvalho Ramos, colocar em um baú e o enviar para Victor em Uberaba.

Por ser o suicídio um tema delicado, a matriarca proibiu Ermelinda, Américo e Ary de falarem sobre o irmão enquanto estivesse viva. Foi Ary, criado na casa dos Carvalho Ramos pela irmã Ermelinda, e então com 10 anos, quem encontrou o irmão sem vida na rede, como relatou sua filha, Maria Lúcia de Carvalho Ramos, em entrevista no filme *Reminiscência*.

Ao receber o acervo do irmão, Victor não só abriu o baú para todos saberem o que restou das memórias de Hugo, mas também continuou a reeditar *Tropas e Boiadas* e dedicou sua vida a falar de seu irmão e a preservar sua memória.

REFERÊNCIAS

CORALINA, C. *Poemas dos Becos de Goiás e Estórias Mais*. 3. ed. Goiânia: Ed. UFG, 1980.

RAMOS, H. C. *Obras completas*. São Paulo: Ed. Panorama, 1950. 2 v.

_____. *Tropas e boiadas*. 2. ed. São Paulo: Ed. Monteiro Lobato e Cia, 1922.

_____. *Tropas e boiadas*. 5. ed. Rio de Janeiro: Ed. José Olympio, 1965.

RAMOS, V. C. *Mãi-Chi*. Porto Alegre: Oficinas Gráficas da Livraria do Globo, 1929.

32

INGÁS E PEQUIS: LOCALISMO E MODERNIDADE EM UM POEMA DO GOIANO HUGO DE CARVALHO RAMOS

RICARDO DOMENECK[1]

---

[1] Ricardo Domeneck é um poeta, contista e crítico literário. Tem 12 livros publicados no Brasil. Foi um dos editores da revista 'Modo de Usar & Co.' e atualmente edita a revista 'Peixe-boi'. Está entre os responsáveis pela reavaliação crítica de autores como Hilda Machado e Maria Lúcia Alvim. Foi traduzido na Alemanha, Espanha e Holanda. Vive e trabalha em Berlim.

Pretendemos neste ensaio refletir sobre a posição federativa do poeta goiano Hugo de Carvalho Ramos (1895-1921) na história da modernidade brasileira, a partir de seus poucos poemas coligidos na seção "Poesias" no segundo volume das suas *Obras Completas* (Editora Panorama, 1950). Os dezesseis poemas foram incluídos em *Plangências*, volume não preparado pelo autor, um livro híbrido com crônicas, contos e cartas. Trata-se de um apanhado do seu legado póstumo. Não nos debruçaremos sobre outros textos no volume que poderiam ser lidos como poesia, como aqueles que o próprio autor chamaria de "prosas simbolistas", das quais o Cruz e Sousa de *Missal* (1893) ainda é o compositor mais discutido no Brasil. Além disso, a prosa ali contida terá que aguardar novos críticos que se debrucem sobre sua ligação com os contos publicados em vida pelo autor. Há ali fragmentos de textos que, certamente, poderiam ter se tornado outros excelentes contos da lavra do enigmático Hugo de Carvalho Ramos e que guardam, mesmo em forma de fragmento, grande interesse.

Nosso desejo é pensar se e como os poemas de Hugo de Carvalho Ramos se encaixam na Modernidade literária do país. Na prosa, essa conquista pode facilmente ser atestada por seu *Tropas e Boiadas* (1917). Esse livro o coloca ao lado dos melhores prosadores de sua época, como Lima Barreto, Júlia Lopes de Almeida, Valdomiro Silveira, Euclides da Cunha, Adelino Magalhães, Simões Lopes Neto e João do Rio.

Mas a pergunta que buscaremos responder é se Hugo de Carvalho Ramos deveria também figurar como poeta ao lado de outros de sua idade, como Augusto dos Anjos, Pedro Kilkerry, Francisca Júlia, Tyrteu Rocha Vianna, Cora Coralina, Marcelo Gama e João Lins Caldas. Não buscamos fazer do goiano um outro "São João Batista" do Modernismo de São Paulo, com seu autoproclamado messianismo, como Mário de Andrade se referiria a Manuel Bandeira. Vale aqui lembrar que Manuel Bandeira era nove anos mais velho que Hugo de Carvalho Ramos, e Mário de Andrade, apenas dois anos mais velho. Em termos de idade, o goiano fazia parte da geração que nos anos seguintes à sua morte daria à República grandes obras de vanguarda. No ano de 1917, o pernambucano Manuel Bandeira estreava com *A cinza das horas* e o paulista Mário de Andrade publicava, sob pseudônimo, sua coletânea *Há uma gota de sangue em cada poema*.

Na prosa brasileira daquele mesmo ano, o goiano publicaria os contos de *Tropas e Boiadas*. Para o colocarmos em seu contexto histórico, lembremo-nos de que Monteiro Lobato publicaria *Urupês* e *Cidades mortas* nos dois anos seguintes. Diante disso, e apesar de estarmos falando de gêneros distintos — poesia e prosa —, com seus processos de criação particulares, não nos parece absurdo argumentar que a modernidade literária do país, em 1917, estava em Hugo de Carvalho Ramos assim como a poesia estava na obra esparsa de Pedro Kilkerry, que morreria naquele ano. Ainda que ambos os autores fossem figuras quase subterrâneas naquele momento, pensá-los nesse contexto nos dá um panorama muito mais plural e interessante do que era a literatura brasileira nos anos imediatamente anteriores à Semana de Arte Moderna de São Paulo. São os anos ainda de publicações como *Contos gauchescos* (1912), de Simões Lopes Neto; *Madame Pommery* (1919), de Hilário Tácito; e *Casos e impressões* (1916), de Adelino Magalhães. O retrato que emerge da produção cultural do país naquele momento passa a ser outro ao da suposta "longa noite parnasiana".

Também nos parece interessante notar que o goiano era apenas seis anos mais velho que Carlos Drummond de Andrade, Cecília Meireles e Murilo Mendes. Estava, portanto, no mesmo ambiente cultural no qual esses autores todos se formavam. Basta pensar que se trata da mesma diferença de idade entre uma Hilda Hilst e um Roberto Piva. O que nos interessa aqui é a modernidade literária no país e não apenas um movimento particular como o Modernismo, que poderia se chamar tanto "Futurismo" quanto "Verdismo" ou "Capivarismo" — como recebeu, a seu próprio tempo, outros nomes quando o grupo se fragmentou em coletivos distintos e antagônicos. E se anunciamos desde já que não aceitamos o caráter parúsico da Semana de Arte Moderna de 1922, não tentaremos contestar o que já não merece ser contestado, como a alcunha de *pré-modernistas* que foi dada por tanto tempo a alguns desses escritores modernos. Deixemos a alcunha menos tola do que interessada onde merece estar: em silêncio. E nada disso diminui a força da Semana de 22.

Há, no entanto, outra alcunha generalizante que precisa ser enfrentada. Trata-se de descrever como *regionalista* toda escrita que se afaste de narrativas fincadas nos centros urbanos, mais do que de estados particulares. O conflito que se repete na crítica literária do país é análogo ao do campo político entre o urbano e o rural, entre a capital e o interior, entre a federação e os estados, e entre os estados e os municípios, no país onde, por vezes, haverá conflito até mesmo entre a casa e o quintal.

O termo *regionalista* já aparece em nossa historiografia quando nos debruçamos sobre livros de autores do século XIX, como *O ermitão de Muquém* (1858), de Bernardo Guimarães, que já descrevia a paisagem goiana, tendo por subtítulo "História da Fundação da Romaria de Muquém na Província de Goiás"; *Inocência* (1872), de Visconde de Taunay, autor que deveríamos ainda respeitar muito; *O Cabeleira* (1876), de Franklin Távora; assim como *O gaúcho* (1870) e *O sertanejo* (1875), de José de Alencar, que parecem prenunciar as fortes presenças do sertão e do pampa nessa literatura no século XX. Prenunciar ou garantir que sejam essas as paisagens e regiões para onde dirigiremos nossa atenção literária e política? José de Alencar teve, mesmo sobre o século XX, influência marcante, para o bem e para o mal.

A partir do Modernismo, a percepção de escrita *regionalista* passa a ser fortemente aplicada a autores do Nordeste e do Sul, ainda que isso, em parte, venha dos próprios textos e das intervenções do grupo em torno de Gilberto Freyre, em Recife, com José Lins do Rego à frente. Mas há que se tomar essa própria autodefinição com cuidado. É óbvio que Gilberto Freyre e José Lins do Rego se consideravam tão nacionais ou federais quanto o paulista Oswald de Andrade e o gaúcho Raul Bopp. Em verdade, consideravam-se mais federativos do que esses, e isso tem sido uma questão espinhosa especialmente entre nordestinos e sudestinos na atualidade. Esse embate poderia ser compreendido também entre criadores que se querem protetores de tradições e os que cultuam ou reivindicam o direito às experimentações. Ele se atualiza periodicamente entre nós. As rusgas entre Ariano Suassuna e Chico Science na década de 1990 talvez estejam entre as mais amplamente discutidas no final daquele século, atualizando o que ocorrera entre poetas como Geraldo Vandré e Caetano Veloso na década de 1960. Mas em relação a autores como Hugo de Carvalho Ramos ou João Guimarães Rosa, embates e oposições entre tradição e experimentação são muito mais complexos do que à primeira vista o são em poetas como Ariano Suassuna, Caetano Veloso e Chico Science.

Essa discussão é marcada por vários anacronismos. Precisamos nos lembrar de que à época, seja a do cearense José de Alencar ou a do paraibano José Lins do Rego, não existiam Sudeste nem Nordeste, partes de uma divisão geográfica de 1969. Pensemos, por exemplo, no estado natal de Hugo de Carvalho Ramos, Goiás, no ano de sua morte, 1921. Naquele momento, vigorava ainda a divisão geográfica de 1913, que seguia critérios físicos, como clima, vegetação e relevo, e dividia o país em cinco regiões: a Setentrional, a Central, a Norte Oriental, a Oriental e a Meridional. Goiás, ainda sem doar território para as criações do Distrito Federal e do estado do Tocantins, fazia parte da região Central, que era o que viria a ser conhecido como Centro-Oeste na constituição de 1988, que oficializa a divisão de 1969. A São Paulo de Mário de Andrade, Anita Malfatti, Oswald de Andrade, Tarsila do Amaral e Raul Bopp estava na região Meridional, ou seja, o Sul, onde esteve até 1969. O Modernismo de São Paulo foi um movimento meridional ou sulista. A Bahia de Jorge Amado e de Sosígenes Costa, com seus localismos, estava na região Oriental, um Leste que deixaria de existir, separada (tecnicamente) do Modernismo de Pernambuco, que estava na região Norte Oriental e, se poderia dizer portanto, já no Nordeste. Ou seja, se pensarmos nesses 4 centros da modernidade literária brasileira, as cidades de São Paulo, Rio de Janeiro, Salvador e Recife pertenciam, em 1922, a três regiões distintas naquele momento.

A divisão de 1913 ainda faz certo sentido hoje, unindo Minas Gerais, Rio de Janeiro, Espírito Santo e Bahia numa única região, com sua marcada presença afro-brasileira em todos os aspectos de suas culturas mais visíveis. Não queremos com isso diminuir o número de afro-brasileiros no Sul de 1913, algo físico e constatável, ou a importância da cultura afro-brasileira mais tarde na São Paulo de Geraldo Filme e de Paulo Colina. Nosso intuito é apontar aqui a grande complexidade na discussão de um termo crítico como *regionalismo*, que muitas vezes usamos de forma simplificadora. É ainda uma questão de poder: o que se federaliza? O que se regionaliza? É um desafio de toda nação agigantada como o Brasil, mas que pode ser visto em países como a Rússia, a China e os Estados Unidos. Onde se inclui na modernidade russa um poeta como Geunádi Áigui, que escreveu em chuvache? E como adentrou a modernidade americana um poeta do Mississippi como Frank Stanford, mesmo escrevendo em inglês? Os poetas russos que não estejam em Moscou ou em São Petersburgo, assim como os poetas estadunidenses que não estejam em Nova York ou em Los Angeles, correm riscos semelhantes de invisibilização aos dos poetas brasileiros que não estejam em São Paulo ou no Rio de Janeiro.

Nos centros urbanos que se têm por aglomerados cosmopolitas, isso atrapalha a compreensão do alcance federalista e global da escrita tanto de autores como Graciliano Ramos em Alagoas quanto de Érico Veríssimo no Rio Grande do Sul, assim como das escritas de Valdomiro Silveira e de Ruth Guimarães em São Paulo, das de Dalcídio Jurandir no Pará ou das de Hugo de Carvalho Ramos em Goiás. Até mesmo a relação de escritores como João Guimarães Rosa com esse *regionalismo* é bastante complexa. O que muitas vezes o distingue é seu misticismo judaico-cristão federalizante. No entanto, jamais classificamos de *regionalista* um autor como Lúcio Cardoso, contemporâneo exato de Rosa que se debruçaria constantemente sobre a cultura das cidades pequenas de Minas Gerais, como o fez em seu catatau *Crônica da casa assassinada* (1959). Aqui retorna o conflito na cultura brasileira entre o urbano e o rural. Essa questão se espraia e complica ainda a recepção de outros escritores ativos já em pleno século xx, como Ricardo Guilherme Dicke no Mato Grosso ou Josué Montello no Maranhão.

Se há continuidades apesar das transformações político-geográficas no país, é porque as divisões por regiões, de uma forma ou de outra, seguiam também aspectos bem menos mutáveis: os biomas e seus climas. E isso é algo que marca toda a literatura que se convenciona chamar de *regionalista*: a vida e a luta do ser humano como parte integrante de uma fauna e uma flora maiores, que o abarcam e o sustentam. Isso é patente nestes escritores, seja Euclides da Cunha — que leva isso para a estrutura de um livro como *Os sertões* (1902) —, ou Hugo de Carvalho Ramos e João Guimarães Rosa, a quem ele viria a influenciar. Não que o ser humano dos centros urbanos não sinta seu frio ou seu calor, não tenha suas faunas e suas floras peculiares. Mas está mais próximo dos poderes políticos, essas forças centrípetas, sentindo na pele esse outro clima. Só lhe chegam os efeitos dos conflitos no campo e do binômio antagônico entre cultura e natureza através dos preços na quitanda. É isso que talvez separe o Fabiano de *Vidas secas* (1938, do alagoano Graciliano Ramos) do Naziazeno de *Os ratos* (1935, do gaúcho Dyonélio Machado). A proximidade do poder central político tem efeito homogeneizante, mascarando o que há de regional em cidades como São Paulo, Rio de Janeiro e Salvador.

E tratamos aqui apenas da prosa. Na poesia, isso se torna mais difuso. Já se discutiu o Indianismo de Gonçalves Dias nessa clave. Mas onde incluiríamos então certa retomada indianista no Modernismo, como no *Cobra Norato* (1931), de Raul Bopp? É regionalista em seu mergulho e recriação mítica amazônica? E o Oswald de Andrade do *Primeiro caderno do aluno de poesia* (1927) e do *Manifesto antropófago* (1928)? É regionalista e/ou neoindianista? Já se perguntava "Tupy or not Tupy" o Gonçalves Dias do "I-Juca-Pirama"? Por se embrenhar no interior, para o qual fugiram do massacre tantas nações indígenas, toda escrita que se debruce sobre os indígenas será regionalista? Seguiram se perguntando "Tupy or not Tupy" e são regionalistas o *Quarup* (1967), de Antonio Callado e o *Maíra* (1976), de Darcy Ribeiro? Há obras em nossa modernidade que simplesmente parecem ter resistido à tentação tolstoiana de fazer de sua gleba uma alegoria para toda a nação, ainda que a nação se espelhe em cada pedaço de terra pelo poder centralizador de nossos governos.

Clima, fauna, flora, cor local; como isso se manifesta nos poemas de Hugo de Carvalho Ramos? A seção "Poesias" encerra o segundo volume das *Obras reunidas*, compostas de 16 textos organizados pelo irmão do autor, Victor de Carvalho Ramos. A julgar por sua nota para o poema de abertura, "Pórtico", seríamos levados a crer que a organização é cronológica, já que o organizador relata ser esse o primeiro poema que Hugo de Carvalho Ramos teria escrito. Se o irmão do autor teve condições reais de seguir uma linha estritamente cronológica é uma questão que não temos como acessar e que expõe as dificuldades do trabalho editorial para uma obra póstuma. O organizador também relata estar incompleto o texto, pois, no caderno de manuscritos, o goiano teria anotado "continua". É impossível saber se a estrutura incomum do poema se dá por seu caráter inacabado. "Pórtico" abre com um soneto, e a ele se segue uma segunda parte formada por quartetos, nove dos quais têm versos bastante curtos (um dos quartetos está inacabado), e nove dos quais têm versos longos. Algumas das estrofes têm rimas interessantíssimas, outras nos lembram tanto Cruz e Sousa quanto Augusto dos Anjos nos seus momentos de maior modernidade:

> E seguindo, triunfal, a estrada do Oriente,
> e entremostrando a face oculta sob um íris,
> foste à Caldéia, à Pérsia, à Síria, ao Egito ardente,
> Bel-anu-êa: Shasmad, Ormuz, Hadad, Osíris!

Ou

> Ai, quem decifrará o enigma do Zodíaco
> pelos Magos deixado à grei de Phalazar,
> quem de novo ao pulsar deslumbrado e cardíaco
> do seu órgão, verá o grande órgão a pulsar?
> ("Pórtico", p. 254)

Abrir, neste livro, a seção de poemas de Hugo de Carvalho Ramos e deparar-se com esse texto, ainda que inacabado, demonstra o talento inegável do goiano. Já o poema "Desalento" o aproxima, apesar da forma de soneto, da personalidade poético-pensante da Cecília Meireles de "Retrato":

> E, contudo também eu trouxe para a vida
> Uma grande expressão de calma e de harmonia,
> que a tristeza do mundo aos poucos me asfixia
> dentro d'alma, a sangrar, pela dor malferida...

> Era um hino de paz, na apoteose do dia,
> erguendo para o céu campanários de ermida,
> onde fosse rezar a prece mais sentida,
> o devoto de amor que dentro em mim jazia.
>
> Mas depressa rasgou-se o hinário da esperança.
> As páginas, então, dispersaram-se ao vento,
> do passado esplendor já não há mais lembrança.
>
> Ficaram, para sempre, enterrados no peito,
> ecos, sonidos, voz... que exalo num lamento:
> ossuário de ilusões do meu sonho desfeito.
> ("Desalento", p. 257)

Há na sua escrita uma fidelidade ao que de melhor circulava na poesia brasileira de então, e essa era a tradição de Cruz e Sousa e de Alphonsus de Guimaraens, como em seus contemporâneos Marcelo Gama, Pedro Kilkerry, e, de certa forma, Augusto dos Anjos. Acreditamos que sonetos como "Broquel partido" e "Noturno bálsamo" atestam isso. Para efeito contextualizador, é importante lembrar que tanto Alphonsus de Guimaraens quanto Hugo de Carvalho Ramos morrem no mesmo ano, em 1921.

A partir dos poemas de "Na várzea (Paisagens goianas)", o autor de *Tropas e Boiadas* começa a se fazer sentir. Nesses poemas, saem de cena os deuses gregos e as palavras latinas, e entram a fauna e a flora do seu *habitat* natal: batuíras, xexéus, sanhaços, azulões, buritis, indaiás, assa-peixes, emas. Sintaticamente, "Manhã", o primeiro poema, parece-nos de uma modernidade análoga à de "Cetáceo", de Pedro Kilkerry:

> Vão as emas, ralhando, através da malhada.
> Treme o rocio... E ao sol, que aponta entre colinas,
> pulverizam-se em luz as gotas da orvalhada.
> ("Na várzea [Paisagens goianas]", p. 265)

> E na verde ironia ondulosa de espelho
> Úmida raiva iriando a pedraria. Bufa
> O cetáceo a escorrer d'água ou do sol vermelho.
> (Pedro Kilkerry, "Cetáceo")

É nesse poema e no seguinte, "Piquizeiro da chapada", que se torna evidente que Hugo de Carvalho Ramos, se houvesse tido mais tempo, poderia ter se tornado um importante poeta não apenas moderno, mas modernista. Essa mesma paisagem goiana aqui descrita nos chega inacabada, infelizmente, a julgar que o volume traz apenas a "Manhã" e um segundo poema, "Meio-dia". Jamais teremos portanto a "Tarde" e a "Noite" desse poema admirável.

Não faz muito sentido essa futurologia às avessas, buscando imaginar o que teriam feito Augusto dos Anjos, Marcelo Gama, Pedro Kilkerry ou Hugo de Carvalho Ramos se houvessem vivido mais anos. Um exemplo contrário à ideia de que o impacto de Mário de Andrade ou de Oswald de Andrade se faria sentir sobre eles é o caso de Ernâni Rosas, que morreria em 1955 sem dar a ver qualquer influência dos autores mais jovens.

Mas Hugo de Carvalho Ramos demonstra nos poemas publicados uma sensibilidade moderna patente, palpável, mais próxima de nós do que a daquele outro admirável autor homossexual, Ernâni Rosas. "Piquizeiro da chapada", assim como "A vizinha", trazem marcas da poesia popular, das cantorias, de uma tradição do cerrado e da caatinga em que música e texto não haviam se separado. São exemplos também da velha tradição satírica brasileira, que se abre com o primeiro grande poeta do país, Gregório de Matos, passando por Tomás Antônio Gonzaga e por Sapateiro Silva. O Gregório de Matos, vale dizer, que começaria já nos nossos primórdios a trazer a paisagem brasileira, com seu vocabulário próprio, para nossa poesia.

É que a menina faceira
com trinta e nove no lombo,
não comete a doce asneira,
quer casamento e não... tombo.

Teme do amor as ciladas
que o fogo interno revela...
terá, nas horas finadas,
palma de virge' e capela...

Tem receio das surpresas
que Cupido nos reserva,
não gosta das sobremesas
se o jantar fica... em conserva.
("A vizinha", p. 273)

Pé ante pé, qual suçuarana
que vai com passo sorrateiro,
a lua nova esta semana
pôs o focinho atrás do outeiro.
Jaguatirica, caninana,
cotia, paca e mais galheiro,
trago hoje em riba da albardana,
gaba o matuto no telheiro.
Assim no canto da tirana
Manda e desmanda o violeiro,
pé ante pé, qual suçuarana
que vai com o passo sorrateiro...
("Piquizeiro da chapada", p. 267)

Se igualarmos a Modernidade à experimentação linguístico-formal, é possível que muitos poetas entre o Sousândrade de "O Inferno de Wall Street" e o Oswald de Andrade do *Primeiro caderno do aluno de poesia* fiquem aquém de nossas expectativas. E por isso escolhemos seguir agrupando-os na ofensiva gaveta do Pré-modernismo, ainda que venham depois de autores tão modernos quanto o próprio Sousândrade na poesia ou Machado de Assis na prosa. Muito disso vem de nossa educação pelos Modernistas paulistas de 1922, gerando em nós a expectativa do verso livre para que a poesia seja considerada moderna, mesmo que isso não se dê, por exemplo, em Cecília Meireles ou em Henriqueta Lisboa. Assim como não se dá mesmo em outros movimentos de vanguarda internacional, como no Expressionismo alemão.

Há também uma expectativa evolutiva, diacrônico-linear, para as transformações na poesia. Isso, acreditamos, é herança de uma educação das nossas sensibilidades moldada por outro movimento paulista, o do Grupo Noigandres, de Haroldo de Campos, Décio Pignatari e Augusto de Campos, ainda que mesmo eles tenham voltado a formas anteriores às da poesia concreta. Mas, se nos libertamos dessas expectativas frustrantes, porque falaciosas, percebemos uma continuidade modernizante — ainda que sempre aos trancos e barrancos — na poesia brasileira das duas últimas décadas do século XIX, com Sousândrade e Cruz e Sousa, passando por autores também modernos, como Augusto dos Anjos, Pedro Kilkerry e Hugo de Carvalho Ramos, até chegar aos poetas que ainda lemos como de nosso tempo e sensibilidade, como Carlos Drummond de Andrade e Murilo Mendes.

Perdemos muitos autores precocemente para doenças como a tuberculose. Saber que a cura sempre esteve à espera da descoberta dos antibióticos nos enche de tristeza. Mas a perda de um autor como Hugo de Carvalho Ramos para o suicídio é ainda mais triste, porque não há como não se perguntar se poderia ter sido evitada apenas com a liberalização de nossos costumes moralizantes em torno da homossexualidade do autor, que pareceu sofrer muito sob essa moral. Essa reedição de sua obra reunida em um volume nos devolve um autor que, se o perdemos em carne e osso cedo demais, precisamos deixar de perdê-lo em letra e palavra.

TROPAS E BOIADAS

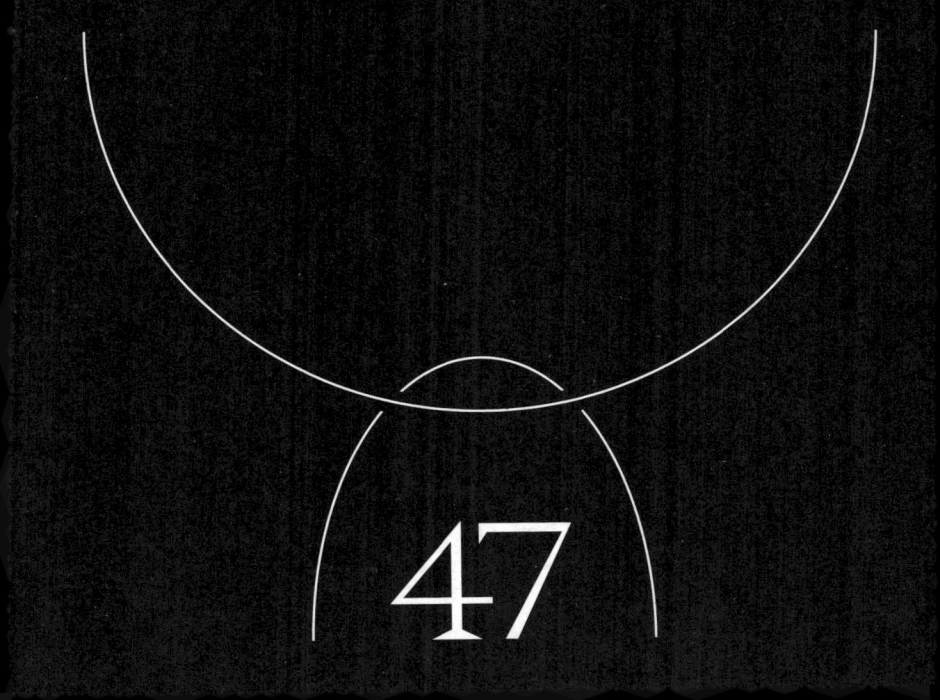

47

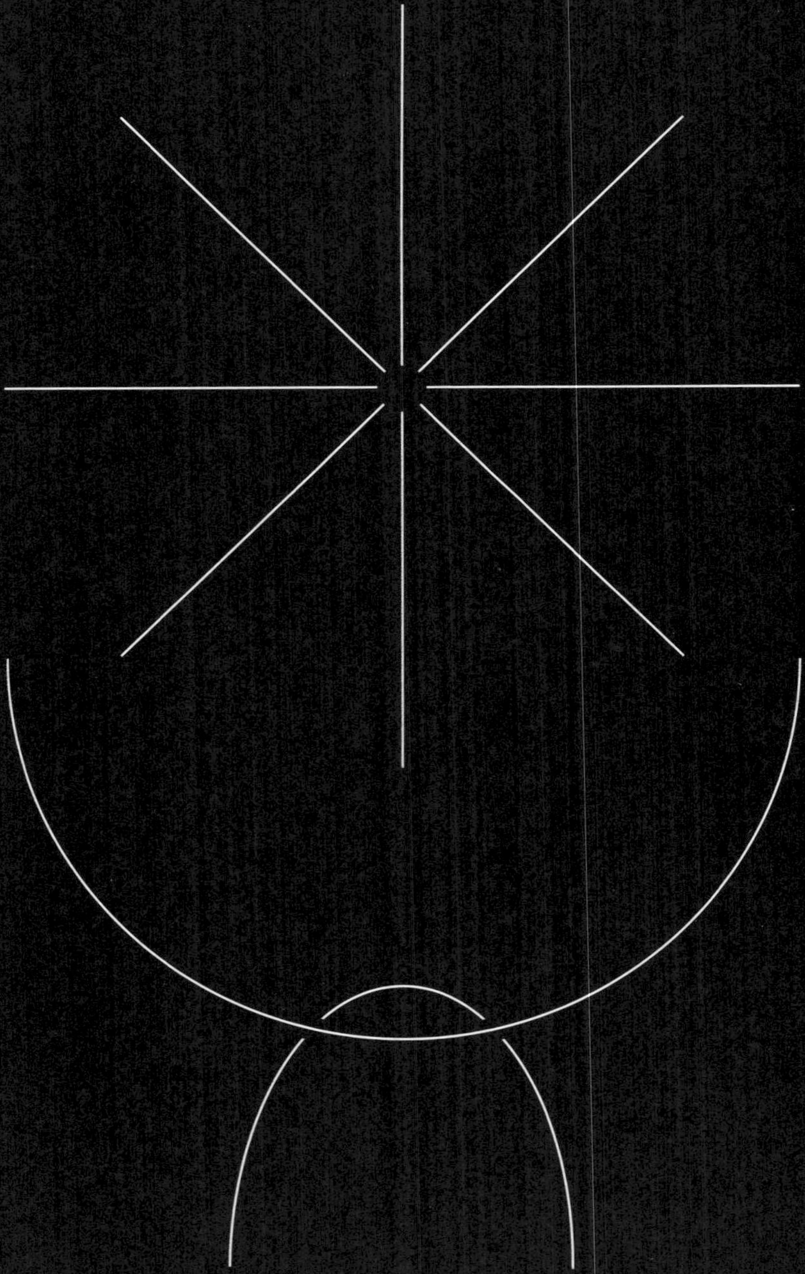

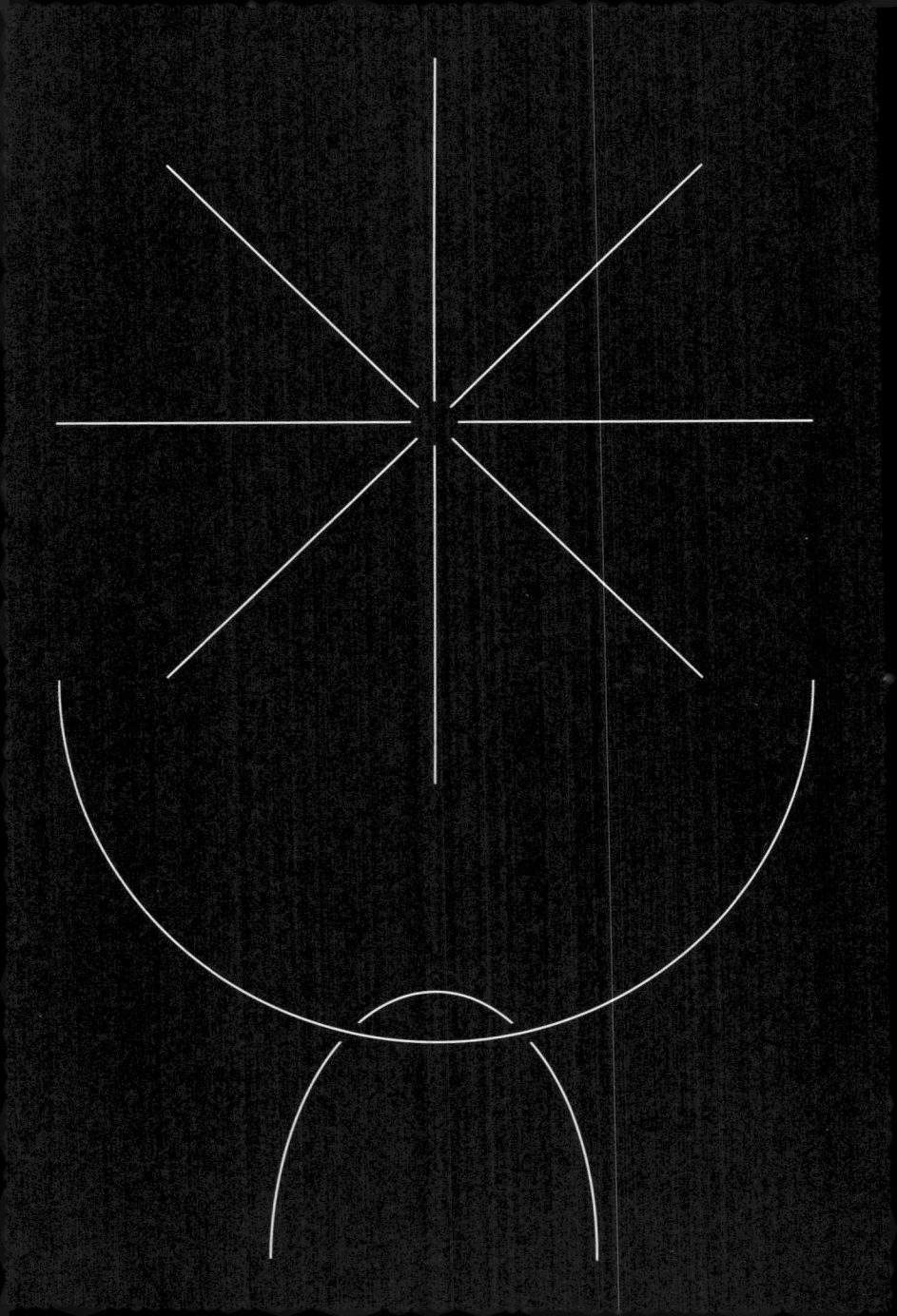

49

CAMINHO DAS TROPAS

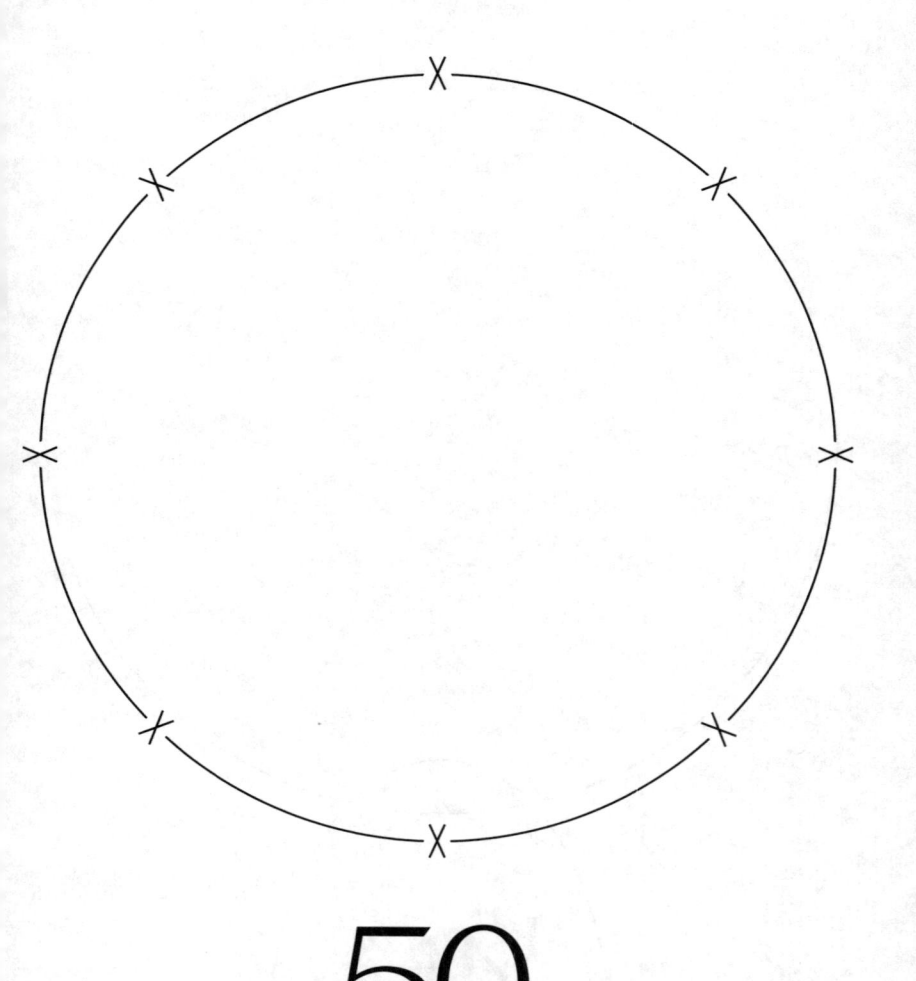

50

O LOTE DERRADEIRO DESEMBOCOU NUM CHOUTO SOPITADO DO FUNDO DA VARGEM E VEIO A TROUXE-MOUXE ENFILEIRAR-SE, SOB O ESTALO DO RELHO, NA OUTRA ABA DO RANCHO, POUCAS BRAÇAS ADIANTE DA BARRACA DO PATRÃO.

O Joaquim Culatreiro, atravessando sem parar o piraí na faixa encarnada da cinta, entre a espera da garrucha e a niquelaria da franqueira, desatou com presteza as bridas das cabresteiras, foi prendendo às estacas a mulada, e afrouxou os cambitos, deitando abaixo arrochos e ligais, enquanto um camarada serviçal dava a mão de ajuda na descarga dos surrões.

O tropeiro empilhou a carregação fronteira aos fardos do dianteiro, e recolheu depois uma a uma as cangalhas suadas ao alpendre. Abriu após um couro largo no terreiro, despejou por cima meia quarta de milho, ao tempo que o resto da tropa ruminava em embornais a ração daquela tarde. O cabra, atentando na lombeira da burrada, tirou dum surrãozito de ferramentas, metido nas bruacas da cozinha, o chifre de tutano de boi, e armado duma dedada percorreu todo o lote, curando aqui uma pisadura antiga, ali raspando, com a aspereza dum sabuco, o dolorido dum inchaço em princípio, aparando além com o gume do freme os rebordos das feridas de mau caráter.

Só então tornou à roda dos camaradas, ao pé do fogo do cozinheiro, no interior do rancho, onde chiava atupida a chocolateira aromatizada do café.

A tarde morria nuns visos de crepúsculo pelas bandas da baixada. A mulada remoía nas estacas, e junto ao couro de milho um ou outro animal mais arteiro e manhoso escoucinhava e mordia os demais, no afã do maior quinhão.

Assentados sobre os calcanhares, os primeiros chegados — cujos lotes arraçoados se coçavam impacientes aos varais — espicaçavam pachorrentamente na concha da mão o fumo dos cornimboques, picava miúdo no corte do caxerenguengue as rodelinhas finas, esfrangalhando entre os dedos os resíduos, palha grossa de cigarro encarapitada na orelha. O cabra abeirou, apossou-se do cuité fumegante que lhe estendia o cozinheiro; e, enquanto deglutia a beberagem, ia comentando com os demais, voz amolengada, a marcha daquele dia.

— O lamedo dera-lhe, no vau do Anicuns, um trabalhão; mal do lote, se não fora o ramo verde da marmelada que o dianteiro tivera o cuidado de atravessar no caminho, a burrada embarafustava logo pelo atoleiro, e ele não estaria àquela hora no pouso; quando lá passou, ia bem fresco ainda o rastro da tropa no desvio; mesmo assim, o macho crioulo que vinha adestro, não duvidara em meter-se naquela perdição...

— Bicho novato, de primeira viagem... — observou o dianteiro, que tocava, como de direito, o lote mais luzido da tropa.

No gancho da mariquita, especada sobre o brasido, refervia o bom adubo da feijoada; um bafo grosso, apetecente, daí se evolava, babando a gula de dois perdigueiros da comitiva, que, assentados sobre as patas traseiras, estendiam para o borralho o focinho curto, cupidamente...

— Já vem chegando a boquinha da noite, minha gente, avisou o arrieiro saindo da barraca e chegando até o parapeito do rancho; olha o encosto da tropa. Uma peia garantida nesse macho crioulo, ó Joaquim, que não dê outro sumiço; olá, mudem o polaco da madrinha, bate soturno esse cincerro.

Guiada pelo chocalho da madrinha, levada no cabresto, à mão do dianteiro, a tropa desatrelada enveredou pela devesa, redambalando por intervalos cada polaco das cabeças de lote nos torcicolos abrutalhados da vereda, ribanceira abaixo. A noite descia mansa e silenciosa, perturbada apenas pelo clamor longínquo das seriemas da campina no fundo dos vargedos, e a lua assomava como uma grande moeda de cobre novo por sobre os descampados, em vago nevoeiro.

✸

À noite, repasto feito, descansa o pessoal recostado sobre as retrancas e pelegos dos arreios. Pelos cantos, trilavam grilos; e, de fora, vinha o grito dolente dos caburés e noitibós, agourando a solidão. Um tropeiro sacou, do piquá que trouxera a tiracolo, o pinho companheiro dessas caminhadas no sertão; apertou a chave da prima e pigarreou pelo cordame um lundu, todo repassado de ais e suspiros.

— Cabra malvado, faz tristeza essa viola — disse alguém, o pensamento longe, perdido no arraial, onde deixara, certo, saudades e cuidados; diga antes um caso, daqueles que nos contava, quando na boiada do Antão...

— Homem, inda agorinha — atalhou o Manoel, o dianteiro — relembrava um fato que me sucedeu duma feita, quando viajava escoteiro às ordens do major Matos, pr'essas bandas. O caso é que era então acostado, e de fiança, daqueles de pouca conversa e de grande estadão. Na quinta-feira das Dores, o sol ia descambando, o patrão manda-me chamar, passar a cutuca no lombilho do matungo, e partir sem detença para o povoado, uns papéis de eleição bem arrumadinhos na patrona.

Mecês devem estar lembrados que na altura dos Marinhos, num estirão de meia légua de tabatinga e terra puba, fica um cemitério abandonado, há muita toca de tatus e camundongos-do-campo. Semana atrás, numa rusga de cachaça e mulheres, esticara a canela ali perto o Bentinho Baiano, um cafuzo intrometediço, baleado por dois tiraços de rifle na volta esquerda da pá.

Para poupar maior trabalho, aproveitaram a serventia antiga do terreno, sepultando por ali mesmo o assassinado. Fora eu até quem, de passagem, cedera a mortalha de ocasião com que o embrulharam, uma larga pala branca, enfeitada de bambolins, que me presenteara alguém que não tem a ver cá com a questão.

— Viajava distraído, esquecido de tudo, na marcha a furtapasso do matungo, perrengueando, a pitar o meu cigarro, quando, num repente, estaca de supetão o animal.

Assuntei. A noite estava turva, o céu sem lua, aqui e ali picado de estrelinhas. O sítio não me pareceu estranho; atentei com mais justeza, — umas cruzes apodrecidas pendiam, no escuro, desconjuntadas, à beira do caminho, sobre cômoros malfeitos de terra...

Era o cemitério velho do povoado. Apertei as chilenas no pangaré; ele andou alguns passos e depois emperrou de novo no meio da estrada, orelhas entesouradas, espreitando a escuridão. Adiante, não via nem ouvia movimento ou tropel algum; o bicho nunca fora empacador ou passarinheiro, tentação do Capeta devia de andar ali por perto.

— Um homem é homem, mecês bem sabem; atravessei o punga no caminho, encurtei as rédeas, e escrutei melhor a vista, já acostumado à escuridão. À minha frente, roçando o chão, brancacento, ia um lençol aberto. O matungo refugava arreliado, bufava pelas ventas, uma vontade danada de voltar atrás e desembestar pelo chapadão afora. Senti, benza-me o Santíssimo, u'a mão de ferro, no coração, triturando...

Mas, como lhes dizia, em qualquer aperto, pr'este mundo de Cristo, um homem é homem, e o que tem de acontecer, tem força, acontece mesmo!

Desviei o meu bicho para uma pequena macega de sapé, pusme abaixo da sela, amarrei seguro as bridas a um tronco de embiruçu e voltei atrás, decidido, franqueira atravessada na boca como era de preceito, mão sobre os gatilhos escancarados da garrucha. Parecera, a este pobre cristão, melhor observado, que era a mesma franja de bambolins, o lençol estendido à minha frente — aquela mesmíssima mortalha com que dias antes enrolara o corpo do mal-aventurado Bentinho...

Parou, gozando a expectativa angustiosa que errava derredor, entre os parceiros. Bebeu uma última golada da congonha, que lhe servira atencioso o cozinheiro; bateu fogo na pedra do isqueiro, acendeu o cigarrão e olhou para fora, vagamente, meneando.

— A gente, quanto mais vive, mais aprende, já dizia minha avó. Assombramento, tenho ouvido casos, verdade seja, mas as mais das vezes falta de coragem, turvação do medo e da bebida... Maluquice, anda à toa pelo mundo da Virgem; não fora o meu ânimo, hoje zanzaria por aí, nessas bamburras, gira varrido.

Cheguei solerte, pé ante pé, negaceando, pronto a queimar as escorvas na cabeça do Mal-encarado ou o quer que fosse que impedia a passagem. O lusco-fusco ia menos cerrado, o lençol prosseguia estrada afora, muito branco, desdobrado, largando felpas alvadias pela garrancheira e vassouredo da beirada. Sofreei o baque de meu peito, e acheguei-me para mais perto da assombração; bati fogo na binga, soprei um chumaço, e agachado sobre o estorvo, pesquisei com cuidado.

— Era... mas devia ter logo visto, um tatupeba, que se fartara no corpo do infeliz ali enterrado, e que se retirava, empanturrado, para o seu coito. A imundície, na gana do festim, enrodilhara-se na mortalha do desgraçado, varando-a com a cabeça, e de lá se retirava ele, certamente bem atrapalhado, arrastando após si o trambolho...

— Devia ter logo visto; na pressa do enterramento, a cova tinha ficado um tanto rasa, a terra fofa, sem cerca nem revestimento para impedir aquela profanação... Enfim, creiam mecês, é ter sempre desapego ao perigo...

Calara. Cincerros distantes chocalhavam, longe, pelo encosto da devesa.

A lua nos aceiros era toda branca como geada de inverno.

MÁGOA DE VAQUEIRO

A EDUARDO TOURINHO

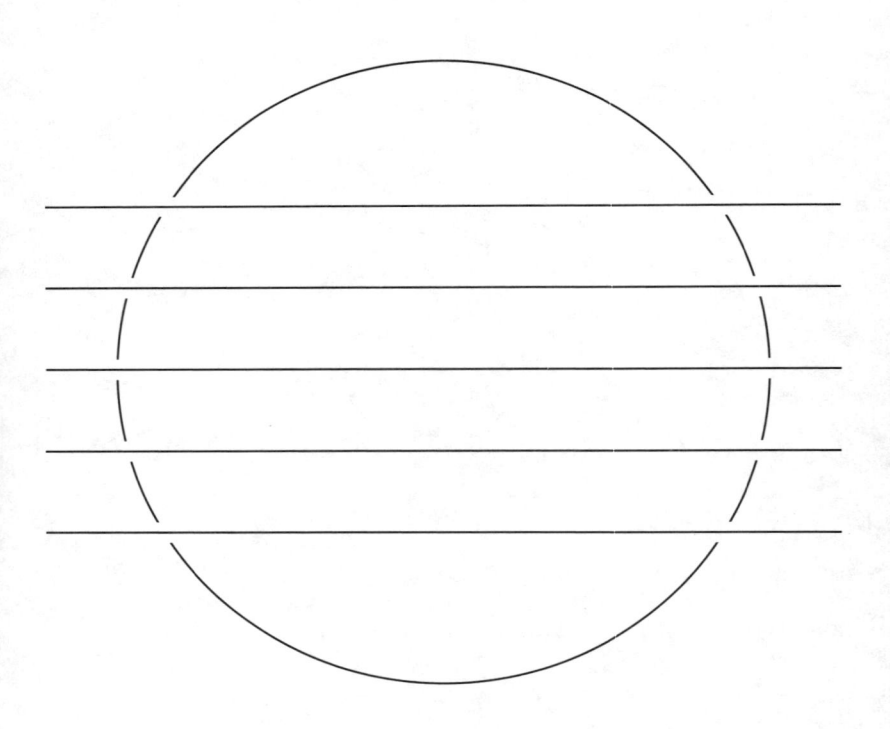

58

COMO OS
GALOS VIESSEM
AMIUDANDO E
FORA ANDASSE
A GAROA FRIA
DE INVERNO
QUE PRECEDE
AS PRIMEIRAS
HORAS DO
AMANHECER,
O ZECA MENINO,
LARGANDO NUM
TAMBORETE
AO PAR COM
QUEM DERA
A ÚLTIMA VOLTA

da catira, esgueirou-se pelo corredor, atravessou sorrateiramente a varanda de terra batida, onde a mesa posta ostentava ainda os sobejos da ceia — frascos de licor e o doce de buriti esparramando-se na toalha besuntada —, e saiu pelos fundos da casa.

No terreiro, encolhido ao aconchego da fogueira, gemia ainda àquela hora o tio Ambrozino, viola ao peito, respontando na prima:

> *A florzinha do pau-d'arco*
> *É da cor do entardecer,*
> *Traz tristeza, traz quebranto,*
> *Tu, que não hás de trazer...*

Em pontas de pé, dissimulando o tilintar das rosetas no cachorro das esporas, Zeca Menino alcançou o alpendre à banda, desamarrou a mula estradeira e voltou montado ao oitão da casa, raspando-se do peitoril duma janela, que arranhou suavemente com o cabo da açoiteira. Os tampos descerraram-se sem rumor; um vulto esquivo deixou-se escorregar para a garupa roliça da besta, e o estrépito abafado do animal, que ganhara a porteira e se afastava na cerração, misturou-se perdido aos zangarreios da sanfona, reavivando dentro a animação dos comparsas.

Junto ao fogo semiextinto, cabeceando de sono, farto da queimada engolida aos gorgolões, o tio Ambrozino interrompera o curso de suas divagações, e cachimbava distraído:

— Homem, a modo que já vão andando... Ah, meu tempo, aguentava firme no sapateio até pegar o sol com a mão!...

E caducou em solilóquio, levado de novo pelo curso da borracheira:

> *Lá na serra dos Angicos*
> *Quanta flor anda a brotar!*
> *Assim também são teus olhos*
> *Quando pões-me a namorar...*

Despertado, um galo cacarejou no poleiro ao pé, num grande grito de alarma.

— Carijó que assim canta, é que fugiu moça de casa.

Mas o frio apertava, a lua ia a perder-se por detrás das serranias; e tio Ambrozino recolheu-se tropeçando ao abrigo da varanda, a espertar o corpo perrengue num último gargarejo da queimada.

E só quando as barras vinham quebrando e era manhã feita nas morrarias do nascente e o último convidado, que morava mais chegado, se despedia do festeiro — num salamaleque derreado onde havia ainda bifadas de cachaça e licor de jenipapo — que este deu pela ausência da filha, chamando-a para a bênção do padrinho.

Houve um rebuliço. O vaqueiro gritava para dentro, supondo-a recolhida; e o Ambrozino, escarranchado na pileca manca, atalhou com voz pachorrenta:

— Ora, não se afobe, compadre; a afilhada já dorme, moída da festança; também, requebrou-se a noite toda com o manhoso do Zeca Menino, agora dorme...

E partiu, no passo ronceiro da mula cambota, pendependendo no arção, as pálpebras inchadas, num sono invencível de sapo borracho.

O outro, porém, mal o viu desaparecer no cotovelo do atalho, embarafustou pelo rancho, andou lá por dentro remexendo, repondo os trastes em seus lugares; e, num pressentimento, chamou junto ao quarto da filha:

— Ó Maria!...

Mas um silêncio angustioso pairou após o brado do velho; e ele, resoluto, meteu ombros à porta, cuja tranca cedeu sem dificuldade.

A cama estava como na véspera a vira, quando lá entrara para apanhar a bandeira do santo; a colcha de chita bem esticada, fronhas das travesseiras intactas, sem vinco ou ruga duma cabeça que ali repousasse alguns instantes; e o rosário das orações como sempre, dependurado na cabeceira. Da Mariazinha, porém, nem vestígio.

Ele olhava apatetado, sem compreender; foi à cozinha, na esperança de encontrá-la dobrada sobre o jirau de mantimentos, quando lá fora talvez buscar a candeia de azeite, e se deixara ficar, vencida do sono; foi, e apenas o bichano, mui gordo e ronronento, abriu para ele da trempe do borralho onde se aboletara, uns grandes olhos deslavados de espanto, e ronronando ficou de novo a dormitar, no calor brando das cinzas.

O velho Tonico percorreu todas as dependências daquele pobre rancho de vaqueiro, a sala, a varanda, e sua própria divisão; saiu, foi ao alpendre e até o chiqueiro e o fundo do quintal inquiriu ansiosa, inutilmente.

Veio ao terreiro da frente, o sol já nado; e só então a dor expluiu, numa crise de lágrimas e recriminações.

Fugira, a malvada! E com quem, Santa Maria, com o Zeca Menino certamente, um perdido de pagodeiras e do truque, brigão vezeiro nas redondezas, sujeito que, além da garrucha e da besta de sela, só tinha por si essa estampa escorreita de mestiço madraço e preguiçoso! E porque, Virgem Maria, se ele nunca se intrometera no namoro, até satisfaria a vontade de ambos, dando o consentimento; ele que, mal da idade, com tão pouco se contentava — vê-la sempre de sorriso à boca ao batente da porta, quando viesse das malhadas, e a tijelinha de café bem requentada, quando partisse pela manhã para as labutas do campo! Ele que, bom Deus dos fracos, só tinha aquele mimo na sua velhice desamparada e solitária de viúvo, à beira dum atalho sempre deserto, e cujo vizinho mais próximo, o Ambrozino, ficava a duas léguas de distância!

E arrepelava a grenha, num pasmo mudo agora, como se nem pensar naquilo valesse mais a pena, tão absurda parecia a desgraça que se lhe abatera sobre o casebre.

— Ah! Não ter dez anos para menos, não virasse já os sessenta bem puxados, tivesse o pulso a rijeza de outrora, e partiria sem detença, no rosilho troncho, pronto a tirar a desforra merecida da afronta!

Mas o corpo já não dava de si, e ele bem sabia quão boa estradeira era a mula ruana em que haviam partido. Àquela hora, já transpunham a mata funda, rumo do Paranaíba e talvez das terras mineiras do Triângulo, bem longe da sanha e da ojeriza impotente de seu amor paterno ludibriado.

E num desalento, amparou-se ao cupinzeiro que erguia o seu cone crivado à frente da palhoça, a olhar emudecido, em desespero.

O sertão abria-se naquela manhã de junho festivo, na glória fecunda das ondulações verdes, sombreado aqui pelas restingas das matas, escalonado mais além pelas colinas aprumadas, a varar o céu azul com suas aguilhadas de ouro; batuíras e xenxéns chalravam nas embaúbas digitadas dos grotões; e um sorvo longo de vida e contentamento errava derredor, no catingueiro roxo dos serrotes, emperolado da orvalhada, a recender acre, e nas abas dos montes e encruzilhadas, onde preás minúsculos e calangos esverdinhados retouçavam familiares, ao esplendor crescente do dia.

Ele ficara mudo, olhos apalermados, virado o rosto para a volta da estrada, de cuja orla subia um nevoeiro luminoso, que o mormaço solar irisava.

Ali permaneceu horas a fio, o sol já dardejando a prumo, indiferente à canícula, mãos túrgidas engalfinhadas na barba intonsa, boca contorcida numa visagem estranha de mágoa, a olhar longe, muito longe, para além das colinas longínquas e do céu anilado.

À tarde, o eco dum aboiado rolou pelo fundo da várzea, ondulando dolentemente de quebrada em quebrada, num despertar intenso de saudade...

Eram boiadeiros que lá passavam, na estrada batida.

O vaqueiro velho não saiu então como de costume, ferrão em punho, perneiras e guarda peito, escorreito e desempenado, no rosilho campeador, a dar a mão de ajuda àqueles forasteiros que lá iam, demanda das terras distantes e das feiras ruidosas dos sertões mineiros d'além-Paranaíba.

Continuava recostado no cômoro dos cupins, mão no queixo, olhando extático; somente, agora, a cabeça bronzeada pendia mais flacidamente sobre o peito largo de vaqueano, e o olhar com que via era inexpressivo e desvidrado, desmedidamente aberto, estampando na retina empanada a visão pungente do sertão em festa, todo verde, e a orelha à escuta, longe, das notas derradeiras da canção nativa.

Morrera, ouvindo os ecos que lá iam do aboiado, a rolar magoadamente, de quebrada em quebrada...

Ao pé, na roupeta singela de algodão em que se enfatiotara, nas axilas, nos braços, pela boca e orelhas, ia cerce, a faina das térmitas em rasgar, picar, cortar e estraçalhar aquele estorvo molengo que se lhes abatera desde cedo por cima da casa...

A BRUXA DOS MARINHOS

A
JOÃO DO RIO

66

AO LADO DA ESTRADA REAL E À SOMBRA ESPESSA DUMA GAMELEIRA CENTENÁRIA EM CUJOS ESGALHOS FINOS CANTAVA EM ÉPOCAS DE SAZÃO A PASSARADA, E ARQUITETAVAM O NINHO GENTIL OS POVIS E TIÊS MIMOSOS de papo fulvo e penugem azulejada das campinas, ficava a venda da bruxa dos Marinhos, assim como a nódoa minúscula e alvinitente duma rês branca, sobre o fundo verde-dourado da imensa malhada que eram aquelas paragens. Avultava ao longe, mal dobrassem o cotovelo brusco duma serrota de alourejada coma de capim-melado e moitas de murici cheiroso, na várzea aberta dos buritis virentes que espanejavam, à fresca das manhãs veranejas, a sua flavela esguia e revoluteante de folhas, toda arqueada e gemebunda aos afagos do vento.

Por ali passavam tropas mineiras d'além-Paranaíba — rijos tocadores palmilhando as alpercatas de couro cru pela extensão ardente e arenosa das estradas poentas, ladeadas às vezes de barrancos escarpados e esfarinhentos de pedra-canga, por cujas erosões, vincadas, medrava tenaz o catingueiro parasitário dos morrotes. Por ali passavam, barulhentos e ralhadores, de peregrinações distantes, após haver trilhado as rechãs esturradas d'argila vermelha e sapé bravio dos chapadões, onde apenas, a quebrar a uniformidade dos horizontes, apareciam de vez em vez, ao longo dos carris profundos deixados à passagem pela roda ferrada dos pesados carros de bois, a fruteira-de-lobo e os coqueiros de macaúba, como tênues, fugaces teias de sombra espalmadas sobre a crosta recozida do solo.

Cruzavam tropeiros da terra, gente sã e escorreita, incitando aos estalos ásperos dos relhos e piraís compridos de trança fina, o trote leve da burrada, que se detinha por momentos a retouçar a babugem das margens — guizalhentas as cabeçadas — com carregamento de cristal de rocha, surrões preciosos do bom fumo goiano, ou malotes ajoujados de sola sertaneja, para as divisas estadoanas do grande rio. E não raro, chiava um carro vilarejo dos fundões remotos, ao passo tardo e hierático dos bois patriarcais, nostálgico e lamuriento à distância, como uma dessas cigarras cinzentas de areia chirriando suas desditas no tronco rugoso duma lixeira dos cerrados, à hora do crepúsculo, pelas queimadas fumarentas e asfixiantes de agosto...

Em navegando p'ressas bandas, era certo os arrieiros desavisados virem dessendentar-se da agrura calcinadora do verão tropical ali aos Marinhos, com uma bochechada cheia da boa e rascante pinga da terra, quando as mais das vezes, não a traziam eles já nos alforjes bem fornidos da garupeira, e lá não fossem senão atraídos e tentados pelos olhos langorosos e quebrantadores da bela cabocla — arteira e artificiosa em seus gestos provocativos à sensualidade dos rapagões — e inflamados mais pela cor de mate sadia e forte de suas carnes roliças e de formas adengadas, que inquietados da fama maligna de bruxedos e avezada a desnorteamentos de cristão, que possuía a luxuriosa habitadora daquele recanto.

Muitas vezes, chocalhando a guizalhada dos peitorais e cincerros sonoros da cabeçada de prata reluzente, em cujo cimo se firmava arfante e senhoril a loura boneca da guia, apontava o primeiro lote na dobra do caminho, levantando áureas nuvens de areia sutil e detritos e fagulhas delgadas de malacacheta rebrilhante. Aos berros roucos e muxoxos cuspilhados dos lábios secos, desviava o dianteiro a madrinha que se aprumara rumo do copiar da casa.

Era uma tropa que passava.

E torcendo rédeas braças antes, na sua besta de sela de estimação, os arreios niquelados faiscando de mil maneiras à luz estuante do sol, e as bombachas folgadas, à moda gaúcha, de padrão azul listrado ou xadrez, o moço arrieiro que p'ressas estradas batidas tenteava a existência fretando cargas, e que vivia a penar enredado nos embelecos traidores da comborgueira, afastava-se pressuroso do roteiro ordinário da comitiva. Ganhava distância; e, corridas as chilenas, metia a mula rosilha num garboso esquipado à marcha picada, e vinha, riscando curto o bicho, esbarrar mesmo a dois passos da porta, espancando o ar quieto e morno do interior, onde uma ou outra mosca caseira voejava sonolenta e trôpega por sobre os coscoros duros do balcão, com um forte e sacudido:

— Ó de casa!

Ao tropel, acudiam dos paióis e alpendres onde modorravam suas mazelas e a preguiça meridiana, os rafeiros varados da vigilância, leprentos, coberto o fio do lombo de quistos bichosos, orelhas tronchas em pé, investindo firmes e às alertas com os latidos ferozes. Molecotes, crias da casa, chegavam ao limiar, longas tereas de cipó ou embira na mão pronta; enxotavam às pancadas rápidas e atiradas ao acaso a cainçalha assanhadiça, que arisca e irrequieta se furtava para os lados, para de novo arremeter, esquelética e reincidente; té que, corridos às vergastas, encafuavam todos pelo vão estreito das cercas de nó-de-porco e sucupira das tranqueiras, onde se postavam rosários de horas farejando e ganindo ao léu, ventas ao ar — tresandando rabugem — ou a pelúcia crespa, enrodilhando-se, enroscando-se, a ver se apanhavam a raiz da cauda apinhada de larvas, arrepiados e ameaçadores.

Descerram-se os tampos da janela de batentes de cabiúna, onde signos de Salomão e marcas de gado se assinalavam a carvão e ferro em brasa; assomava o rosto amorenado e redondo da benzilhona, abertos os lábios úmidos e rubros num sorriso discreto e enigmático de acolhimento, convidando o forasteiro a apear-se ao amparo da soalhada: —Que sim, que ia mesmo braba nesses chapadões, dizia persuasiva, meneando a cabecita sestrosa, onde duas tranças fartas, luzidias, se bipartiam de meio a meio.

Desengonçado no arção da sela mineira, o pé esticado num único estribo, na posição habitual de descanso, titubeava o moço arrieiro; olhava no alto o céu sempre azulino e ofuscante de luz, cerrava um canto d'olho, mão alçada, a atenuar a crueza dos raios solares, e embrulhava uma escusa tola, dando tempo à própria incerteza, perplexo na execução dum ato que se lhe afigurava de importância suma:

— O sol assim parece que vai descambando, dona,

duas horas pelo menos; a mula rosilha vinha sentida dos rins; no segundo e quinto lotes vários burros pisados no espinhaço, pelo atrasamento da carga; os dobros dos da frente, mal divididos desde a saída do pouso, não ajeitavam bem e iam dando um trabalhão pelo caminho, dissera-lhe o dianteiro ao topá-lo ali atrás. Confiança, lá isso tinha na sua gente, e sabia que tudo seria bem cuidado e remediado no pouso, à hora da descarga; mas — e voltava ao assunto primitivo — a rosilha não ia bem, sentida dos rins, o que o punha preocupado, tanto mais que o macho mascarado, trazido à escoteira, sempre à mão para atalhar tropeços e incômodos de montar na necessidade lombo chucro de animal ruim ou passarinheiro, aguara dos cascos na subida da serra do Corumbá...

E engrolava escusas néscias, cuidados falsos com coisas que lhe não diziam o mínimo respeito — obrigação exclusiva dos camaradas — desajeitado, tímido, como que arrependido já da íntima fraqueza, e tivesse vergonha e acanhamento de mais uma vez render seu preito submisso à cabocla.

Ela sorria sempre, o encarnado vivo do lábio inferior acentuando-se sob a alvura dos dentinhos espontados à faca, com aquele mesmo sorriso que lhe fazia as tristezas nos pousos distantes, quando, ferindo magoado as cordas gemebundas da viola, recostado no punho móvel da tipoia macia de algodão ou de imbé, relembrava em quadras toscas, improvisadas ao acaso — algumas de imagens coloridas e nítidas — esses mesmos beiços polpudos, seios sublevados e as faces carnudas da sensual moradora daquele cochicholo da estrada real — desespero de quantos boiadeiros brônzeos e ricaços em trânsito nessas plagas, que se iam sertão em fora ruminando, desaforados e impotentes, quizílias e secretas maldições contra as feitiçarias e quebrantos em que os traziam envotados o riso e olhar felinos da terrível ensalmadora.

Remoía desculpas o moço arrieiro, desacoitado do cocoruto o chapelão d'abas largas. Ela insistia maneirosa e hospitaleira, vencendo a fragilidade dos escrúpulos do cabra. E retinindo nos cachorros de ferro batido os grossos rosetões, rendilhados em crivo, do par d'esporas, entrava ele sala adentro, abancava-se a um dos tamboretes de tauxias amarelas e couro curtido de mateiro, onde ficava a prosear, arrotando pabulagens de mestiço pernóstico e chupitando a miúdo goladas fartas dum pipote velho de aguardente, que um menino ia medindo e vendendo a meia pataca o quartilho, ou entretido com a lábia e ademanes da dona dengosa e impudica, num derriço palerma, à espera do café costumeiro.

No copiar à banda ou sob a copa da gameleira, mastigava o freio pachorrenta e encilhada a mula estradeirona, aos cochilos cabeceantes, perturbada às vezes pelo zumbido tenuíssimo dos miruins do campo e ferretoadas agoniantes das pardacentas e achatadas mutucas sugadeiras; e estrada afora, a sumir na estiva do rego além, ou cá no cotovelo da serrota, ia a toada argentina das cabeçadas das madrinhas da tropa, na branda e ligeira cadência da marcha, demorando em espiras largas no ar, e enchendo e abalando de vibrações quérulas os ecos sucessivos das quebradas longínquas, apressurada de mais a mais pelo relho dos peões dos lotes a passar, que bem sabiam o patrão ali enrabichado, presa duma suçuarana de nova espécie, e o pouso longe, légua além, de boas aguadas e encosto seguro para os animais solertes e avezados a sumiço.

Às vezes, nos dias festivos dessa transparência deslumbradora que é caraterístico invariável do estio goiano, topava ele ali gente de fora e a companhia de forasteiros que se deixava a bebericar era animada. Ficava então horas a fio alheado, conversando com a roda nos assuntos do ofício, o olhar devassando pelos corredores o interior varrido e asseado da casa, que findava num terreiro capinado e limpo, aquém do quintal ensombrado, onde pendiam, em festões engrinaldados, os limoeiros azedos, o laranjal pejado, cuja grimpa era de momento a momento assaltada por densas revoadas de guachos e joões-congos de peito amarelo e acerado bico, perfuradores dos frutos sumarentos, que se punham a merendar álacres, numa orquestra alada de vivos e azoinantes galreios.

    Ele reparava enublado tudo aquilo; deixava-se esquecido a sacolejar no fundo da tigelinha de café aromático, sarapintada de azul, os últimos resíduos do açúcar em dissolução; anotava lá em baixo, na estrada ampla e areenta, barrada a orla do rasteiro capim-gengibre, o passo acelerado e tilintante do derradeiro lote, instigado pelo culatreiro empoeirado e suarento, a desaparecer no cotovelo verdejante da serrota, rumo dos arranchamentos, onde já folgariam os tocadores passados; e, pesaroso, recordava que era também tempo de se lhes ir juntar. Despedia-se impulsivo da bela cabocla — a quem só veria meses depois, talvez um ano, talvez nunca mais — saltava desembaraçado na rosilha desperta em sobressalto ao abrigo da gameleira, e partia direito, sem voltar a cabeça sequer, naquele mesmo esquipado à marcha picada da chegada, o arreiame niquelado todo cintilando ao sol...

    Ao pouso arribava à boquinha da noite, feita a descarga, raspada, curada e amilhada a tropa já no encosto costumeiro da aba do morro, esfregadas a sabugo, afofadas e atalhadas as cangalhas pisadoras, a janta desempoleirada do gancho da mariquita aberta sobre o brasido, ao voejar imperceptível dos primeiros enxames de muriçocas e pernilongos saídos dos charcos de juncais e angola das baixadas alagadiças, quando nas restingas de mato da beira dos córregos e capões, começavam a sua terna elegia as jaós merencórias do sertão; e longe, nas várzeas tenras onde o jaraguá altaneiro campeava eternamente viçoso, nos descampados limpos, semeados aqui, além, de palmeiras incipientes de indaiá abertas em leque à flor da terra, piava aguda, lamentando-se da ausência da companheira predileta, a perdiz solitária das campinas, a lançar alarmes estrídulos aos ecos despertados das quebradas remotas, duma coloração pôr de sol verde-negro sombria, e reavivando extintos pruridos de caça aos ouvidos tensos dos velhos perdigueiros — nédios e bocejadores ao calor do borralho — que acompanhassem a comitiva.

※

Ali passei eu duma feita pelo arroxear suave de melancólica tarde de fins de verão, quando nos taboleiros elevados e descampos mal desabrochava ainda a humilde flor-de-maio das campinas, rumo sul e da primeira estação da estrada de ferro, então aos barrancos do Paranaíba, pronta a transpor esse natural obstáculo das divisas estadoanas, e galgar sertão adentro, conquistando, transformando e aniquilando tipos, costumes e aspectos, na marcha arrasadora do progresso, da civilização.

A vivenda lá continuava ao sopé da estrada e à sombra da mesma centenária gameleira. Não mais porém, em rumorosas manhãs de estio, ao guizalhar festivo das tropadas passantes, se via o freteiro abandonar pressuroso o roteiro batido para vir ali, sedento, matar pesares e saudades da ausência prolongada.

Escalavradas eram as paredes do emboço alvacento, a mostrar, como alastrações de lepra, escorrimentos profundos nos adobes esborcinados, a desmanchar-se lodosos e amolecidos, nas chuvadas de invernia. Um limo viscoso e esverdeado, gotejado pelo estilicídio dos beirais desconjuntos e a cair, sobrepunha-se em camada fina rente ao chão, no rodapé d'oca barrosa. Pelas fendas do lajedo, na linha do oitão, vegetavam beldroegas tímidas, o capinzal de raiz e gramíneas próprias dos taperões há muito deixados.

Ao lado, no desvio, assoberbava o assa-peixe tristonho, agitadas as franças cá e lá pela arribada atônita duma aluvião de pintassilgos, coleiros e patativas apanhadas a petiscar pelos pedúnculos cacheados e floridos;

em baixo, como lagartas esverdinhadas, rastejava a praga da tiririca miúda, os provisórios de caroços espinhentos, o fedegoso bravo, as malícias garranchentas e irredutíveis, a apegar-se, como carrapicho, à canela do desastrado animal aventurado na vereda. Para o fundo, no quintalejo maltratado e sujo, mirravam as laranjeiras sob as ervas daninhas; e como provasse uma fruta temporã que um galho peco oferecia, achei-a azeda, amarga quase, como uma punição.

Cercas e paióis, tranqueiras e currais desmantelados, atravancados de imundícies e monturos, donde, como serpes, saíam emaranhamentos compridos de touças de cabaceira e buchas-dos-paulistas, emergindo dependurados, como brincos colossais, os seus frutos balofos e aquosos — estralejando com estrépito sob os pés as cabaças que a estação sazonara — tão ocos, tão vazios, como o interior bolorento daquele mesmo casebre, a desfazer-se em ruínas, com uma enorme maldição, sob o matagal.

Entretanto, no verde perene de que se revestira o sítio, havia algo de anormal e trágico, misto vago de íntimo terror e inexplicável aperto, a gerar arrepios de pavor aos que, como eu, se detivessem a contemplar, àquela hora do anoitecer, o estranho aspecto da tapera, batida a cumieira de telha-vã dos últimos clarões crepusculares.

Ao condutor — um tipo robusto e acaboclado de nortense, lábios finos e olhos profundamente rasgados de índio — que tão inquieto e impaciente se mostrava à aproximação da noite com a nossa demora ali, indaguei, curioso do descaso e feição lutulenta daqueles ermos.

Ele — viagem andante viera narrando a íntima satisfação e gozo violento de que se sentia noutras eras invadido em se aproximando dessas bandas — olhou-me em silêncio d'alto a baixo, como que avaliando se estava a zombar; esteve algum tempo considerando, incrédulo da presumida ignorância, fez depois uma visagem supersticiosa de esconjuro, e o índice afuzilado — cor de tisne

— designou um marco carunchento, que as enxurradas tinham aluído, meio oculto em macegas de são-caetano.

— Uma cruz...

— Aqui, patrão, pela passagem das últimas boiadas, encontraram-se e acabaram a botes de faca, dois cabras da terra, ambos desempenados e amigos, aos quais desnortearam as mandingas da bruxa: filhos do mesmo pai, filhos da mesma mãe...

Quedou-se, mão no queixo, a olhar estarrecido. No céu, lacrimejava já a estrela boieira. Um acauã grazinou mato a dentro, espreitando agoureiro.

Benzeu-se, e ferrando esporas, afastou-se cabisbaixo, a trote, rápido.

— E a bruxa? disse alcançando-o.

— Ah, sim, a bruxa... Essa, decerto, levou-a o cuca num pé de vento, à hora da meia noite, pela sexta-feira do quarto minguante...

NOSTALGIAS

(TRECHOS DE CARTA)

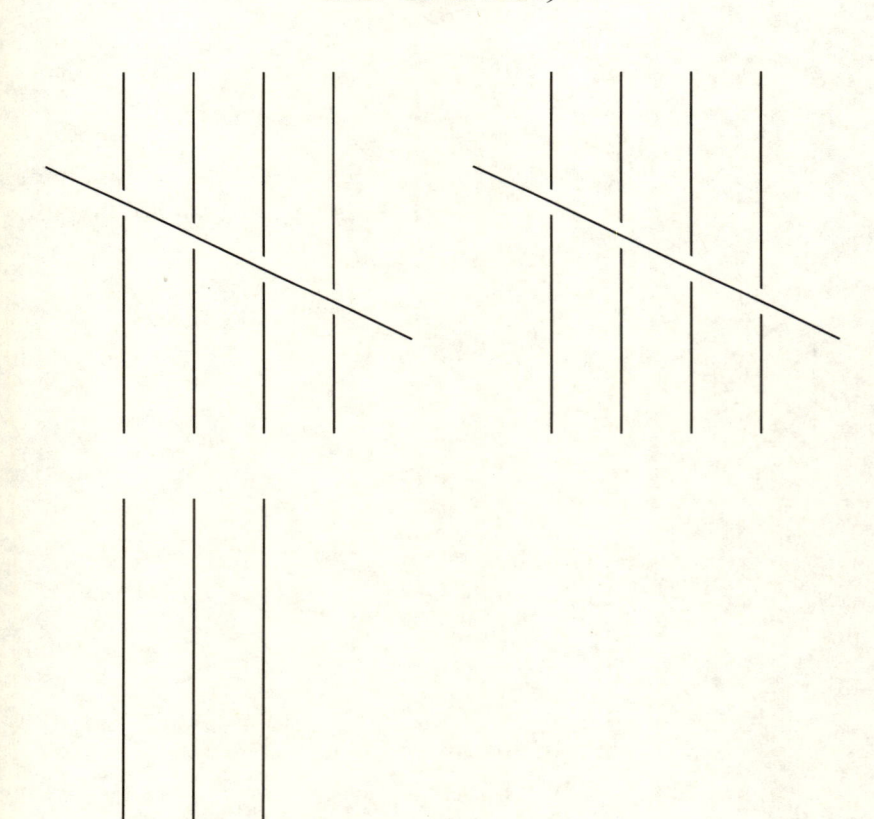

78

JÁ QUE VAIS BREVEMENTE À CHAPADA, VÊ SE AINDA SE ENCONTRA LEGIVELMENTE O MEU NOME NUM TRONCO NOVO DE JENIPAPEIRO QUE FICA JUNTO À CASA DO TEU AGREGADO (SE É QUE AINDA O MANTÉNS), PRÓXIMO A umas goiabeiras, e aí talhado por mim a última vez que lá estive. Olha, não te esqueças de dar algumas tarrafadas ao poço do Periquito, de fundo aliás bem sujo e garranchento; e, também, ao do Mané Fulô, como diziam os caipiras, aonde ia todas as tardes, a comprida cana de pesca sobraçada, farnel d'iscas a tiracolo, descalço às vezes, peito descoberto e em mangas de camisa quase sempre — tal o nosso Casimiro de Abreu dos "Meus oito anos" — a cantar velhas trovas nativas pelas estradas...

Era pelas férias, em tardes luminosas de que já não tenho notícias, pelos meses calorentos de dezembro a março, quando o murici e a corriola, amadurecidos, embalsamavam o chapadão. Passava a correr, saltando córregos, a tua espingarda ou outra qualquer ao ombro, às vezes só, quase sempre acompanhado dum moleque, o Manoel ou o Raimundo do agregado, baixotes e barrigudinhos, que se incumbiam da longa fieira de peixes quando de retorno.

Gralhas e acauãs guinchavam na galharada esguia dos cerradões, sobre o arvoredo denso de ao pé dos córregos. Havia o trilo metálico das cigarras ao mormaço; e, galgando a outra banda — com a chuvarada que descera brusca para de novo abrir-se o céu, diáfano e azulino, ao sol glorioso, descambando além na Barra — preás levípedes, o olho reluzente e globoso de roedor espreitando em torno, saíam assustadiços das moitas da beirada, atravessavam aos pinchos a um tempo grotescos e graciosos a rampa d'argila vermelha, entranhando-se do outro lado, no catingueiro recendente. Não raro, no emaranhado dos travessões de mato que aí cobrem habitualmente o curso das ribeiras, uma caninana inofensiva e modorrenta passava entre os cipoais, em coleios flexuosos, farfalhando as folhas secas derredor...

Apressava o passo, a gargantear velhos motivos da terra, ora esse dengoso *Compadre Chegadinho* dos batuques e muxirões da roça, ora aquela dolente melopeia do *Baleador*, tão simples e evocadora:

Eh! baladô!
Eh! baladô!
Bateu bala na porteira,
A porteira não quebrô!...

Assim, alegremente, fazia os dois quilômetros que nos separavam do poço onde dormiam, no remanso das águas, os cardumes de avoadeiras e jeripocas, sob as coivaras.

No Manoel Flor, tapera antiga que, como todas as taperas, diziam mal-assombrada, e de que restavam apenas os moirões d'aroeira, carcomidos e negros, metia-me pelo atravancado dos gravatás, goiabeiras silvestres, taquaral estralejante e o sarandi da beira do rio, tomava pelo trilho inculto que levava à pedreira favorável, e aí, junto dum chiqueiro abandonado sob cujas taquaras apodrentadas adensavam os mandis-chorões, desenrolava a linha, iscava o anzol, impunha silêncio inviolável ao moleque, e eis-me todo entregue às emoções variadíssimas da pescaria...

Voltávamos ao sítio pelo anoitecer, ao assomar a lua no quadrante turquesa e ouro, quando caga-fogos e vagalumes luzeluziam nas baixadas, eu um tanto fatigado da caminhada, mãos e rosto arranhados pelo cipoal, chupando às vezes o dedo dolorido duma ferrada de jurupensém, mas pronto a recomeçar no dia seguinte, o Raimundo atrás, sopesando a grossa cambada e, nela discriminando já, com olho de dono, os bagres e lobós que lhe seriam como prêmio adjudicados.

De longe, ouvia-se o rechinar lamuriento da gangorra no terreiro à frente, onde Vítor e os primos tripudiavam contentes, os mais pequenos receosos e assustados dum trambolhão a um pinote ou volteio mais rápido.

Caía sobre o Vermelho, que passava ao fundo, a grande, merencória tristeza da tarde. Berravam nos cercados os bezerros. Piavam guachos e joões-congos nas grimpas dos jenipapeiros, onde ninhos caprichosos, ao feitio de compridas bolsas, balouçavam prenhes.

Mosquitinhos azoinantes e zumbidores enxameavam ao longo das tranqueiras, nas perebas dos moleques, sobre a lombeira sarnosa da cachorrada, que, a bruscas estremeções do pelo arrepiado, gania relambendo-se entre palhas, no borralho.

Distante, na estrada da Barra, cargueiros passavam ajoujados e resfolegantes sob a carga de mantimentos, em bruacas de couro cru, rumo da cidade e do mercado. Escutava-se o relho a estalar ao longe, e a voz pigarrosa do caipira, batendo fogo, assoprando o chumaço da binga, a incitar aos muxoxos a mulada:

— Ehú! ehú! ehú!... Crioulo!... Penacho!...

E mais além, aqui na mata, ali nos furados de jaraguá, jaós e perdizes correspondiam-se, moduladas e dolentes as primeiras, subitâneas e estrídulas as outras, de lado a lado rememorando a história pungentíssima de seu mútuo apartamento...

Anoitecia. A paz do sertão, sugestiva e boa, descia nos escampos solitários. Na mesa tosca, ao canto da sala, fumegava a janta sobre a toalha alvacenta d'algodão, alumiada ao centro, vagamente, pela candeia de três bicos, que se espevitava de vez em vez.

Surgiam o angu de caruru nos tigelões pintalgados, a feijoada, o ensopado de peixe, farto, em travessas e pratos estanhados, rebrilhando à luz entre olhos de gordura. Ao lado, o garrafão de caninha e o frasco de malagueta para os mais velhos, os que gostassem do condimento rústico.

Empanturrava-se como pagãos que éramos, à primitiva moda e ao apetite das velhas colônias...

Que rica boia e depois que rico sono, aquele que nos surpreendia pela volta das nove, ao tempo que se contava ainda na fieira dos anos onze, doze, treze primaveras apenas!

Não raro, o caseiro do sítio, forte e desempenado em sua robustez de oitenta anos — o braço mais rijo e feroz dos eitos da roça três léguas derredor — vinha para a soleira da porta, encapotava-se banzento ao batente, acendia um cigarrão, e, a cabeça nevando ao luar como capucho d'algodoeiro, punha-se a devanear, baforando... Cercávamo-lo todos, grandes e pequenos.

Eram sempre histórias antigas, das passadas eras do Império e presídios do Araguaia. Ficávamos a escutar, sonhando com essa região longínqua de canguçus e caboclos desnudos, areias infindáveis alvejando à distância, onde a *pintada* vinha uivar em cio à noite, agoniada do luar, e de cujo fundo das águas saíam, em estação propícia, as tracajás à desova pelas praias d'arribação...

E a mente exaltava-se, repassando contos e lendas, fruto de leituras precoces duns e outros que, mais felizes, tinham visto ou descrito o Araguaia, e bebido em suas paragens a selvática poesia dos sertões brasílios...

— Ah! Tempos que passaram, tempos de moço, como cabo ordenança e vaqueiro particular do capitão José Manoel, teu pai, nosso tio-avô!

Vinham logo narrações da vida à beira do grande rio, proezas de caça e pesca, combates e matanças dos índios canoeiros, caiapós e xavantes; o ataque do fortim de Santa Maria, como ele, ajoelhado à soleira do rancho, a velha espingarda reiuna e respectiva munição ao lado, mordendo impassível o cartucho, fizera frente a toda uma tribo encarniçada de guerreiros, fuzilando-a à queima roupa e dando assim tempo à guarnição de tocar a rebate e acudir em defesa as muralhas.

— Era pelo meio da noite, um luar tão claro como o dia. A caboclada tingira-se de preto, uma larga faixa branca pintada na testa. Isso servia de pontaria. Não perdera um tiro. O rancho ficara que nem porco-espim: crivado de alto a baixo de flechas, e tantas que, ao outro dia, andando os soldados a apanhá-las nos arredores, ajuntaram feixes enormes, que depois serviram para manter o fogo da cozinha semanas a fio. De sua parte, por conta e risco, só ele matara oito...

— Tempos brabos, comentava.

— (Ai, meu pobre herói obscuro, que dormes hoje, entre florinhas agrestes, o teu sono de paz numa cova rasa do cemitério da Barra, junto ao filho do Anhanguera, o desbravador de meus pagos)!

Relatava agora, entre sério e jocoso, como a colerina alastrara súbito no presídio, afrontando do último recruta ao comandante; de como faltaram então todos os recursos e mantimentos naqueles fundões. Só a ele poupara, a danada! Ia para o fundo do quintal, o pau de fogo aperrado, entre os bamburrais, assuntando. Tucanos, quebrando talas, grazinavam saltitantes nas embaúbas.

— Pum! pum! Botava um, botava dois, três, abaixo; e era essa a canja que, com milho pilado, servia ao pé do leito aos patrões devorados de febre.

— Bicho duro, o tucano! Pernoitava dias inteiros no fogo, e nada de dar caldo que prestasse. Como ele, só papagaio, vote! Parecia até o capeta em figura de ave.

Depois, era como duma feita sangrara um cabra intrometediço, que se lhe fizera engraçado com a mulher. O camarada riscara a parnaíba com vontade; ele aparou e deu-lhe resposta bem segura, entre costelas, no bucho...

E explicava: O anspeçada fora procurá-lo no açougue da vila — estavam então em Santa Leopoldina — onde ele acabara de abater uma rês gorda, cria da fazenda, por ordem de seu capitão. O cabra chegou como quem vinha mesmo decidido a armar sarseiro, cara amarrada, berrando alto, gesticulando atrevido, arrotando pacholices e valentias, uma dose forte de cachaça nos bofes.

Ele ouviu, ouviu, como quem não entendia; mas num repente, ante um desaforo mais grosso, quando o provocador transpunha já o limiar, saltou por cima do balcão, ajuntou o famanaz pelos peitos, atirando-o com violência ao meio da rua.

O Domingos foi de roldão bater na quina dum frade, e voltou de lá cego, facão à mostra, piscando os olhinhos de cobra assanhada, sobre o adversário, que já o esperava também do lado de fora, a comprida faca do corte — reluzente e ensebada do serviço — na mão firme.

O crioulo marrou-lhe, a bem dizer, uma pontada direita ao coração; ele torceu e deixou-o passar. De novo, frechou-lhe em cima o anspeçada, a faca a prumo, num bote curto, procurando aberta; novamente ele furtou o corpo, mas esperava-o dessa vez na ponta do ferro, onde o cabra veio espetar-se, bruscamente, o sangue esguichando com fartura para os lados, aos borbotões.

— Ah, como que ainda sentia pelas mãos, na cara — vão quarenta e cinco anos — o sangue do Minguinhos salpicando-o d'alto a baixo todo fumegante, como brasa!

Animado pelo calor da narrativa, acrescentava depois como derrubara doutra vez, numa tarde mui límpida e calorenta d'agosto, um velho carajá que topara acocorado no alto duma árvore, todo acobardado e trêmulo ao vê-lo, duma feita, quando vinha do campeio...

E anotava:

— Qual! Carajás... nação fraca...

— Mas mataste-o à toa, Casimiro?

— Ora, ora, o velho coroca arregalava-me o olho do alto do pau, assim que nele botei a vista, como guariba assustada, batendo os dentes, a dizer com perrenguice:

— Aí tori... Aí tori... (cristão, cristão), mata Bremeri... (nome lá da língua deles), aí ele não faz mal... Aí tori valente!... E tremia, que nem atacado de maleitas.

Eu atravessara o meu pampa campeador no meio do caminho, a coronha da lazarina sobre o serigote dos arreios, todo encruado em minhas perneiras e guarda-peito de mateiro, o chapelão para trás, preso ao queixo pela barbeia de sola, mão em pala, assuntando...

Dera com aquele diabo ao sair do cerrado, onde andava a campear umas reses do capitão José Manoel, seu tio-avô, que Deus tenha em sua santa guarda. Tinha achado rastros frescos num brejal, entre touças de caranã, mas batera três dias seguidos as redondezas, não topando vivalma.

Daí a presunção em que vinha: Pintada não fora, senão deixava algum sinal, resto de carniça, marca das patas, qualquer coisa; e só muito faminta atacava cria taluda... Os índios, talvez...

Vai senão, topo aquele estorvo.

— Desce do pau, ó tapuio!...

— Aí tori... aí tori... mata ele... Brequeti não faz mal... Aí tori valente!...

— Ora, ora, o perereca batia a queixada como caitetú acuado, e eu — diacho de velho pra viver!... — quando o pampa dera já algumas passadas, torci-me no arção da cutuca, e despejei-lhe nas costelas a carga da reiúna. — Que bufo, vote!

Aqui interrompia a segunda mulher do caseiro — que a primeira há muitos anos morrera — toda lastimosa, um travo de zanga na voz:

— Pois tu não tens vergonha de contar coisas dessas, Casimiro! Credo! Olha o purgatório.

— Mulher, mulher, mete-te com tua vida, deixa os outros sossegados. Mortes, tenho treze nas costas, mal contado; e não me arrependo, mais não fora, tanta gente ruim anda pelo mundo!...

— E remorsos, nunca os teve? — indago.

O velho, cuja cabeça nevava ainda mais ao luar, olhou-me em silêncio, como se não compreendera. Depois riu, a boca murcha espichando num bocejo cínico, onde sobressaía desenhada toda aquela vida primitiva no seio bruto do deserto, a par de feras e perigos, sem contemplações e sem piedade para com os mais fracos, os vencidos...

— Lereia...

— Sim, lereia, discutia eu no meu íntimo, que nessa época já começava a tirar lições práticas do mundo, e sabia que o cafuzo que ali estava, o busto ainda alto e espigado, onde os três sangues da raça se caldeavam apaziguados, nunca passara da cartilha de mão, e vivera assim desde rapazote, à gandaia da natureza, a grande mestra da vida.

— Quando fora da estopada do Minguinhos, cristão como ele e companheiro de tarimba, não tivera, quanto mais daquele velho coroca, a bem dizer bicho do mato!...

— Ora, ora, anos depois, de passagem, fora ver o local: a caveira reluzia ao sol e ria macabramente no aceiro da selva, enquanto a ossada se espalhava em torno, dispersa pelas enxurradas e animais bravios...

Terras bárbaras, gente forte!

✷

— Ai, a nostalgia do sertão!...

Pela manhã a Merência, papuda e avara, ia ao curral ordenhar a sua parelha magricela de vaquinhas barrosas, cujo leite nos vendia sovinamente a tostão o guampo. Também, crivávamos-lhe de epítetos e epigramas, à veia estudantal, a papeira mazomba, mal virava, rezingando, a costa acorcovada.

Amigo: não vale descrever a vida que aí levamos e da qual fruis ainda os doces encantos. Longe, numa terra inóspita para os pequenos e humildes, nesta trapeira velha onde noite alta zune a ventania e vêm visitar-me alcateias de ratazanas, às voltas com os meus tédios e minhas pequenas manias de rabiscador anônimo, o espetáculo grandioso da civilização desenrolando-se ao pé pelo buzinar álacre dos autos nas avenidas e pedalar intermitente de tranvias, tão só, à espera dum futuro que não chega e sabendo quão amarga soe às vezes ser a solidão para os que meditam e sonham, e quão duro é viver distante das coisas que nos foram familiares, relembro a paisagem adusta de nossa velha terra, e — confesso — não raro uma lágrima furtiva ressuma em minhas faces escaldadas, como óbolo votivo ao torrão onde vi a luz, onde minha infância decorreu como todas, ai, tão depressa, tão descuidosa...

Mas... basta de sentimentalismo!

Revê-la-ei? Não sei. Talvez nunca. Entanto, nesta luta insana pela existência que é o viver cotidiano das grandes cidades, assediado a cada momento por vivos e contrários embates de interesses e paixões mesquinhas, sinto que o meu íntimo permaneceu o mesmo doutrora, insensível e sereno a todas as agressões brutais deste meio material e grosseiro, que o cinge e aperta num supremo e frenético esforço de conquista, e erguendo, em meio o seu abandono e em meio a sua tristeza, a grande escada de fogo por onde se guindará a outras paragens mais amigas, filhas do meu Sonho e da minha Saudade...

VALE.

CAÇANDO PERDIZES...

90

VOLTA E MEIA, O GUILHERME, POUSANDO SOBRE UM TAMBORETE O PIRES POR ONDE SORVERA O CAFÉ, DEU UM GIRO PELA VARANDA, E DISSE AO VICENTE:
— COMPADRE, JÁ QUE TANTO GABA O BELÉM, ENQUANTO NÃO CHEGA

a boquinha da noite para ir escolher a minha espera, vou experimentar o cachorro aí pelos lados do Lambedor.

— Pois perdigueiro como este estou ainda à *percura*. Eh! — E assoviou arremedando a perdiz quando anoitece.

Lá embaixo da mesa, onde dormitava, o Belém fitava orelhas, e varreu com a cauda a poeira do massapé.

E a comadre desandando: — Vai mesmo compadre. Criação no terreiro 'stá de gougo que é um castigo; o Vicente não tem tempo para caçadas, só assim terei uma perna de galinha para ir debicando com farofa...

E logo, sem tomar fôlego: Não imagina como ando enfarada estes dias! Já me estava dando no goto o quitute...

O Vicente Peludo morava, e ainda mora, ali, naquela encruzilhada de Santa Leopoldina — Vargem Alegre. Como bem diz o nome, tirando a nesga de terras lavradias ao pé do Mosquito —, campos e várzeas, num horizonte aberto, mui ao longe, à distância indefinida, rendilhados pelo azul nostálgico dos contrafortes da serra Dourada. Pela estrada arenosa, escaldada e faiscante, ao largo, o vaivém contínuo de carros e cargueiros, gemebundos ou arfantes, em demanda das margens do Araguaia, ou vindos de Santa Rita com destino à capital.

Àquela hora, já declinava o sol para o lado da Barra. O compadre Guilherme viera da cidade caçar naquelas bandas. Como tivesse o animal aparelhado no telheiro, mal apanhou a caçadeira, já o Belém, a um silvo amigável, dera duas corridas pelo terreiro, e batia-lhe às perneiras com a cauda jovial.

O Vicente viu-o desaparecer em direção à tapera do Antônio; mas não o viu voltar naquela tarde.

— Com certeza ficou na Chapada, prendeu lá o cachorro e foi armar a sua espera de veado no caminho da Barra, explicou à mulher.

De fato, ali pela volta das onze, levantada e descambando a lua, chega o Guilherme. Trazia à garupa uma enfiada de perdizes; não o acompanhava, porém, o cachorro.

Fora até a Chapada, matando pelo caminho quantas perdizes o cão levantava; na volta, descuidando perto do Mosquito em escolher um piquizeiro onde armar a sua rede, o Belém metera-se pelo mato, não mais aparecendo. Amarrara a besta num retiro; trepou para a espera, supondo que o perdigueiro tivesse tomado o rumo de casa.

— Pois aqui não voltou; você botou fora o meu cachorro, compadre.

—Espera que ele há de aparecer; bicho de faro como aquele não toma sumiço assim, compadre.

E como o luar estivesse claro como o dia, dispensou a hospedagem, e ia tornando para a cidade.

A noite toda o Vicente não dormiu. Volta e meia levantava, abria a porta, chegava ao terreiro, a ver se aparecera o Belém. Apenas o luar, mui frígido e translúcido, ia rebrilhando indefinidamente pelos campos, além.

Ao amiudar dos galos não se conteve; foi ao curral, encabrestou o redomão que ali estava para acabar de amansar, arreou-o e meteu-se pelo trilho da Chapada. Ia seguindo o roteiro que fizera na véspera o compadre. De caminho, cortava pelos atalhos, a indagar em duas ou três choças, raras, que lá havia ao fundo das restingas, se o animal fora por ali esbarrar.

Tomava de novo o roteiro. Não lhe bastavam as indicações que trazia. Sertanejo, seguia passo a passo todas as marchas e contramarchas que fizera na véspera o Guilherme. Pôde mesmo, pelas penas deixadas, assinalar um por um os lugares onde tinham sido abatidas as perdizes. Desistira de procurar aquém do Mosquito: no tijuco fresco da rampa, rastros da montaria iam e vinham; os do Belém seguiam, mas não vinham.

Cruzou em todos os sentidos o Lambedor. Na manhã luminosa, engalanadas para a glória do mês mariano, as aleluias e florinhas-de-maio iam pontilhando de ametista e prata o verde ridente da várzea. Pios súbitos, estrídulos, explodiam às vezes, quebrando a monotonia dos grilos nas touceiras de jaraguá.

Invadia-o a pouco e pouco uma ponta de desânimo. Deu uma volta de quarto de légua, foi à casa do defunto Amâncio, outro morador naquelas redondezas.

— Não, por ali não tinha aparecido o cachorro.

O sol aquentava já, seriam onze horas da manhã, e ele ali em jejum, atrás do Belém!

Descorçoado, tomou o rumo de casa. Então, na descida do Mosquito, esse ribeirão tão farto de piaus e curumatãs, como se descuidasse a enrolar uma palha de cigarro, um tranco do animal que ainda não perdera as suas tretas de redomão — por pouco o botava fora da sela. — Era um toro de madeira atravessado no caminho.

Pelo menos, assim julgou à primeira vista. Mas logo, engatilhava a central, e dois formidáveis tiraços abalavam aquelas solidões. Mexeu-se o madeiro, pesadamente, aquietando depois.

O Vicente apeou e chegou-se à sucuri. Era a maior que topava junto àquele rio, tão fértil delas! Deu volta à estrada, torou para casa.

Depois do almoço, tornou ao lugar. Mediu-a de ponta a ponta, contando quarenta e oito palmos, nem mais nem menos. Um grande nó no ventre desde logo lhe atraíra o olhar. Meteu-lhe o facão, abriu de extremo a extremo a barriga: dentro, todo inteiro, enrodilhado e gosmento, jazia o cão.

E a pele dessa sucuri, ainda há três meses viva lá no meu sertão adusto, tenho-a presente agora sobre os olhos, dando volta aos quatro ângulos do meu quarto de estudante.

ALMA DAS AVES

96

Havia na fazenda uma regular criação de galinhas. Certo que não abundavam as raridades. Viam-se algumas representantes da Brama e Cochinchina, louras como gema d'ovo; carijós, garnisés, arrepiadas, de forma e feitio de penas arrevesado e raro. Tudo, porém, sem método de seleção, entrecruzando-se com a raça corriqueira da terra — abundantíssima, onde cores e característicos se baralhavam na mais inextricável promiscuidade.

Mas legítimas, descendentes daquela que tanto pavor causara ao índio de Vaz Caminha, podiam-se contar às dúzias, sobressaindo desde a boa nanica chocadeira, até às agourentas pescoço-pelado, aliás de mui excelentes qualidades poedeiras.

No terreiro argiloso e duro, mui vasto, que se entranhava a princípio num vassoural rasteiro, depois — mais além — no cerrado, e por fim onde acabava o mato sujo e começavam os morrotes embalsamados de mangabeira e murici, andavam elas desde o dealbar ciscando e esgravatando, ou a enfartar-se de jenipapos esborrachados pelo chão, quando não era disputada a fruta pelos bácoros soltos, grunhidores que mesmo alta noite, escutando-lhe a queda balofa sobre o solo, saíam de suas camas de palha e cisco ao pé das cercas, e vinham, bufando e farejando, manducar naquela ceia que de momento a momento lhes mandava a aragem.

E aos bufos da leitoada, era um cacarejar alerta e impaciente à hora matinal, bater d'asas, corridas aqui sobre esta manga meio roída de periquitos que despencara, a fuga ali da que, desentranhando gorda minhoca, se fora num cacarejamento de triunfo, a deglutí-la noutro canto, perseguida das demais; e tal o ruído que, certo, se não fizesse a roça a todos os madrugadores, se se não acostumara antes o ouvido ao mugir do gado desde as três da manhã, seriam aquelas umas férias mui pouco invejáveis de passar para gente dorminhoca.

Dês, porém, que a caseira surgia no limiar, achegando à peitada bamba duas pontas de saia, um palmo de morim da de baixo, encardido e sujo, colando às canelas luzidias de quinquagenária — e um psiu asmático, à direita, à esquerda, se lhe fluía da beiçada murcha — não se poderia ao certo dizer do alvoroço havido naquele pequeno mundo, as correrias que do amplo perímetro do pátio convergiam como varetas dum leque ou raios de semicírculo ao centro magnético, o açodamento cômico das retardatárias emergindo de touças que pareciam antes desertas, as que dentro do quintal escarafunchavam a raiz das laranjeiras transpondo céleres as cercas num surto em arco, e mesmo, o estoufraquear das cocás, ou o gluglu dos patos vorazes acudindo da represa.

E eram punhadas sábias para um lado, para o outro, de grãos saltitados, rápido estrelando o solo com o seu brilho alegre de ouro novo, mais depressa subvertendo-se naquela multidão de mendigos, cada qual apostado em exceder o vizinho em gula e solércia; o cuidado da mulher em ter um dos outros afastados os galos de rinha, de aculeado esporão, ciosos e espancadores; e depois, tufada a paparia fulva, o pedinchar de quem ainda atende, e a sua dispersão final — a custo resolvida — pelo cerrado dos arredores.

Algumas lá pelo mato se deixavam ficar semanas a fio, ou eriçadas e chocas faziam de quando em vez rápidas escapadas em que vinham passear pelo pátio a sua turra de enfastiadas.

E quando, dias longos amoitadas, apareciam de novo, era puxando fieiras intermináveis de pintainhos, onde daí a meses faria mão baixa o caseiro, enchendo capoeiras que ia levar ao mercado da cidade.

Então, pelo dia andante, uma quietude monástica, em que o sol tudo amolentava e aquecia naquele seu mormaço de dezembro, vinha mata abaixo, na bafagem do rio, coisas e entes modorrando. Lá embaixo, na praia, a eterna ofuscação de mil chispas de faúlhas, cambiando os seus fogos num ondular crepitante de mica e saibro rescaldado. Cachimbando, batiam roupa as lavadeiras do sítio. Já de há muito desleitadas, vacas e bezerros pastavam, apartados, no mangueiro. E a antiga casa sertaneja, erigida a sopapos, ficava assim, dentre o verde ramalhudo dos cercados de pinhão e fruteiras do quintalejo, como um velho tiú dormido à beira da estrada, ao cicio acalentante das cigarras.

※

Ora, uma tarde, após um dia cheio de caçadas e pescaria, abertas as tarrafas a enxugar no terreiro, tomávamos a fresca à soleira; e longe, pelas bandas do ocaso, bulcões de nuvens acorriam, lentas, acolchoando sobre os cerros, para a encenação costumeira do anoitecer. E o silêncio que em torno se fazia foi de súbito cortado, dum modo estranho e grotesco, pelo grito dum volátil numa das touceiras em frente à estrada. O caseiro, que no momento examinava os sacos duma nossa rede, onde as matrinxãs tinham feito esse dia largo rombo, volveu o ouvido experimentado, olhou-nos com inteligência, sondando depois os ares cuidadosamente.

— Algum gavião? — indagou a mulher.

Mas não. Não havia ali por perto ninhada fresca de pintainhos, além de que o céu, parado e límpido, nenhum indício d'asas do plumátil rapace assinalava que levasse em roda alarma à criação.

Entanto, fez-se logo ouvir, insistente, o cacarejo no vassouredo. Para lá nos fomos todos curiosos.

Minúscula tragédia, espetáculo extraordinário e grandioso aquele, em sua estranha singeleza!

No aceiro, uma ninhada d'ovos em véspera de abrir. Sobre ela, armada para o bote, uma cascavel batia enfurecida o chocalho. Mais terrível porém era o aspecto ouriçado duma galinha da terra, o papo pelado já, gotejando pelos sucessivos arremessos. — Numa de suas breves sortidas à cata de que entreter uma fome de semanas, topara de retorno com aquela intrusa sobre a sua postura tépida, ali teimando em permanecer, mau grado o alarde com que nos atraíra a nós, e as heroicas e reiteradas arremetidas com que procurava, em vão, enxotá-la.

Ficamos ali parados, a olhar perplexos.

A ave, nuns pulos bruscos, bizarros, de batráquio em fúria, acossava de perto o réptil aos esporeios e bicadas. Este, a cada novo assomo, mordia-a desapiedado, chocalhando incessantemente. De novo, voltava à riça o animal, arremetendo corajosamente de unhas e bicos. Novamente sibilava a cobra, ferindo-o, injetando-lhe o pescoço, as asas, o peito incidente e agudo, da mortal peçonha.

E o nosso pasmo era tal que ainda assim permaneceríamos, a ver em que dava a singular briga, se o caseiro, pondo termo à luta desigual, não arrancasse uma estaca, abatendo a cascavel em duas certeiras pauladas.

Lanhosa e escamada, ficou-se ela por ali a enrodilhar, enquanto lhe esmagávamos a cabeça. Arrastada para o terreiro, medimo-la com cuidado, achando-se seis palmos e tanto de comprimento, fora a cauda, cujo crótalo dizia oito anos de idade.

Voltamos depressa à ave.

Deitada sobre o ninho, dormia já, mais negra que o carvão.

À BEIRA DO POUSO

A MÁRIO DE ALENCAR

102

CONTAVAM CASOS. HISTÓRIAS DESLEMBRADAS DO SERTÃO, QUE AQUELA LUA ACINZENTADA E FRIORENTA DE INVERNO, ENVOLTA EM BRUMAS, LÁ DO CÉU TRISTE E CARREGADO, INSUFLAVA PERFEITA verossimilhança e vida animada.

Pela maioria, contos lúgubres e sanguinolentos, eivados de superstições e terrores, passados sob o clarão embaçado daquela mesma lua acinzentada e friorenta de inverno, no seio aspérrimo das solidões goianas.

Acocorados à sertaneja sob a copa desfolhada do pouso — um jatobá gigantesco — aquentavam fogo, a petiscar baforadas grossas dos cigarrões de palha, ouvidos atentos ao narrador.

A cangalhada, vermelha à luz da fogueira e rebuçada em ligais, amontoava-se em forma de toca ao pé da árvore, resguardando o carregamento, e, na necessidade, dado o mau tempo, todo o pessoal. Uma neblina leve e hibernal, esgarçada e refeita aos raios mortos da lua, embuçava ao fundo a campina, onde cincerros de tropa badalavam intermitentes.

E, sob aquele céu frio e austral de maio, estiolava-se ressequida a vegetação tenra e rasteira dos campos goianos.

O arrieiro, mestiço traquejado e serviçal, na sua voz grossa e arrastada de cuiabano, arrematava o final dum conto de *lobisomen*.

O silêncio — pesado — restabelecera-se debaixo da impressão sinistra daquela narrativa; e o Aleixo — um caburé truculento, amigo da boa pinga e frequentemente mudando de patrão pelo seu gênio teimoso e arreliado —, puxando para si o cuité fumegante de congonha e chupitando uma golada, começou então assim:

— Naquele tempo viajava eu escoteiro, no meu jaguané de fama, por estas estradas da minha terra; isso, noitão cerrada e vésperas da Paixão. Manhãzinha, Deus servido, devia bater em Santa Rita pra negócio de precisão, e a lua só pela madrugada despontaria.

Marchava apressado, tendo a cortar todo um estirão de oito léguas bem puxadas para alcançar o arraial. Vai senão, ali nas alturas do Bugre, ouço passos cadenciados à minha frente. Olhei, o lugar era ensombrado, o caminho muito estreito e solapado não tinha desvio;

e, como lhes dizia, não havia luar. Assim na sombra, assemelhou-se-me a dois homens baixos, conduzindo qualquer coisa, a modo de trouxa, num varão.

— Naturalmente soldados em diligência para Santa Leopoldina, calculei.

Num claro de mato, achegando o animal, vi perfeitamente: eram dois negros acurvados, num andar ora lento, ora apressado, que levavam ao ombro uma rede de defunto.

Cravei as esporas no meu bicho pra ganhar a dianteira — que eu não arreceio um cabra de maus fígados, mas tenho uma ojeriza dos diabos a tudo que me cheira a defunto; e isso, desde aquela estopada onde o Policarpo viu que um jacaré não sai à toa da bainha, e que eu, apesar de simples camarada, não guardo desfeita para depois.

O bicho fiel certamente estranhou as rosetas, tanto que meteu num trote bruto de pôr tripas pela boca afora do peão mais desabusado.

Os pretos excomungados, sacolejando a rede, começam a trotar lá adiante.

— Olá, gritei, param vocês aí com o defunto e abram-me passagem.

Os carregadores nem pio, antes continuaram, arremedando, a correr duro, vergados sob o varão, cabisbaixos e macambúzios.

Achei esquisito. Joguei o lobuno a galope: galoparam também, ganhando distância, a desaparecer no sombreado espesso das árvores.

— Qual, isso ainda é efeito da beijoca que dei ali atrás ao frasco de cachaça, ia pensando.

Noutro claro, porém, lá tornei a enxergar os dois pretos condutores, arqueados e silenciosos debaixo da carga maldita. Iam depressa tanto como o meu punga.

O carreiro apertava, aprofundando-se; não tinha por onde atalhar. Demais, um travo de zanga subia-me à garganta.

— Eu lhes mostrarei, canalhas; estão caçoando comigo, seus bêbados, pois esperam aí.

Varei o meu bicho nas chilenas, e ele disparou à toda, que o terreno era um seu tico movediço, mas o animal, apesar de cansado, era de fiança.

— E pegou-os?

— Qual o quê, seu Zé; os demônios abriram numa carreira de curupira, a fazer mais estrépito que o casco de meu bicho! Assim andamos bom pedaço, o carreiro mais estreito e solapado, o arvoredo mais fechado e carrancudo, o sítio mais escuro.

Afinal, não ganhava nem perdia, e o pingo a resfolegar já bambo. Sofreei a marcha. Os pretos, bufando alto debaixo da carga, regularam logo a sua andadura pela minha. Pus o sendeiro a passo: eles, do mesmo modo, pousados, em cadência, recomeçaram o movimento primitivo, a passo, desocupados.

Decididamente esquisito, mesmo muito esquisito.

Parei o pingo. Os pretos imitando, pararam. Fiquei ali imóvel longo tempo, os olhos neles grudados, sem tino, enquanto o minguante principiava a tingir de açafrão a copa folhuda das árvores, e lentamente ia abaixando a sua luz amarelada sobre o carreiro.

Acoroçoado, reencetei a marcha; eles fizeram o mesmo, e assim continuamos por mais de hora, eu calado, apertando nos dedos o cabo encerado do jacaré, eles arcados, pousados, o fardo ao ombro, em cadência de soldados.

De supetão — desfiava eu o creio-em-deus-padre de trás para diante mais uma vez —, o carreiro desembocou num campo largo, coalhado de luar.

A lua deu de chapa nos dois carregadores.

Adivinham, se podem, o que vi então, todo apalermado, assombrado mesmo.

— O "Cuca"! — aventurou tímido, um.

— Qual! Uma vaca.

E perante o assombro descomedido daquelas feições rústicas e encardidas de sol, o Aleixo arrematou com pachorra:

— Pois isso mesmo, os dois pretos arcados, eram seus quartos escuros, e a rede de defunto, a barriga malhada. Como o carreiro era fundo e apertado, ela não tivera por onde torcer; o escuro, a solidão daqueles lugares e — pra tudo dizer — o medo, fizeram o resto.

A companhia respirava aliviada.

O plenilúnio acinzentado e friorento de inverno, envolto em brumas, lá do céu triste e carregado, insuflava vida e animação às personagens fantasmagóricas daquelas histórias primitivas.

Cincerros badalavam intermitentes e sonoros na campina ao fundo, onde a neblina hibernal do sertão, esgarçada e refeita aos raios mortos da lua, abafava o horizonte.

Fumegando, a chocolateira fuliginosa e aromatizada de congonha passou de mão em mão, transbordando os cuités.

A fogueira — em brasa — tremeluzia.

— Um outro tomou a palavra.

JANEIRO, 1912

O POLDRO PICAÇO

A
CLÁUDIO
S. GANNS

108

AS VAQUEJADAS ESTAVAM A TERMINAR. NO CURRAL DA FAZENDA APRESSAVA-SE A FERRA DUMA ÚLTIMA PARTIDA DE BEZERROTES TRAZIDOS DA BOCA DA MATA, GADO ESPANTADIÇO E ARTIFICIOSO, QUE TANTA ATRAPALHAÇÃO dera aos campeiros para reunir e trazer arrebanhado à porteira. De volta, vieram também daquelas bandas uns poldros cardões, sangue azougado, crescidos às soltas por ali mesmo, em furados de papuã e jaraguá, à lei da natureza.

Como a neta do patrão se encantasse da estampa escorreita dum pingo picaço, estrelo de testa e olho em brasa — que só fizera até então fitar orelhas e coçar-se aos varais do cercado ao mínimo rumor estranho —, patrão interpelou-me:

— Ó Antônio, olha que a Guiomar se engraçou do picaço; vamos ver se mo pões manso como um sendeiro velho, para o silhão da menina.

— O patrão mandando, hoje mesmo tiro as tretas do bicho.

— É o que quero ver.

Eu era nesse tempo o peão mais afiançado da fazenda. Nas redondezas destes *Guaiais* — e o meu companheiro fez um gesto largo, abarcando céu e terras com a mão —, não havia quem fosse mais maneiro de juntas e seguro nos arreios, que este seu criado. Não é por querer gabar, mas no lombo dum malcriado, estribos bem justos, o que prometia, fazia mesmo!

Ainda duma feita, quando o patrão andava ajuntando nas invernadas umas tropas que fomos depois vender ao Mato Grosso, muita gente pasmou para as tropelias puxadas à sustância que fui cometendo com quanto burro brabo e redomão aparecia nos lotes.

— Criação da Boca da Mata tem fama, não é caçoada, avisou um vaqueiro velho experimentado; se não fizer finca-pé nos loros e pressão dos joelhos, está por terra, tão certo como esse sol que nos alumia.

— Não meta medo ao rapaz, tio Pedro, chacoteou outro peão do sítio, o Mateus; e riu, sustentado na galhofa por um cabra arribadiço, bela peitaça, que também trazia fama de montador, segundo ouvira dizer, lá dos sertões donde viera.

— Eh! gente, defendeu alguém, tanto foguetório e pabulagem para aquele picaço; o Antônio é cabra matreiro, aposto o meu ponche-pala contra a tua franqueira, Mateus, como em menos duma hora o poldro é matungo de longa serventia.

Não conversei. Amofinava minhas prosápias de montador aquela pacholice da camaradagem. Levantei-me da roda em que estava, no puxado dos bezerros; passei a perna por cima da cerca e endireitei para o paiol de milho, onde tinha os arreios. O dia começava a esfriar, a sombra das gameleiras alongava no terreiro.

Logo no princípio, deu pancas o animal para deitar-lhe em riba os baixeiros da cutuca. Com uma laçada mestra, amarrei-o à argola do moirão; mesmo assim, preciso foi uma faixa escura na vista, peia de pernas e torniquete nas orelhas, bem torcido pelo cabra da peitaça, para que conseguisse apertar a barrigueira e abotoar o freio de barbicacho sobre o pelo virgem do danado.

Ele ia aceitando os arreios desconfiado, a fugir de corpo, sonegando, tremelicante a beiçama, a mostrar uma dentuça mui alva de dois anos e meio, contido nos jarretes e a mão de ferro de todo o pessoal interessado naquele feito.

Quando ia a trepar, chilenas bem arrochadas no calcanhar e perneiras com guarda-peito para livrar das garrancheiras e espinhedo por onde o acaso levasse, senti, vez primeira no arriscado ofício, um estremeção desagradável pelo fio das costas e o coração bacorejando. Não duvidei, porém, em afastar o pessoal, afrouxar os atilhos, bambear a laçada.

Ao momento que o picaço hesitava ainda ante a súbita claridade que se fizera, botei-me acima da cutuca.

— Ah! Meu patrão, só tive tempo de gritar: abram a porteira!

O endemoninhado recuava sobre os cascos, refugando, encolhendo a lombeira, como que a experimentar, admirado, o estorvo que trazia por cima. Súbito arremeteu.

Nem tempo tiveram de tirar os últimos paus. Passou por cima da porteira num salto breve, nervoso, ganhou o campo aberto, e espalhou.

Que bicho, meu menino! Sete vezes fui ao céu e sete desci às profundas dos infernos! Mas aguentei firme. Cabriolou aos pinotes, no estradão; andou de banda, por instantes, arreliado, procurando morder; atirou dois pares de couces para o ar, e como se fosse só então principiar, disparou noutro arremesso.

Engolimos num trago aquele chão.

No valado das divisas, a distância era respeitada; e ele, sem detença, precipitou-se num arrancão. Cuidei ficar daquela feita no fundo do barranco, estive mesmo, vai não vai, por abandonar as estribeiras. Ganhamos o outro lado. Atravessamos num relance o sarobal que lá havia, e ensaiei, atendo-me ao governo, encaminhá-lo para o pontilhão e voltar ao terreiro, onde todo o mundo andava atarantado.

Mais por inclinação própria que obedecendo às rédeas, ele desembestou por ali e veio num fechar d'olhos, aos pulos e aos trancos, jogando de popa, esbarrar ao pé das cercas, pinoteando.

— Não lhe conto nada, meu patrão, o certo é que não sei por que artes e manhas do tinhoso, quando supunha já ser ocasião de sugigá-lo nas esporas e tacadas de rabo--de-tatu aplicadas a preceito, o malvado, num solavanco, empinando sobre as patas traseiras, acachapou-se no terreiro, sacudindo-me com violência do lombo.

Aguentaria firme ainda, não fora a traição da barrigueira e sobrecincha, que arrebentavam no esforço.

A sela fugiu sob os joelhos, perdi a firmeza e pareceu-me que mergulhava de ponta numas raízes da gameleira que assombreava o terreno.

Quando dei acordo, estava estirado no banco da varanda, sobre o joelho da menina, que me banhava a cabeça num lenço ensopado, todo besuntado da sangueira que me saía duma brecha funda do cocoruto, esta mesma cicatriz que aí vê...

Tirou fora o chapelão de feltro, d'abas largas, acampado à banda pela presilha dum botão, desengonçou-se no arção do selim, e, afastando o cabelo corredio, apontou.

— O sangue estancado, ela atou-me o lenço à ferida, embebeu-o de bálsamo e esteve muito tempo a olhar, compadecida...

Mais tarde, quando quis restituir aquele pedacinho rendado de batista — que trazia um G arabescado tão perfeito, bordadura de seus dedos —, recusou.

Trago-o aqui desde então, sobre o peito, bem dobradinho, como um breve.

Amofinado, abandonei aquele ofício de peão, trocando-o por este de condutor, mais pacífico e sossegado, como me convinha. Também, desde o acontecido, me senti mal, umas tonturas, turvação na vista, sei lá... O certo é que, sarado, nunca mais tomei à fazenda.

Uma vez, viajando, quis queimar essa prenda. Estive muito tempo a olhar, meneando, indeciso, mas não tive coragem. Que fazer? Coisas do coração...

E como visse, na encosta da várzea por onde trilhávamos agora, uns coqueiros de indaiá em cujas palmas salmodiavam, àquela hora do entardecer, as inhumas do sertão, improvisou alto, alheado:

Passo-preto cantador
Que canta no buriti,
Vai dizer ao meu amor
Que de pesares parti...

A noite ia avolumando do fundo das baixadas. O crescente transmontava, muito branco, alagando os escampados de sua grande luz merencória.

— E o poldro picaço?

— No dia seguinte, tentou também o cabra da peitaça quebrar-lhe as tretas, não obstante a proibição da patroa, que não queria ver mais sangueiras em casa; foi mais caipora: na força do tombo ficou com o braço na tipoia, partido em dois lugares. O Mateus desistiu por sua vez da experiência. Também o bicho, atido preso, desandou de emagrecer, rejeitando a ração. Toparam-no uma daquelas manhãs arrebentado no curral, onde lhe andavam a curar com salmoura a esporeação do vazio.

— A patroazinha...

— Essa, creio, andou uns tempos entristecida com o sucedido; casou, segundo ouvi, há coisa de ano e meio, com um moço da vizinhança.

Acendeu o cigarro, desengonçou-se de novo no selim, e até o pouso próximo não lhe arranquei mais uma única palavra.

NINHO DE PERIQUITOS

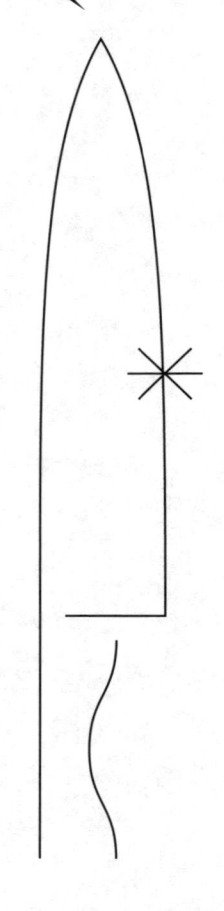

116

ABRANDANDO A
CANÍCULA PELO
VIRAR DA TARDE,
DOMINGOS
ABANDONOU
A REDE DE
EMBIRA ONDE
SE ENTRETINHA
ARRANHANDO
UNS RESPONTOS
NA VIOLA APÓS
FARTA CUIA
DE JACUBA DE
FARINHA DE
MILHO
E RAPADURA

que bebera em silêncio, às largas colheradas, e saiu ao terreiro, onde demorou a afiar numa pedra piçarra o corte da foice.

Era pelo domingo, vésperas quase da colheita. O milharal estendia-se além, na baixada das velhas terras devolutas, amarelecido já pela quebra, que realizara dias antes, e o veranico, que andava duro na quinzena.

Enquanto amolava o ferro, no propósito de ir picar uns galhos de coivara no fundo do plantio para o fogo na cozinha, o Janjão rondava em torno, rebolando na terra, olho aguçado para o trabalho paterno.

— Não se esquecesse, o papá, dos filhotes de periquitos, que ficavam lá no fundo do grotão, entre as macegas espinhosas de malícia num cupim velho do pé da maria-preta. Não esquecesse...

O roceiro andou lá pelos fundos da roça, a colher uns pepinos temporões; foi ao paiol de palha d'arroz, mais uma vez avaliando com a vista se possuía capacidade precisa para a rica colheita do ano; e, tendo ajuntado os gravetos e uns cernes de coivara, amarrava o feixe e ia já a recolher caminho de casa, quando se lembrou do pedido do pequeno.

— Ora, deixassem lá em paz os passarinhos.

Mas aquele dia assentava o Janjão a sua primeira dezena tristonha de anos; e pois, não valia por tão pouco amuá-lo.

O caipira pousou a braçada de lenha encostada à cerca do roçado; passou a perna por cima, e pulando do outro lado, as alpercatas de couro cru a pisar forte o espinharal ressequido que estalejava, entranhou-se pelo grotão — nesses dias sem pinga d'água — galgou a barroca fronteira e endireitou rumo da mariapreta, que abria ao mormaço crepuscular da tarde a galharada esguia, toda tostada desde a época da queima pelas lufadas de fogo que subiam da malhada.

Ali mesmo, na bifurcação do tronco, assentada sobre a forquilha da árvore, à altura do peito, escancarava a boca negra para o nascente a casa abandonada dos cupins, onde um casal de periquitos fizera ninho essa estação.

O lavrador alçou com cautela a destra calosa, rebuscando lá por dentro os dois borrachos. Mas tirou-a num repente, surpreendido. É que uma picadela incisiva, dolorosa, rasgara-lhe por dois pontos, vivamente, a palma da mão.

E, enquanto olhava admirado, uma cabeça disforme, oblonga, encimada a testa duma cruz, aparecia à aberta do cupinzeiro, fitando-o, persistentes, os seus olhinhos redondos, onde uma chispa má luzia, malignamente...

O matuto sentiu uma frialdade mortuária percorrendo-o ao longo da espinha.

Era uma urutu, a terrível urutu do sertão, para a qual a mezinha doméstica nem a dos campos, possuíam salvação...

— Perdido... completamente perdido...

O réptil, mostrando a língua bífida, crispando as pupilas em cólera, a fitá-lo ameaçador, preparava-se para novo ataque ao importuno que viera arrancá-lo da sesta; e o caboclo, voltando a si do estupor, num gesto instintivo, sacou da bainha o largo jacaré inseparável, amputando-lhe a cabeça dum golpe certeiro.

Então, sem vacilar, num movimento inda mais brusco, apoiando a mão molesta à casca carunchosa da árvore, decepou-a noutro golpe, cerce quase à juntura do pulso.

E enrolando o punho mutilado na camisola de algodão, que foi rasgando entre dentes, saiu do cerrado, calcando duro, sobranceiro e altivo, rumo da casa, como um deus selvagem e triunfante apontando da mata companheira, mas assassina, mas perfidamente traiçoeira...

O SACI

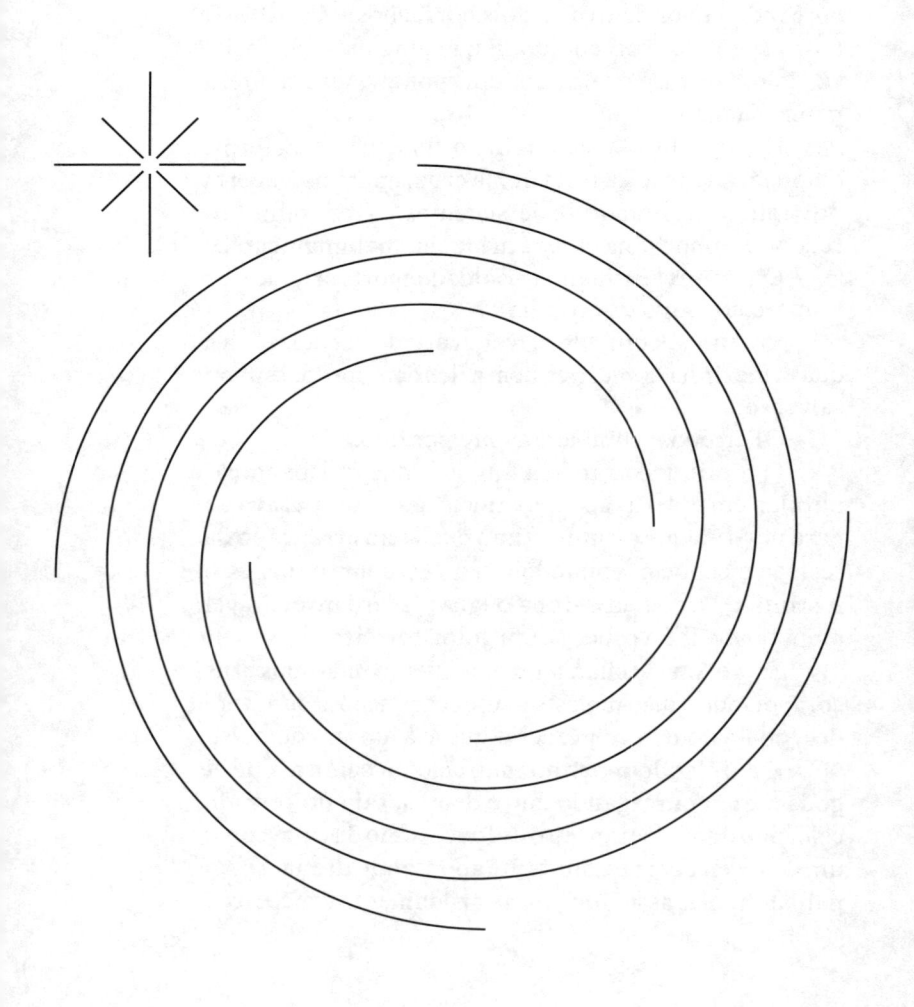

120

POR AQUELE TEMPO O SACI ANDAVA DESESPERADO. TINHAM-LHE SURRUPIADO A CABAÇA DE MANDINGA. O MOLEQUE, EXTREMA-MENTE IRRITADO, VAGUEAVA PELOS FUNDÕES DE GOIÁS.

Pai Zé, saindo um dia à cata dumas raízes de mandioca-castela que sinhá-dona lhe pedira, topou com ele nos grotões da roça.

O preto, abandonando a enxada e de queixo caído, olhava pasmado o negrinho que lhe fazia caretas e trejeitos, a saltar no seu único pé, e fungando terrivelmente.

— Vancê quer alguma coisa? perguntou pai Zé admirado, vendo agora o moleque rodopiar como o pião de ioiô.

— Olha negro, respondeu o Saci, vancê gosta de sá Quirina, aquela mulata de sustância: pois eu lhe dou a mandinga com que ela há de ficar enrabichada, se vancê me arranja a cabaça que perdi.

Pai Zé, louco de contentamento, prometeu. A cabaça, ele sabia-o, fora amoitada pelo Benedito Galego, um caboclo sacudido que, cansado das malandrices do moleque, a tinha roubado das grimpas do jatobá grande, lá nas roças do ribeirão.

Pai Zé fora um dos que o tinham aconselhado, para obstar que o Saci, como era o seu costume quando incomodado, tornasse a levantar as árvores da derrubada que o Benedito fizera nessas terras.

Arrastando as alpercatas de couro cru pelas terras de sô feitor, pai Zé capengava satisfeito e inchado com a promessa do Saci.

Desde Santo Antônio que ele rondava sá Quirina, procurando sempre ocasião de lhe mostrar que apesar dos seus sessenta e cinco anos e meio, um olho de menos e falta de dente na boca, não era negro para se desprezar assim por um canto, não — que sustância ainda ele tinha no peito para aguentar com a mulata e mais a trouxa de sá Quitéria, sua mulher, se ele tinha!

Mas a cafuza era dura da gente convencer. Toda a eloquência que ele penosamente engendrara em seu bestunto de africano e que lhe tinha despejado pela festa de São Pedro, não teve outro resultado senão a fuga da roxa quando o encontrava.

— Mas agora, gaguejava o preto, eu lhe amostro — que o Saci é mesmo bicho bom pra deitar um feitiço.

Com a rica dádiva dum quartilho de cachaça e meia mão do seu fumo pixuá, pai Zé alcançou do Galego a cabaça desejada.

Sá Quitéria, porém, não via com bons olhos o afã de seu velho pela posse da milonga. E ela também sabia deitar e tirar quebranto, se sabia! — Perguntassem à bruxa da Nhá Benta, que desde vésperas de Reis estava entrevada na trempe do jirau; e não era o zarolho e cambaio do seu homem que a enganasse.

Por isso, a velha ciumenta estava de tocaia, desejosa por saber do seu intento. Lá ia pai Zé, arrastando novamente as alpercatas de couro cru pelas terras de sô feitor, à entrevista do Saci. Atrás dele, sorrateira, lá ia também sá Quitéria.

O negro chegou aos grotões e chamou pelo Saci, que de pronto apareceu.

— Toma lá a sua cabaça de mandinga, seu Saci, e dá-me cá o feitiço pra sá Quirina.

O moleque desbarretou-se, tirou uma pitada grossa da cumbuca, fungou, e, entregando o resto a pai Zé, disse:

— Dá-lhe a cheirar esta pitada, que a crioula é sua escrava.

E desapareceu, fungando, pulando no seu único pé, nos grotões e covoadas da roça.

— Ah, negro velho dos infernos, que conheci a tua tramoia, gritou sá Quitéria furiosa, saindo do bamburral e segurando-o pelo papo.

E, na luta do casal, lá se foi o feitiço que o pobre pai Zé adquirira com o sacrifício dum quartilho de cachaça e a meia mão do seu bom fumo pixuá.

Desde então, nunca mais houve paz no casal, que se devorava às pancadas; e pai Zé arrenegava sem descanso o maldito que introduzira a discórdia no seu rancho.

— Porque, ioiô, concluiu o preto velho que me contava esta história, a todo aquele que viu e falou com o Saci, acontece sempre uma desgraça.

PERU DE RODA

124

Bela estampa de homem, o coronel Pedrinho! Alto, desempenado, a pele corada e rebrunhida pelos sóis do sertão, fazia gosto vê-lo quando aportava à tardinha no pouso, onde a tropa arranchara, e, estribado na sua grande mula ruana, passava revista à burrada, em fila ao longo do parapeito, o cabrestame em cruz sobre a testeira aberta, e mui vivaz e solerte à voz do patrão, interpelando Joaquim Percevejo — o arrieiro.

Sempre num terno de brim milagrosamente escapado à poeira das estradas, as botas de verniz mui lustrosas sob a prata dos esporins, um lenço de seda negra cingindo em fofo pela aliança de ouro o pescoço desafogado, mão firmada na ponteira do chicote que se apoiava à albarda acolchoada da sela bela-vistense — era mesmo uma bizarria quando o seu perfil moreno atravessava ao largo das fazendas, donde o pessoal se postava das janelas e currais observando pouco antes a passagem da tropa, ou rompia árdega a mula pela praça do povoado, à descarga do último lote na rancharia dos tropeiros.

Figura única aquela, como única a andadura da ruana, de postura e qualidades tão bem gabadas e discutidas como as vantagens pessoais de seu dono.

Também, já ia o moço tropeiro beirando pelos trinta e quatro, e desde rapazote batia as estradas comerciais do velho Goiás, a princípio sob as ordens de seu defunto padrasto, o coronel Gominhos de quem herdara a tropa e o título, depois por gosto e risco próprio, fugindo à vida marasmática e aperrengada do vilório natal, com todas as suas intrigalhadas de lugar pequeno, e os mexericos e ódios inevitáveis de facção política.

De Pirenópolis a Araguari, em Minas, de passagem por Corumbá, Antas, Bela Vista e mais vilarejos do interior, transportando do sertão dos Pirineus couros e fumo, trazendo das praças mineiras as variadas manufaturas, ninguém como ele mais estimado e procurado para um ajuste de frete, dada a segurança da sua tropa — a mais garbosa e luzidia naquelas alturas — e o zelo sempre alerta que punha no resguardo da carga, quer fossem caixotes com o dístico — *cuidado!* — indicando o conteúdo perigoso da dinamite, quer fosse o letreiro encarnado — *frágil* — sobre a tampa de pinho dos aparelhos delicados de louçaria e vidro. E, quando em mãos dos destinatários, não havia então reclamações por vias de uma peça partida, ou fazenda desbotada pela chuva na caminhada dificultosa.

O seu prestígio corria parelha com a fama de honradez e sobranceria de caráter em que era tido naquelas funduras.

Já Joaquim Percevejo, o arrieiro, era um tipo bem diverso do patrão. Com uma longa faca de arrastro sustida ao correão da cinta pela espera da sola grossa, a barbaça grisalhona, espalhada em leque sobre as cordoveias do papo turgido e rubro de peru de roda, afunilada e acabando em bico na boca do estômago, as pernas mui curtas e em arco pelo hábito da montaria, era um homem cuja eterna sisudez impunha sempre um respeito desconfiado aos camaradas. E, mui embora lhe viessem sentindo dia a dia a morrinha impertinente de seu gênio testudo e ateimado de ideia, em contraste à franca jovialidade do patrão, não ousavam contudo murmurar dos ralhos do arrieiro, quando via as suas ordens mal cumpridas ou relaxadas pelos seus na labuta cotidiana.

Assim, antes que a madrugada fosse amiudando, sobre a verde louçania dos serrotes apurpureassem os primeiros listrões da aurora, já na trempe do rancho, sob o buriti do olho d'água, se pousavam ao relento, chiava o chaleirão do cozinheiro, preparando o café, e a rapaziada toda fazia roda, pronta a bater o encosto da vargem, ao campeio habitual da mulada.

Pois toda a satisfação do arrieiro consistia em ver o patrão, assim saído da barraca, com o seu floreado cuitezinho da bebida estimulante à espera, e os lotes completos, em fila nas estacas babujando já a quirela da ração matutina.

Era de vê-lo então apurando o ouvido, inchando o peito, numa empáfia de mal contido orgulho, à saudação costumeira:

— Ah, sim, que vocês por aqui me madrugaram hoje, hein?!

— Na forma de sempre, patrão!

E bradava logo, comandativo, ao dianteiro, a raspar ainda a sua rapadura no fundo da caneca:

— Eh, Jerome! Toca pra diante, rapaz! que o sol já 'stá pr'aí botando o seu carão de fora!

O outro não se fazia rogado. Descido o primeiro fardo da pilha, dava-lhe o boleio de uso, metia os dedos às alças, levantava-o à altura da cabeça, e, sob um peso de cinco ou seis arrobas de sola, estalava a mão ao fundo, na regra do costume, descia-o suavemente ao ombro; e, upa, upa, amiudando um passinho de mulo carregado que tivera a sua medida, vinha encostá-lo à capota do cargueiro, onde um camarada dava a demão, enfiando as alças no cabeçote e escorava a cangalha, enquanto ele corria a pegar outro fardo, restabelecendo do lado oposto o equilíbrio. Vinham os dobros desfazendo as demasias; e, passado o ligal, arrochado e preso o cambito da sobrecarga, o dianteiro desatava o cabresto, enfiava-o à argola da cabresteira, e dando um muxoxo ao ouvido da madrinha, esta tornava prestes a saída do trilho, apanhava o balanço rítmico da marcha, e lá ia arfando estrada afora, na matinada bimbalhante dos guizos e cincerros.

E o segundo burro, aprestado e solto, àquela toada costumeira que se alongava e ia distanciando do outro lado do córrego, saía logo a passo amiudado, impaciente por morder o primeiro na retranca, mal dando tento do peso morto de dez arrobas e mais que trazia sobre o lombo. E após esse, um a um os demais iam saindo na poeirada do antecedente, desaparecido no cotovelo do atalho. E quando o último sumia além, no gorgulho da rampa, já o segundo lote acangalhado e alerta nas estacas recebia os surrões, nos primeiros aprestos da partida.

Do lado de dentro do rancho, cotovelos fincados sobre o parapeito, Joaquim Percevejo assistia diariamente à saída da tropa. Era um garbo ver como as cores dos lotes se sucediam por escalão, o primeiro de crioulos alentados, o pelo rebrilhando sobre a fartura luzidia das ancas; o segundo alvejante e albino, na mesma abundância de carnes roliças, para dar lugar aos rosados, castanhoescuros e pelos-de-rato dos terceiro, quarto e quinto lotes, ainda mui arteiros e indiferentes sob o arrocho dos carregamentos.

Já o cozinheiro albardara o seu ruço desferrado, e numa andadura indolente saíra ao alcance do dianteiro, que levava como dobro a capoeira de seu trem de cozinha. E quando era a vez do culatreiro, ainda os machos queimados de seu lote — o refugo da tropada — fariam inveja a muita fieira de tropa que briquitava naquelas estradas!

Então o arrieiro ajeitava a chilena ao pé esquerdo, aparelhava a ruana do patrão, presa à cancela do rancho, e ia apertar a cilha à sua mula mascarada, que naquela manha de animal velho e sabido, inchava a barriga, eriçava-lhe os redemoinhos, para menos sentir os efeitos do arrocho.

O coronel deixava-o pouco adiante, para um dedo de prosa com os conhecidos das fazendas que se iam avistando a pouco e pouco à direita, à esquerda, da estrada. E ele torava para a frente, no trote picado da montaria, chupando o cigarrão, devorando rapidamente as distâncias, no rastro ainda fresco da tropa, cuja ferradura ia amoldando a argila barrenta da chapada, estrada afora.

E quando galgava a eminência de um descampado, onde eram o araticum-do-campo, o piquizeiro, a fruteira-de-lobo e os coqueiros de macaúba que para cá dos listrões de mato se descortinavam esparsos no sapé bravio, a sua vista perdia-se ao longe, nas ondulações do terreno, abrangendo a récua distante do dianteiro contornando um serrote; mais aquém, no fundo da vargem, o segundo, que galgava a encosta; o terceiro e o quarto ainda ocultos no travessão de mato, lá em baixo, donde não tardaria em pouco aquele a desembocar; o quinto acobertando-se nas árvores, e os cincerros da guieira do culatreiro a chocar-lhe os ouvidos ali adiante, numa nuvem de poeira, de que recebia as últimas lufadas.

Na estiagem magnífica da manhã, o sol aquentando e vibrando todo o sertão numa auréola gloriosa de luzes, zumbidos e chilreios — trilos de insetos nas touceiras orvalhadas e chirriadas adormentadoras de cigarras, plumagens multicores de pássaros no verde retinto da folhagem e arrulhos cantantes de água corrente — Joaquim Percevejo empinava o busto e ficava olhando muito tempo, esquecido, para baixo, donde vinha, por vezes, o reverberamento do sol, dando de chapa no latão de uma bacia, embarcada sobre um cargueiro do segundo lote.

Ao longe, os peões bracejavam e sacudiam a taca, achegados à retranca dos lotes; e nos volteios do caminho, as suas cabeças amarradas em lenços de alcobaça — as pontas sarapintadas voltadas para trás — passavam como asas de borboletas, adejando num voo indolente rasteiras ao solo, uma azul, outra amarela, outra encarnada, por sobre o verde-pálido indefinível da campina. Faiscavam às vezes, num movimento involuntário do pescoço, os metais das cabeçadas de prata; subia a toada contínua dos guizos e cincerros; e, a perder de vista, a terra estuava e desdobrava-se uniforme, na mesma e epitalâmica pujança de arruídos e de vida.

Joaquim Percevejo ficava olhando, olhando, estribado sobre os loros; e, vendo-se a sós, não podia que não soltasse o brado de entusiasmo que lhe transbordava do papo turgido de peru de roda:

— Êta tropa danada!...

E aquela exclamativa era a expressão sentimental de toda uma existência subitamente revelada.

Espicaçada por súbita esporada, a mula descia em dois corcovos bruscos a rampa, crepitando, fazendo às árvores e cupins que deixava para trás, em postura de monge ermitão, uma carantonha obscena com o rabo erguido.

Pegado o culatreiro, já a sua fisionomia readquirira a sisudez apática de costume. O vozeirão grosso, descansado, de quem sabe dar o devido peso às palavras, interpelava:

— Eh, sô Quim, como vai seguindo isto por aqui?

— O Passarinho tá danado de veiaco hoje; essoutro dia tanto coçou nos pau que deitou a carga no atoladô. Agora só qué memo cortá vorta no mato. Tá danado!

— Chega-lhe a taca, home; que isso é falta de carga no lombo. Amanhã, bota-lhe em riba mais um dobro da dianteira e o rosário de ferraduras. Vamos ver se ainda treta depois pelo caminho...

Não lhe dava o xará em respeito à hierarquia. Tinham chegado ao córrego, no âmago do travessão. Os burros enfurnavam-se pela garganta do ribeiro acima, entre o arvoredo das margens, recusando cada qual beber a água suja do que o precedera; e os que ficavam para trás, saciados, experimentando um súbito abaixamento de temperatura, abriam as pernas, selavam o ventre, e rabo ao ar dejetavam na corrente, naquela satisfação refestelada de irracionais.

Os dois tinham parado à beira do córrego. Picando uma rodela de fumo, continuavam a conversa encetada. A mula do arrieiro, mais filósofa, matava ali mesmo a sede, num chiado agudo de água passando entre os ferros do freio, até que o primeiro mijado, a descer em bolhas na torrente, lhe despertasse os melindres.

— A modo que a manha de Passarinho é da cangaia nova. Mecê deve ter assuntado que desde os Olivero o bicho não toma jeito.

— Qual cangaia, qual carapuça! Encosta o relho e toca pra diante que é treta antiga!

— Êh! êh! Pachola! Ventania!... Diacho de bicho brabo!

O relho estalou e a burrada foi cortando pelo mato adentro, rompendo a marmelada-de-cachorro, vindo de novo ganhar a estrada cá em cima, na rampa.

Joaquim Percevejo correra a espora por sobre a anca da besta, já lá ia adiante, nas pegadas do segundo lote. Ia tudo sem novidade. E quando, passado um quarto d'hora, alcançara o terceiro, encontrou-o encalacrado numa volta do capoeirão, os burros socados no cerrado, e o tocador a arrumar a carga da dianteira — que não tomava jeito e ia arrecuando e pisando o espinhaço do animal a cada nova subida do caminho.

— Toma tento na Teteia, Izequiel; olha um calço na capota dessa cangaia.

O outro não respondeu. Vendo um cargueiro adiante raspando terra e fazendo menção de deitar, já lhe correra ao encalço, sacudia-lhe a taca ao traseiro, bradando:

— Completo! Diacho de preguiçoso!...

Joaquim Percevejo, vendo-o naquela entaladura, apeara, concertava o cargueiro abandonado. E como tinha a mão pronta, dera logo jeito aos dobros, passara de novo o ligal, e arrochava a sobrecarga, mordendo os beiços e metendo pé à barriga do burro.

Ao longe, no atalho da serra, passava um cavaleiro, alvejando, o cão de fila à cola, lambendo a poeira da estrada com o seu palmo de língua. E Joaquim Percevejo apertou a andadura da besta, e foi torando mais depressa para alcançar o patrão na encruzilhada da serra.

E o ofício era aquele, assim, duro, na regra de pobre, como dizia o arrieiro.

✸

Aquela tarde a tropa arrancara nas Estacas. Volta e meia Percevejo procurou o culatreiro. Impressionara-o a contradita que tinham tido, na marcha do dia, a respeito do Passarinho. Topou-o mudando a baeta verde da cangalha do animal, distintivo dos arreios daquele lote, pela encarnada de um burro do dianteiro.

Em pouco esquentava a discussão.

— É como lhe digo, rapaz. O Passarinho quer mas é barrigueira acochada acima do branco das costelas e mais uns dobros por riba. Bicho novo, amilhado como vai, treteiro de marca, pede carga de sustância.

— Não devia relaxar. Juntasse aos dobros o amarrado de ferraduras.

O outro fez-lhe ver os suadouros da cangalha, que surrara a cacete. Duas grandes pisaduras, asas agoureiras de borboleta, maculavam o acolchoado na altura da cruz.

Nem isto o demoveu. Empirraçado já, recusou-se mesmo a ir verificar nas estacas, o lombo do animal, e palpar-lhe o sentido.

Como seu Quim continuasse recalcitrante na destroca dos arreios, bufou regurgitado:

— Tu 'stás aí, ainda me cheiras a ovo, menino! Nunca se lhe fizera alguém intrometidiço no ofício, nem mesmo no tempo do defunto compadre Gominhos. Fizesse o que ordenara, senão...

— Tá bão! tá bão!

O Quim encolheu-se logo humilde. Como todo moço tropeiro, tinha um respeito bem-educado pela barbaça grisalha do outro. Mas o patrão gritava da barraca pelo arrieiro.

Ali na intimidade das paredes de lona, chamou-o à ordem. Não o contrariara à vista dos outros, a fim de evitar o seu desprestígio entre a camaradagem. Mas não tinha andado direito. Assim como queria, o burro ficava inutilizado. O Passarinho carecia era de cangalha bem assentada, mais larga. Aquela ia-lhe mal; o culatreiro conhecia bem o seu lote, deixasse-o à vontade.

Joaquim Percevejo espetou os dedos no barbalhão hirsuto; ajuntou o pelo todo num puxão, amarfanhou tudo, fechou-o dentro da boca. Mastigou nervosamente, cuspiu a barba em leque e pediu a sua conta.

O coronel Pedrinho, já impacientado, abriu as canastras, somou as cifras, passou-lhe o papel.

O arrieiro era bom analfabeto; sabia porém, com extraordinária memória, tim-tim por tim-tim, quanto devia ao justo — três contos, seiscentos e oitenta mil réis. O elevado da importância era o insofismável penhor da estima e confiança em que era tido. No sertão, camarada relapso não acresce dívida.

Arreou a sua mula, dispensou a janta, avisou que estaria de volta ainda naquela noite. Ia entender-se com o seu Ivo, malencarado coronel, afazendado nessas alturas. Conforme combinassem, talvez se desquitava aquele dia mesmo.

— Vai comendo brasa, disse o cozinheiro vendo-o chegar ao mesmo tempo relho e espora ao animal.

— Não é pra menos, retorquiu Izequiel; q'estúrdia, um pito no arrieiro!

E temperado o pinho, repisou uma quadrinha predileta de Percevejo:

Quatro coisas neste mundo
Arrenega um bom cristão:
Uma casa goteirenta,
Um cavalo bem choutão,
Uma muié rabugenta
Mais um menino chorão...

E não achou ali ao pé o arrieiro para dar, triunfante, a resposta na letra:

Mas agora venho a crer
Que pra tudo Deus dá jeito:
O cavalo se barganha,
A casa a gente reteia,
Do guri se tira a manha,
Na muié se mete a peia!

O coronel Ivo era um famanaz temido nas redondezas. Braço direito dos chefões estaduais, ferrador de burros e antigo tropeiro como o maioral deles, quando ia à cidade, os babaquaras da terra interrompiam a palestra, e safavam-se pelos cantos, ao assomar na esquina o seu vulto apessoado de anta brava.

(Não sorriam os leitores; é histórico e atual. E é até possível que quem escreve estas linhas fizesse o mesmo... Qualquer dia vê-lo-emos Deputado Federal pelo Estado).

Também, as suas façanhas contavam-se pelos anos de vida; e, entre as menores, registrava-se o castramento por suas mãos de um pobre pancada em Goiabeiras, o estoiro de outro — de quem suspeitara meter-se-lhe a engraçado com a mulher — em Curralinho; à força de infusões de malagueta e salmoura deitadas goelas abaixo, por intermédio de um funil...

Naquela sua fazenda nos arredores das Estacas, quarenta agregados e acostados enchiam-lhe as casas pelo menos. O sítio era um arsenal, centro das marombas politiqueiras do município. Camarada que para ali fugisse, se era da gente da oposição tinha coito e segura garantia.

O coronel Pedrinho era neutro. Caráter altivo e reto, porém ofendia as fumaças do mandachuva com o seu todo independente e sobranceiro.

Tinha-lhe o outro este ódio secreto e instintivo de todas as criaturas inferiores e autoritárias para com os que não possuíssem um mesmo espírito de rebanho.

Gozoso, aproveitou a oportunidade para uma das suas pirraças. Sabia Percevejo visceralmente honesto. Engambelou portanto pobre homem, comprometendo-se a solver a dívida no dia seguinte.

— Pois sim, pois sim; o Zeca Menino, seu capataz, era uma cabeça avoada. Malquistara-o com o administrador do porto de Mão de Pau, um velho correligionário, na passagem das últimas boiadas que por conta própria mandara às feiras de Minas. Demais, um perdido de mulheres... Estava precisando mesmo de um homem de confiança como Percevejo.

Este voltou inchado ao pouso da tropa. Fez os seus arranjos, e ao levantar do sol tornava de novo para a fazenda.

O patrão mandou soltar a tropa no encosto, e esperou-o dia todo na rede, puxando as espiras azuis de seu goiano. Doera-lhe despedir o arrieiro. Também, não admitia controvérsias. Como todo chefe sertanejo, era fundamentalmente autoritário. Mas até aí, felizmente, nunca tivera azo de manifestar a sua energia. Percevejo trazia a tropa num brinco, e ali estava desde os velhos tempos do padrasto Gominhos. Estimava-o. Não transigiria, porém.

O crepúsculo veio com a monotonia dos grilos e sapos nas varjotas. Tons róseos, eslaivados, erraram, passaram fugidios sobre as franças das últimas cristas da Dourada, além. A noite entrou fechada, sem transição, e derramou-se no céu a prata das estrelas.

Arrastaram-se as violas no pouso até às dez. Depois tudo fez silêncio, e o arranchamento dormiu embalado à distância pelo polaco das madrinhas de lote.

O coronel Pedrinho esperava encontrar Percevejo pela manhã, ao sair da barraca. Não contava, porém, com a lábia do fazendeiro.

Servido o almoço, atrelada a tropa, acangalhada e alerta nos aprestos da saída, e Percevejo não aparecia com o dinheiro.

Pelo beirar das onze o céu embruscou-se, soprou um vento quente, grossos pingos começaram a cair, prenunciando chuvarada.

Não se conteve mais, mandou enfrear a ruana. O rebenque metido no cano da bota, foi à boca do mato, abriu o "viva-Goiás", ali tirou uma comprida e consistente embira de timbó. Fez uma rodilha, amarrou-a na garupa, e enfiava o pé no estribo, quando o dianteiro correu do interior, bradando:

— Olhe, patrão, olhe que esqueceu o revólver mais a cartucheira!

— Não é preciso, levo ainda o meu canivete.

Lá na fazenda, Percevejo conversava, sobre os calcanhares, num canto do curral. O coronel havia-lhe dito:

— Sabe que mais? Não está nos meus hábitos pagar contas a desafetos. Dou-lhe a minha proteção, é suficiente. Ninguém o tirará daqui. Deixe-se por aí ficar, não há de ser o seu patrão que mande chover por outra forma. E sorria pachorrento, nas suas enxúndias de homenzarrão, afagando os queixais de prognata, a olhar significativamente os rapazes em torno.

Foi quando o Pedrinho estancou a mula na cerca. Viu Percevejo acocorado no meio da roda, riscando o chão molhado com a roseta de sua enorme franqueira. Toda aquela gente ali reunida era um cabide de armas. E ao local chegava mais um grupo, o cano das clavinas aparecendo de sob as fraldas das carochas de indaiá.

Nem pestanejou.

— Percevejo, a tropa está há quatro horas de saída, e não quero saber de mais tardança. Avia essa conta ou volta para o pouso. Não posso falhar mais este dia!

— Hum! hum! Já aqui estou, por aqui me vou deixando... A conta será quando seu Ivo quiser...

O moço tropeiro não trepidou.

Bateu violentamente a cancela, entrou montado no terreiro, saltou da sela; e, a corda na mão, caminhou direito sobre Percevejo.

Nem um único olhar lançara ao fazendeiro. Pegou o arrieiro pela barba, atou-a num ápice, em nó-de-porco, à embira; prendeu a ponta desta ao rabo da mula, e achou-se montado de novo.

O coronel encarava-o aparvalhado, os olhos remelentos, rindo constrangido. Nem um gesto sequer. E ninguém se movera naquele rápido segundo. Olhavam, estarrecidos.

Viram-no ferrar esporas, a besta arrancar num trote largo. E, ao primeiro puxão, Percevejo se pusera também a trotar atrás, desesperadamente. Sumiram-se na quebra do cerrado. E nenhum tiro se ouviu.

Paralisara-os a todos tamanha audácia!

E foi assim, empastado de suor, lama e aguaceiro, deitando os bofes pela boca, roxo de vergonha, que Percevejo fez a sua entrada nas Estacas.

Cortou-lhe a corda o patrão. E num gesto enérgico despediu-o:

— Vai-te, perrengue! Um homem que se deixa amarrar pela barba, não é homem, não é homem! Vai-te, não me deves mais nada!

E não se ouviu mais ali palavra a respeito.

Mas à noite, ponteando na viola, satirizou num repente o cozinheiro:

> *Quatro coisas neste mundo*
> *Arrenega o arrieiro:*
> *A manha de Passarinho,*
> *A teima do culatreiro,*
> *Uma conta a liquidar*
> *E costas de fazendeiro...*

Izequiel saltou como um boneco de mola, noutro improviso:

> *Mas agora venho a crer*
> *Que pra tudo Deus dá jeito:*
> *Lá no mato tem timbó*
> *Que se tira sem o lenho,*
> *Que se passa no gogó*
> *À maneira de sedenho!*

No dia seguinte, aproveitando a estiagem da manhã, a tropa toda arribou das Estacas, e desfilou unida ao longo das tranqueiras do Ivo, sob as vistas de Jerome, elevado à categoria de arrieiro.

Os guizos carrilhonavam em conjunto no bulício matutino. Os peões, à passagem, faziam estalar indolentemente a lonca de seus compridos piraís. Mas iam todos precavidos, e traziam à bandoleira os rifles de estimação.

Quanto a Percevejo, convenceu-se tanto o pobre diabo do que lhe dissera o patrão, que derrubou a grenha, e passou daí em diante a usar a barba raspada a navalha.

A MADRE DE OURO

(POÇO DA RODA — ARREDORES DE BONFIM)

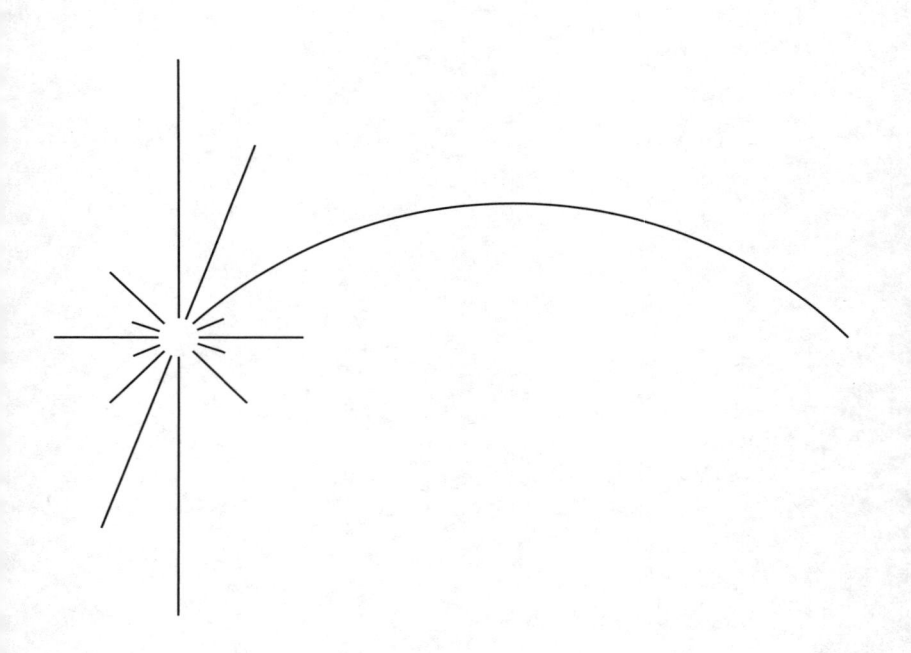

140

BONFIM É UMA DAS MAIS ANTIGAS CIDADES DE GOIÁS. COMO SUAS IRMÃS MAIS VELHAS, MEIA PONTE E VILA BOA DE GOIÁS, GUARDA AINDA, SOB MUITOS ASPECTOS, O CUNHO DOS NÚCLEOS COLONIAIS DO século XVIII, com a sua inconfundível arquitetura reinol, estilo barroco, de feição pesada, simplória e, ao mesmo tempo que bonachona, hospitaleira — aspecto esse que se vai aos poucos apagando dos burgos e vilórios progressistas mais próximos da linha férrea...

Ficou-lhe, pois, ainda intacto, o antiquado perfume de antanho, coisas mortas que a mente aviva e a tradição redoura, vago encanto do passado, sabor que não têm ou já perderam os centros mercantilistas, tomados de febre de riqueza e inovações, do litoral.

Como Goiás, a Triste, embala-a o mesmo sono de duzentos anos de Bela Adormecida, com as reminiscências da época da descoberta, as aluviões de aventureiros e desbravadores à cata do rico filão, página heroica do esforço extinto da raça, que à memória apraz reviver.

Escavações profundas, minas ao desamparo, veeiros revolvidos, barrocas solapadas, esboroando-se nas chuvas, velam de melancolia o olhar do viandante que demanda aquele recanto do Planalto. E à medida que se aproxima de seus arredores, mais vivos e constantes são os atestados do delírio avoengo em esmiuçar, estripando-as, as entranhas da terra, para delas dar cibo e pascio à sede do luxo, ao esplendor bizantino da velha Metrópole, já então em via franca de decadência.

Hoje, minas, lavras, catas, tudo jaz ao abandono. Alveja em montes o pedrouço das formações à beira das estradas; uma coma verde de gordura corre a crista dos valos e carreiras, argilosos e tristes, outrora sacudidos pelo estalo do relho dos feitores e o grito angustiado da escravatura, na lavagem do cascalho. Foram-se os antigos bateeiros da descoberta, extinguiu-se a febre da mineração; ficou, enraizada, uma população pacífica e laboriosa, que faz a prosperidade do município na lavoura, na criação do gado, no comércio, nas letras, em outras profissões liberais.

Da primitiva exaltação, porém, do ouro, restam, como tradição, histórias e lendas, das quais, talvez porque haja no fundo, como na maioria das lendas, um ponto qualquer de contato com a verdade, é a do Poço da Roda das mais populares.

Fica nas proximidades de Bonfim, no ermo de um descampado, ocupando o espaço de duzentos metros mais ou menos de circunferência. — Contam moradores e viajantes que, à luz forte do dia, quando a superfície se lhe aquieta, mui transparente e cristalina na calma circundante, uma enorme pedra responde do fundo das águas aos fogos do meio-dia, irradiando em torno um brilho de mil chispas e centelhas, cujo estranho fulgor inebria e cega de deslumbramento e cobiça os olhos mortais ali empenhados, às bordas da frágil igarité, em devassar-lhe o líquido arcano. É a Madre de Ouro, cujo encantamento curiosos e mergulhadores tentam, em vão, surpreender o segredo, e de longos, mui longos anos habitadora daquelas águas remansadas...

Embalde é a teima porém, que o mistério do sítio, a profundidade do poço, a refrangência, o desvio de seus raios e o momentâneo desaparecimento da visão assim lhe perturbem o imoto cristal, zelam e guardam para sempre inviolada em seu retiro, a pedra maravilhosa.

E se um, mais afoito e sôfrego, volve de novo à tentação da miragem, e mergulha mais uma vez no lençol silencioso e frio, à busca do encantado tesouro — obscuro Alberico a quem faltou o anel dos Niebelungens — logo o pune de morte a Madre gloriosa, voltando à tona o seu corpo tempos depois, pasto de lambaris, papa-iscas e mais arraia-miúda do lago.

Serenada a agitação das ondas, alisado o espelho translúcido na queda da aragem, eis de novo, fulgurando, a Madre de Ouro aviva, como um sol submerso, a aurifulgência de seus raios mágicos ante a adoração das florinhas anônimas, debruçadas à beira da lagoa...

Tal é a lenda nesse trecho do território. Se esplende ali a Madre de Ouro sepultada no fundo do Poço da Roda, continua entanto a sua peregrinação através de outras paragens do rincão goiano, numa viagem aérea, cujo termo é a explosão de meteoro na noite silenciosa.

E tal como a ouvimos, no interior, o seu quebranto consta do seguinte: — Quem escuta ou vê, no ermo da noite, a passagem da Mãe de Ouro cortando o céu estrelado com o seu listrão ardente, toma na cozinha da choça um tição em brasa, corre ao limiar, e faz no espaço uma cruz de fogo.

Logo, cede a Aparição ao sortilégio do homem, detém a sua carreira vertiginosa, e arrebenta em estilhas, lascas, pedrouços calhaus e blocos, tudo de ouro maciço e do mais puro quilate. E depois, toca a catar e a meter no surrão aquela fortuna inesperada...

História que tem a sua origem nos bólidos, fenômeno que o olhar aparvalhado do matuto observa, muitas vezes, pelas noites claras daquela terra de várzeas e chapadões, e de que gera a imaginativa a sua lenda, filha do cósmico deslumbramento e da superstição primitiva.

PELO CAIAPÓ VELHO...

146

— NOITE ESCURA E MÁ, PATRÃOZINHO. O MACHO FRONTABERTA DE ORELHA MURCHA E PELO ARREPIADO COMO O PINTO PELADO DA HISTÓRIA, CABECEAVA MACAMBÚZIO, LEMBRANDO MEU VELHO TIO HILÁRIO ao fogo da trempe de pedra, no nosso rancho do Ipanema, a ruminar lembranças e saudades da vida antiga de arrieiro; e assunte que o bicho crioulo não encapotava assim, com dois trancos, e era mesmo malcriado para varar chapadões de sol a sol, comendo dúzias de légua, tenteando, tenteando, sem que isso nos assustasse, nem a mim nem a ele, frontaberta.

Mas atoleiro era uma lazeira! Chafurdara-me no lameiro até o cabeção da cutuca, e o ponche-pala ia pingando pelo atalho em fora bagas de lama que lhe atiravam as patas do crioulo, a bater na trilha ensopada e falha de cascalho, fazendo lembrar uma viagem que fiz ainda na meninice com o tio Hilário pela lagoa dos Xarais, nos fundões de Mato Grosso; — quando foi isto, Martinho? Em meados de 1868 ou 69... do ano da graça de Nosso Senhor Jesus Cristo...

O sertanejo velho levou a mão ao chapéu, couro de catingueiro curtido, descobriu a grenha hirsuta, desengonçando-se no pangaré piolhento, sorumbático e caduco.

Imitei-o devotamente. O tempo era bom e a viagem prosseguia como tinha começado — sob bons auspícios — e o camarada contentado, tinia as rosetas, chupava grosso o cigarrão desacoitado da orelha, acariciando com o olhar o interminável verdepálido ondulado do jaraguá em florescência, e, alegre como a amenidade do lugar, a brandura do sol e limpeza do tempo, repetiu:

— Noite escura e má, patrãozinho. Trovoada e relâmpago eram que nem roqueira e foguete de São João. Embarafustara-me, ao sair da mata-grande, por um bamburral danado adentro, tão fechado de liana e cipó, que, se não fosse sábado e dia de um santo da minha devoção, acreditaria logo ser mitra do curupira, a fazer tretas e malícias para me perder. Mas louvado seja Deus — e o chapéu de catingueiro descambou novamente para a nuca do caburé —, patuá com benzedura e reza mansa contra tentação nunca abandonou peito velho do caboclo, lá isso não.

E naquele vira-tem-mão do taquaral esconjurado, a cabeça zanzou logo à toa, e ele perdera o roteiro. Tocou então sem rumo certo, na fiúza do faro de podengo do macho frontaberta; este não duvidou torcer mão direita, quebrar por um trilho de bicho do mato, e vir esbarrar num bebedouro de animais, atolado no pantanal — um mundão de lameiro, de sapo e de pernilongo.

Tenteando, tenteando, ganhara um serrote e costeou pelo espigão, topando logo aquela restinga alagadiça, onde o apanhou o pé-d'água, já à boquinha da noite.

— Como dizia, o macho frontaberta chapinhava de orelha murcha e pelo arrepiado, como o pinto pelado da história.

Corpo mole, bucho fundo, isqueiro molhado, ponche-pala encharcado e matulutagem virada mingau no sapiquá da garupeira, decidi apear no sombreiro de um jatobá velho casmurro e resmungão, debaixo da pontinha de vento frio que vinha dos pântanos, ateimado a passar ali mesmo o resto da noitada como Nosso Senhor fosse servido. Nisto, carijó preguiçoso cantou de outra banda, num descampado que deveria existir por detrás da restinga por onde trotava. O vento mudou de lá pra cá, e o macho crioulo, farejando esterqueira, amiudou o passo, chapinhando ainda uns restos de poços, de orelhas arrebitadas.

— Ó de casa — gritei, colhendo o cabresto do animal, que veio esbarrar, num trotão bruto, bufando forte, na porta do cochicholo embodocado — que por sinal me pareceu palácio maior do que o do excomungado Balalão e mesmo o do santo imperador Carlos Magno — donde saía um fio adelgaçado de luz.

— Ó de casa, repeti.

— Ó de fora, choramingou uma vozinha aflautada, que me fez correr um arrepio de gosto pelo corpo.

Ai, patrãozinho, eu era moço, vinte anos, caburé e falto de festas de viola e pagodeiras desde Santo Antônio...

— Pousada, sinhá dona.

A porta de toros de buriti amarrados por corda de embira abriu-se, e a hospedeira — que à luz da candeia espetada lá no fundo, na parede picumãzenta, me pareceu uma robusta rapariga de faces gordas, bochechas rosadas e boa corpulência — alongando o pescoço para o breu da noite, murmurou com uma espécie de tremor na fala:

— Vancê entra, sinhô moço, se for do seu agrado, a casa está às ordens.

Apeei. A chuva deixava de pingar pelo beiral palha de arroz velho da casa. Desacolchetei o ponche-pala, desencilhei o frontaberta, levantando os bacheiros aos poucos para que o macho não apanhasse resfriado, puxei-o depois para dentro da tranqueira no oitão da casa — que, assim, assim, a falar verdade não oferecia segurança — e entrei.

Não sei, entrei distraído, é certo, mas dito por não dito, me pareceu que a luz da candeia minguara, minguara, a modo de carestia de azeite...

A hospedeira — era sozinha — na sombra da luz, perguntou se tinha fome.

— A falar, a falar ao certo, que sim — que desde as barras do dia andava em jejum, debaixo de chuva, sem mesmo ter enxugado os bofes com dois dedos de cachaça no fundo do cornimboque, mas que não se avexasse a sinhá-dona, que ele com pouco se contentava — um cuité de farinha seca com um taco de rapadura na goela e qualquer pedaço de couro velho para descansar o corpo; que, quando a madrugada viesse amiudando, já estaria de animal aparelhado, pronto pra cortar por esse mundão afora.

— Que não, que não, ia atalhando ela, que se abancasse à beira da trempe, onde podia se remediar com uma tora de toucinho na feijoada.

A fome, patrãozinho, era braba. O estômago farejou toucinho com ranço e feijão bispado. Mas a gente neste mundo de Cristo, de lá pra cá e de cá pra lá, numa corre-coxia do diabo, pelo sertão sem morador, a mais das vezes nem isso mesmo topa — que assim, assim, a vida de tropeiro é remédio bom para acabar com quindins, luxos e poetagens de não comer caruncho no feijão, mofo na farinha e coró e saltão no toucinho.

Mas, não sabia, apesar de tudo, o estômago adivinhando, enjeitava zangado...

Naquela morna lassidão do descambar da tarde, pela estrada poeirenta em cujas margens florescia o jaraguá altanado, pareceu-me, olhando atentamente para o companheiro, que um ligeiro estremecimento fazia-lhe eriçar as falripas, como cerdas de canelaruiva.

— Ceei, patrãozinho, e gargarejei a boca com a última guampada que me restava de pinga; e esquentado, com a cabeça zonza pela comida e aguardente no bucho que não via ração desde manhãzinha, deitei e adormeci — quase sem assuntar — no jirau da mulher, mesmo em seus braços, que julgava roliços e macios, mas que eram lisos e escorregadios como bagre fora d'água, beijando suas bochechas carnudas e empapuçadas. Fora, entretanto, pelo breu da noite adentro, o ram-ram danado dos sapos, e pelo beiral palha de arroz velha, ruflando caixa, a chuva amiudava — nunca me hei de esquecer.

Quando levantei, o carijó, preguiçoso, cantava empoleirado no oitão do chiqueiro. Saí fora; as barras vinham quebrando — era madrugada. O macho, vi logo, tinha pulado a tranqueira. Ganhei o rastro assuntando o chão com o fogo do isqueiro já enxuto no calor do corpo, e assim, assim, meio ajudado pelo nascer do dia. Encabrestei o madrasto no fundo de um grotão; dei-lhe a mão de milho do embornal da garupa. E no moirão da porta, já dia feito, embarbicachado e arriado o macho, pronto pra cortar, a fala sumiça da dona chamou-me de dentro:

— O café.

Entrei, mas voltei atrás sarapantado. Pela porta aberta, as primeiras estriadas do sol davam-lhe de testa nas bochechas rosadas da véspera e nas mãos que seguravam a tijelinha de barro amarelo, onde fumegava uma infusão escura e gosmenta:

— O café!

Outra longa e irritada estremeção correu pelo corpo do caburé, sacudindo-o dos pés encravados nas chilenas ressoantes à grenha hirsuta, assanhada, como as cerdas de porco-espim acuado, e salpicada aqui e acolá de fios brancos — violentamente.

O cabra, batendo o isqueiro e chupando grosso, emudecera.

— Mas, Martinho...

— Patrãozinho — e o sertanejo cuspiu forte para ambas as bandas da estrada — das bochechas e beiços arregaçados num vermelhão de apodrecido da rapariga, corria visguenta e fétida por entre uns tocos de dentes amarelos — patrãozinho — uma baba de empestado... Os dedos da mão, não os havia...

E como inquirisse admirado, regougou noutro acesso de asco:

— Macutena, patrãozinho, macutena...

O pangaré piolhento corria agora mais apressado emparelhando-se ao meu fouveiro, num pacatá furta-passo, pela estrada esmaecida e pulverulenta em fora, na cadência monótona, rítmática de viageiro, como se quisesse arrancar do amo o peso esmagador daquela recordação do passado — que fazia o caburé contorcer-se em convulsões furiosas de vômitos na cutuca — quando, por uma noite tenebrosa d'invernada, viajava escoteiro pelas estradas ermas e alagadiças do Caiapó Velho...

A estrela boieira ensaiava já o seu brilho lacrimejante engarupada sobre os cerres, e longe, na ribanceira do descampado, a escaiolada e vasta pousada abria-nos os braços hospitaleiros no meio de uma fartura de currais coalhados de gado...

GENTE DA GLEBA

A GUIMARÃES
NATAL

154

I

APERTANDO A SOBRECINCHA ENCARNADA POR SOBRE OS PELEGOS DA SUA BOA SELA MINEIRA, O BENEDITO DOS DOURADOS ENFREOU A MULA ROSILHA E ESPALMANDO SATISFEITO A MÃO NO lombilho dos arreios, voltou ao paiol da fazenda, onde a camaradagem se entretinha ferrada no truque.

— Morro abaixo, morro arriba, urrando como guariba, truco no meio, barriga de coeio — berrava o Malaquias, um negralhão espadaúdo, primeiro braço de foice e machado em derrubadas e demais eitos da roça.

— Estou de forma! com quinze quilos e quinhentas gramas! retrucou Joaquim da Tapera, um cafuzinho pernóstico de gaforinha e barba rala, agregado do sítio.

— Êh lá, que eu também tenho parte no boi, os quatro quartos, a cabeça e o fato! pilheriou o cabra entrando e indo abeirar-se do lume.

— Já de partida, seu Dito? perguntou um adventício assentado numas retrancas de cangalhas e batendo fogo no isqueiro; olha que, mesmo assim, só estará em Santo Antônio lá pelas tantas do dia, com um solzão à mostra; a rosilha é estradeira, não resta dúvida, e amilhada como vai, puxa bem légua e meia; mas a Estiva está que é uma lazeira, atoleiro pra riba do peitoral; um trabalhão, a passagem...

— Qual o quê! Seu Zeca passou lá ontem à boquinha da noite, sem lua, com o mato já escuro; não soube reparar no desvio que conheço. Chuva deste mês já não faz lamedo; e a mula, além de ferrada, arresta que fia fino pr'essas estradas...

— Bicho como aquele tive um, quando traquejava na linha de Cuiabá; macho rosado de fiança! Levou-o um arrieiro por seiscentos bagarotes, notas novinhas em folha, e uma franqueira aparelhada de prata de quebra; e assunto que, mesmo assim, não ficaria contente da barganha, não fora o defeito do macho em meter-se a passarinheiro nos últimos tempos. Bicho bom como aquele bem poucos...

O cabra espicaçava com a unha uma rodela de fumo pixuá que tirara dum embornal da parede; assentado sobre os calcanhares, escutava descuidado a pacholice do correio. Retirou detrás da orelha a mortalha do cigarro, enrolou-o cuidadosamente e, puxando com um graveto a brasa da fogueira, acendeu-o, baforando dois tragos longos de fumaça.

— A lua vai descambando, quero ainda amanhecer no arraial a tempo de pegar a missa do Divino; até amanhã, para toda a companhia.

E saiu fora, arrastando as chilenas.

— Não esqueça a minha cabaça de pólvora para as salvas de roqueira do Chico Fogueteiro, avisou o Malaquias interrompendo a partida.

— E o garrafão de licor com a comadre Maruca, disse João Vaqueiro.

— Esse não esqueço eu, sem o que corre chocha a função, caçoou o cabra desamarrando a besta no moirão do cercado; arre! está um frio das carepas!

— Veja lá um golo de pinga pra esquentar, obsequiou lá de dentro alguém.

— Vá feito, Abeirou já montado do batente, estendeu para o interior o braço, tomando o cuité que lhe ofereciam. Bebericou uma golada, e passando o dorso da mão pelo bigode fino, elogiou:

— Bicha braba!

— Truco tapera, quem não ama não espera! gritava o Malaquias, que descobrindo com precaução o naipe seboso de suas cartas, levantara-se num repente até a cumieira de sapé, ferrando uma patada no ligai que servia de mesa, a fazer dançar os tentos e bois da parceirada.

— Crioulo de sorte, observou o adventício.

O Benedito já virara as rédeas, batendo lá longe a cancela do curral e ganhando o estradão.

A lua ia a transmontar, muito branca, como uma garça-real nas águas azuladas da lagoa. Os campos desdobravam-se por devesas e baixadas, em ondulações suaves e alguns sulcos fundos, onde negrejavam restingas de mato e os renques de buriti que orlam o curso dos córregos das vargens. Emperolava-se a orvalhada no grelo viçoso do catingueiro roxo dos serrotes, e a gadaria ruminava ao luar, à sombra tranquila das fruteiras-de-lobo e piquizeiros da chapada.

A mula cortava a estrada na marcha batida; o cabra, desengonçado no arção, ia a chupitar fumaçadas, algumas vezes entremeadas duma quadra esquecida:

Menina amarra o cabelo,
Bota um lenço no pescoço,
Pra livrar dalgum quebranto
Mau-olhado dalgum moço.

Caburés e noitibós estridulavam a sua elegia noturna à beira dos capões; um curiango que encontrara a fingir uma ponta negra de cerne emergindo do solo, acompanhava-o agora no seu voo rasteiro e balofo, indo postar-se adiante para recomeçar à aproximação da montaria, estrada afora.

As divisas do Quilombo desapareciam ao longe, envoltas em neblina e luar; a mula resfolegava, abeirando a passo miúdo da Estiva; um galo tresnoitado arreliou numa palhoça, além, no fundo da baixada.

O Benedito repisou a melopeia:

Pra livrar dalgum quebranto
Mau-olhado dalgum moço...

Aí, nesse mesmo estirão, viajando, alta noite, um luar tão claro como aquele, por pouco que se deixara ficar, assombrado.

Era pelo começo de seus amores com a Chica do povoado. A labuta ia dura na fazenda. Ajuntavam boiadas para a venda do ano. Nessas vaquejadas, mal tivera tempo de dar, no decorrer duma quinzena inteirinha, um só pulo a Santo Antônio para deitar seu olho enamorado à cabocla.

Assim, para que não o dissessem mofino e mulherengo, quando vinha à tardinha, após o jantar, enquanto a camaradagem, amodorrada, espichava-se pelas redes e mantas, ele aparelhava o macho queimado — velho sim, mas ainda marchador — e à socapa, juntando esporas, ganhava a porteira, e dentro em pouco lá ia, plena andadura, chapadão em fora, rumo do povoado e do cochicholo da Chica, donde arribava madrugada alta, para, no dia seguinte, levantar-se com o sol, ao traquejo costumeiro.

— Raparigas...

Bom tempo aquele! E nunca, campeasse em plainos de malhadas ou fossem cerradões garranchentos, faltara à sustância, mostrando corpo mole, mesmo quando fosse para dar uma rodada bem-feita num garraio espantadiço, ou rês matreira enfurnada nas brenhas, que pedisse quem lhe corresse nas pegadas à desentoca.

O Malaquias, que lhe sabia das escapadelas, ao vê-lo noutro dia como sempre, laço à garupa, forte e desempenado, no alto do seu pampa campeador, botava a mão no queixo, coçava o picumã da barba falha, e metido lá naquelas espáduas largas de preto nagôa que eram a admiração do pessoal, rosronava d'olho avelhacado:

— Home, como sô Dito, só ele mesmo! Eta gente, quem haverá de dizer? Qual! parece mais obra do capeta.

Pois meu povo, pr'essas pelintragens, se a fraqueza lhe dava às vezes à canela, não era de raspar-se com a estrela boeira para o povoado, e lá, metido a noite toda em vira-vira de cateretês e sapateios à viola com a Chica — toda dengosa e faceira em suas chinelinhas arrebitadas de marroquim —, ao outro dia aguentar escorreito com o seu posto no campeio. E mesmo — que nesses bailaricos surgiam dessas — topar pela frente um dunga qualquer de quatro costados, vezeiros em tretas, arrotando valentias e pabulagens, o jeito de querer sonegar-se com a morena. Não! Que nesse caso fechava mesmo o tempo, acostava-se jururu à rapariga, e fazia trabalhar o ferro, costurando o mais intrometido; e isso, quando a queimada vinha já a ponto de pedir que se tirassem as teimas ao valentão.

Uma cruz, simplesmente uma cruz, o motivo de todas as suas dúvidas e hesitações ao momento de pôr o pé no estribo e ganhar a estrada batida.

O caso é que era um fraco da meninice. Pequenote — puxava então guia de carro na fazenda à falta doutro préstimo — vindo duma festança em Santo Antônio, estourara ali perto o Zé Caolho, cantador daquelas bandas, dumas sopitações do coração, falta d'ar, segundo diziam uns, empanzinado de cachaça, afirmavam outros. O certo é que o velhote, quando no codório, metia-lhe medo com aquelas compridas unhas de pássaro agoureiro, e as histórias infindáveis de sacis-pererês assobiando ao lusco-fusco no olho do pau, gemidos de menino pagão no cemitério, pragas de rola fogo-apagou no alto dos telheiros, e coisas mais, que asseverara à noite aos pequenos, enquanto a cachorrada saía a ganir à lua no terreiro.

Desde então, passasse aí na Estiva, um mal-estar danado cerrava-lhe o peito; e era quase aos choros, geladinho de terror, juntando-se muito aos que com ele iam, que atravessava a ribeira. Com a idade, apontando o buço, fora-se a maior parte da perrenguice; contudo, talvez pelo costume adquirido, uma sensação incômoda molestava-o sempre naquele travessão de mato, onde a cruz do violeiro avultava dentre o mata-pasto e samambaias da beirada, toda roída de velhice e caruncho.

Três anos havia, vindo do arraial, sob o xadrez da camisa, uma prenda querida da Chica e nos lábios escaldados a impressão gostosa de sua primeira boquinha — a cabeça zanzando, tonta de paixão — topara com boa naquele trato de terra.

Passava alheado, não se lembrando dessa vez da promessa que lhe fizera o cantador duma feita, por via dumas peraltices, de vir puxá-lo pelas pernas à meia noite, quando morresse; eis, um grito rouco, d'alma penada, chega-lhe com o vento aos ouvidos.

O macho entesourara orelhas, estacando na estrada. Ele caíra do céu das recordações, e olhava em torno.

Lá estava ela, a cruz do troveiro, em meio o seu montículo de pedras, braços abertos, no aceiro do mato; e o luar tão lindo, que tomava agora uns tons lívidos ao entranhar-se nas primeiras árvores da Estiva, donde aquele clamor parecia subir, tão fundo, tão angustioso, que só de lembrá-lo agora os pelos se lhe arrepiavam na cara.

Fosse noutra ocasião e torceria rédeas, esperando pelo amanhecer. Mas essa noite, com a impressão ainda fresca do beijo da Chica, impressão nova que lhe infundia ao ânimo uma ardileza capaz de enfrentar com o Cuca em pessoa, pareceu ao cabra que andava mal em dar assim de costas ao perigo.

— Fosse lá a morena vê-lo como se portava naquele aperto...

Apeou, já que o animal empacava de vez. Negaceando, com cautela, avançou sorrateiro, palpando o terreno em torno. Era agora um desfiar intermitente de ladainhas, como se andasse alguém encomendando almas a Satanás, ou houvesse ali uma tropilha de feiticeiros apanhados em tramoia.

Junto ao córrego, estralejante, um fogaréu luziluzia entre os cipoais, alumiando ao fundo, vagamente, um amontoado de vultos esquisitos, que a vista turva não distinguia bem, uns aqui direitos como guardas, outros ali de cócoras, sob uma coberta; no meio espaço, lívido, sinistro, estirado no chão duro, um rosto magro olhava o céu, as formas do corpo sobressaindo angulosas da mortalha, restos talvez de quem sucumbira escanifrado de fome, ou houvessem os vampiros e demônios chupado o sangue em seu festim imundo...

Ele detivera-se a olhar tudo aquilo, transido, mão na coronha da garrucha, como que grudado ao ingazeiro onde encostou para não cair. Uma cabeça branqueada surgia agora da terra, ao pé do morto; mastigava as ladainhas, um ferro a retinir no fundo da cova.

Não havia dúvida — era assombração.

Crac, crac, aperrava a arma; e, reagindo contra o medo, berrou:

— Lá vai obra!

Descarregara ambos os canos. Ao estampido, cessou a cantoria. Uma voz que nada tinha de sobre-humana, voz um tanto travada pela comoção, queixou do fundo do buraco:

— Olha que me mata, moço! Anda a gente a cumprir com seu dever de cristão, e saem-lhe em cima aos tiros! Já se viu só! Santa Maria!...

— Ora, é o velho Cristino!

— Ele mesmo, moço! Uai, como se não bastasse uma só desgraça num dia.

E o velho carreiro, arrancando-se do fundo da escavação, veio até ele, tremendo.

Tudo ficou claro. A tropilha de bruxos encapotada ao fundo, era o carro do velho, o respectivo toldo de couro malhado, os fueiros e as cangas e cambões enfeixados ao lado. O defunto do lençol e para o qual olhava ainda com desconfiança, um filho do Cristino, que também ganhava a vida carreando nessas estradas. Apanhara umas febres no Veríssimo, e vinha por toda a viagem tiritando, no fundo do carretão. Morrera esse dia, e o pai entre lágrimas, orando ao Santíssimo, estava ali cuidando da sepultura, quando o surpreenderam os tiraços do passageiro.

— Ahn! Isso é outra conversa. Pois me parecia... Mas não era para menos! Vote, a gente topa cada uma...

E como tinha boa alma, ajudou-o a enterrar o rapaz, e passou ali ao pé do fogo o resto da noite, embrulhado no pala, bebericando café, que o velho veio aprontar, e procurando consolá-lo e entretê-lo com o seu proseado fácil de mestiço imaginoso.

— Eh gente!, ia agora a matutar, sertão — escola do mundo.

E com as barras que vinham quebrando, misterioso, soturno e imenso, esse mesmo sertão desaparecia ao longe, no nevoeiro da manhã, todo prenhe de assombros e aparições...

II

A madrugada amiudava. Já as barras vinham quebrando, e no cabeço dum serro, mui branca e tremeluzente, a estrela-d'alva minguara o seu clarão lacrimejante, anunciando o romper do dia.

Rédeas encurtadas, a niquelaria da cabeçada retinindo festivamente, Benedito deu entrada no arraial no trote picado da mula, que frechou direita ao rancho dos tropeiros.

Pelo largo, no vassouredo rasteiro onde trilhos se entrecruzavam em teia, adensava o lençol matutino da neblina, abafando o horizonte. E o mulherio do lugar, embiocado em xales, esgueirava-se ao longo dos casebres, arrastando pela mão a filharada, semitonta de sono e entanguida de frio sob as dobras da saia materna, que lá ia em camisola, o chinelinho de couro na ponta do pé, trec, trec, trec, rumo da igreja onde o sino se pusera a badalar a intervalos, enforcado no trapézio de aroeira no ângulo esquerdo da sacristia.

Pelos currais mugia o gado, ladravam os cães, o galo amiudava o canto álacre e as vacas leiteiras, passando a beiçama rósea por baixo dos paus de porteira, farejavam avidamente a cria presa, soltando após doloroso e prolongado bramido.

O rapaz desenfreou, prestes, a mula no rancho dos tropeiros; desapertada a cilha, dependurou os arreios num caibro baixo do teto, enfiou à Pelintra o embornal de milho que trouxera à garupeira e, fechada a cancela, saiu então apressado, no retintim das esporas, em direção à capelinha.

De lá vinha o clarão tristonho dos círios, a alumiar ao fundo, soturnamente, a paramentação dos altares de pobreza vilareja, e imagens toscas, esculpidas a maior parte por ali mesmo, que o poviléu contemplava em silenciosa e profunda veneração, amontoado pelos cantos, sobre o pavimento úmido de terra batida.

Pelo teto desforrado, em surtos trôpegos, alguns morcegos erravam às tontas, apegando-se ao caruncho das traves, e de lá, inquietos e atordoados de luzes e pelo borborinho desusado, quedavam-se a observar os intrusos, agitando as suas cabeçorras de ratos. E andava em torno, de mistura com o arder de ceras e rolos de incenso, o cheiro enjoativo da excrementação daquelas "aves" noturnas, junto ao bafio peculiar dos templos do interior muito tempo fechados.

A campainha retiniu mais uma vez. Nos coqueiros de guariroba que ladeavam o calvário do adro, chalrava agora um bando de pássaros-pretos, tatalando as asas, arrepiados, saltitando de palma em palma. E ia fora a garoa matinal esgarçando-se e acentuando os contornos do casario, que principiava a debuxar-se dentre o caio alvacento das fachadas, que o sol não tardaria em pouco a branquear de vez com a sua grande luz cáustica de manhã sertaneja.

— *Ite missa est*, perorava afinal o celebrante, um padre redentorista vindo expressamente da vila próxima.

Mais uma vez repinicou o sino na sua forquilha de aroeira, naquela mesma toada cavernosa de bronze gretado. Um foguete subiu ao céu, estourando no meio da praça. Aos atropelos, os pequenos do adro precipitaram-se a ver quem apanharia a cana.

Estava findo o ofício.

Ele levantou-se lesto do canto à entrada, onde se tinha ajoelhado, e perquiria em torno. Sim, lá estava ela, por sinal que um tanto macambúzia e entregue toda ao terço do rosário, naquele seu vestidinho de chita azul bem liso e justo ao corpo, fruto capitoso que o sol sertanejo amadurara e enrubescera despercebido ali, naquele fundão da boa terra goiana, para o gozo e a secreta ventura de seus olhos...

Não o vira, absorta na devoção. Também, não insistiu em olhar muito para aquele lado, mesmo porque uma velhota se pusera a vigiá-lo com o seu único olho de coruja rabugenta, escandalizada, talvez, de não o ter visto ainda corresponder a preceito com as pancadas de contrição que a assistência rumava ao peito.

 Ganhou o adro, atravessando rapidamente a praça em bulício, e veio esperá-la dum beco tortuoso, que ia ter, após voltas e reviravoltas, à fonte pública do lugar, uma cacimba afogada em estendais de são--caetano e fedegoso-bravo, onde a água minguava a maior parte do ano.

 Ao fundo, num alto que apanhava a linda vista do povoado, a casinhola de Chica abria as duas janelas ao longe, mui brancacenta em suas paredes barradas a fresco de cal, a entrada baixa ao lado, por onde tantas vezes passara feliz, na certeza antecipada de logo ter aos braços, ofegante e rendida, aquela dengosa morena que fora o encanto de suas primeiras emoções de homem, e a quem queria com a violência e o ardor que os daquele sangue põem em suas mínimas paixões.

 Aí vinha ela já, um tanto arisca e sorridente — reconhecera-o de longe —, ensaiando o seu passo requebrado, feito todo de denguices de felino e arqueias de pomba-rola, que o trazia enrabichado havia três anos...

 — Não quis faltar à devoção, hein, sô Dito; medo do purgatório não é brincadeira... E ria, mostrando os dentinhos claros, de roedor, na face cor de mate.

 — Qual o quê, sá Chica! Purgatório é este mundo, onde tanta alma de Deus vive a penar; oratório, tenho-o sim, mas aqui dentro, no coração, para rezar por certa ingrata que sei...

 Suspirara fundo, brincando com a trança da açoiteira, que ia enrolando e desenrolando em espiral pelo cabo niquelado, num enleio que nem o hábito, nem o tempo tinha conseguido ainda dissipar.

 E seguiram pelo pedregulho da viela, que os cercados de taquara dos quintais confinavam, ela adiante, ele um pouco atrás, a mão tisnada repuxando o fio do bigode, em derriço.

Um guegué morrinhento saiu do fundo do quintalejo e veio escarreirado até a rampa por onde subiam, latindo furioso; reconheceu a gente de casa, abanou a cauda farejando, e foi anichar-se entre cinzas, no palheiro, aos ganidos e mordidelas com os bernes da gafeira.

Uma boró apareceu no momento ao terreiro, a vassoura de piaçaba na mão, o bocio enorme avultando sobre o queixo, e um riso atoleimado escorrendo da boca desdentada, donde duas compridas presas, sólidas e amarelas, surgiam, vincando o canto inferior do beiço.

— Ehu! ó Joana, acenou-lhe a mulata, bota a chaleira no fogo.

A idiota continuava a rir, acurvada; e os dois passaram, transpondo num salto, entrelaçados, a soleira. Na sala, presa das escápulas, roçagante, pendia a larga rede cuiabana, atravessando, de lado a lado, o pavimento de massapé. O resto da mobília espalhava-se em torno, meia dúzia de tamboretes de couro tauxiado ao pé da mesinha de costura, de cujo balaio transbordavam entremeias de crochê, um cabeção de crivo, alinhavas inacabados de corpete, junto ao castiçal de latão sobre um volume encadernado da história de Carlos Magno e dos pares de França. No canto oposto, uma banquinha com a sua almofada de bilros, e a renda em começo sobre o papelão de alfinetes.

Ele espichou-se, deleitado, na rede; e Chica entrou no quarto contíguo, a dependurar o xale com que viera embrulhada.

Pôs-se então a fitar distraído as folhinhas que cobriam a parede, os recortes de jornais com retratos e figuras coladas de alto a baixo, estampas e cromos tirados de peças de morim, abrindo-se em leque no reboco nu, senhora Sant'Ana em moldura, duas séries intermináveis de fotografias do papa e grandes anúncios ilustrados do Rio, a forrar todo o espaço acima da mesa...

Eram-lhe familiares aquelas gravuras. Algumas fora ele até quem trouxera de Goiás, de quando lá ia levar os carregamentos de açúcar e café que o coronel mandava anualmente ao mercado. Tinha mesmo um vago prazer — misto de amizade e saudade antiga — em remirar um Santo Antônio já amarelinho, um dos primeiros ali grudados, o sorriso bonachão na cara desbotada, testemunha silenciosa de seus papagueados amorosos, e cúmplice da primeira beijoca que roubara à Chica, uma noite em que ela trazia um enorme monsenhor na rodilha do cabelo, e tinha o riso mais úmido e sensual nos lábios polpudos e sangrentos...

Um cheiro forte, de banha fresca derretida, vinha lá de dentro; crepitavam os gravetos do fogão e a gordura na caçarola.

Benedito espreguiçou-se bocejando: — Ó benzinho!...

— Espera, homem, estou frigindo uns carajés.

E ela apareceu logo, um prato de bolos na bandeja, o bule fumegante à outra mão. Com denguice, fazendo cair do alto o café aromático, encheu-lhe a tijelinha bordada d'azul.

Ele passou-lhe o braço em redor da cintura, petiscando pelo pires uma golada.

— Me deixa, homem, ora já se viu só!...

— Cabocla faceira...

— Uai, gente, como está hoje mesmo... Parece até que é separação...

— Hoje não, todo o santo dia, coraçãozinho...

— Que enjoo!... Anda, toma o café, é melhor; olha um bolo, tem pimenta; este não, essoutro que já mordisquei...

Depusera a bandeja sobre um tamborete e sentara-se ao lado na rede, sorrindo, encarando-o fito, os olhos langues...

Ele deitou-lhe a cabeça ao colo, olhos cerrados, numa felicidade calma de velha posse; e ligeira, com meiguice, a mão da amante ia perpassando devagar por sobre os seus cabelos corredios, a catá-lo minuciosamente, às cócegas, como um cachorrinho de estimação.

A claridade solar entrava aos jorros pela porta aberta, acalentava-o pouco a pouco, preguiçosamente, num enervamento voluptuoso de corpo e sentidos. Lento e lento, pesava-lhe o sono às pálpebras cansadas...

Pela volta das dez e meia, Chica acordou-o como pedira. Foi à loja do Major, a cuidar das encomendas. Deu um giro pelo arraial, à cata do Fogueteiro e conhecidos, veio por último esbarrar na venda da Maruca.

Àquela hora, em sua fatiota domingueira de riscado, a rapaziada bebericava ali aguardente, jogando o truque e o douradão. O tempo estava mesmo quente, pois desde o lado de fora ouvira exclamações:

— Milho no muro, antes que fique escuro!

— Quebrou um lanço da cerca, eu vou dentro!

— Vim topar o portão da romaria!...

— Licença, licença, meu povo...

— Ora, viva, o Ditinho dos Dourados! Pula pra cá, rapaz; entra na roda, que temos parceiro sacudido, gente! Cabra turuna pra esquentar uma partida.

— Pois então entra aqui no meu lugar, obsequiou Zé Velho, que tenho d'ir ainda campear o meu piquira; levou um sumiço desde trás-ante-ontem...

— Se é um piquira cabano, estrelo de testa e ferrado das mãos, não se afobe, seu Zé, topei-o ali atrás, numas barrocas de catingueiro, meia légua pra cá da Estiva. Estive mesmo quase a tocá-lo para o povoado; por sinal que trazia cincerro.

— É ele mesmo, muito obrigado; já lá vou atrás do malandro; agora não relaxo mais a peia. E dizer que o cigano com quem o barganhei afiançou ser mesmo o bicho raçoeiro! Vá lá uma criatura de Deus fiar-se naqueles excomungados!

— Ciganos? Dizem até que têm parte com o Cão, advertiu o Bentinho Baiano.

— Se têm! Mal esticam a canela, vão logo de cambulhada para as areias gordas...

— Para animal fujão conheço santo remédio, aconselhou um velhote d'olhos pretos e cabeça branca, que tinha uma gagueira na voz e os membros trêmulos. — É receita afamada dum benzedor das bandas do Tocantins. Um porrete! Fiz a simpatia com a minha égua baia, e nunca mais saiu deste largo. Ponha mecê numa cuia uma mancheia de sal torrado bem moído, vai dando a salga ao animal por debaixo do sovaco, da porta da cozinha à da rua, e da frente à porta do fundo, três vezes sem parar, passando e repassando por dentro da casa. Faça isso três dias seguidos, e pode dormir depois descansado.

— Não duvido, compadre; mas, por via das dúvidas, sempre passo hoje a peia de sola curta no danado. Sá Maruca, bota pr'aí mais um cobre de pinga e meia quarta de fumo, que o que tenho na patrona não chega para o pito. Até à vista, minha gente; apanhando o rastro, piso logo na retranca do velhaco.

— E mecê vai olhando as encomendas, que a demora também é pouca, ajuntou Benedito; trago aí debaixo dos coxonilhos um sapiquá, manda o pequeno buscá-lo lá no rancho, enquanto baralho cá uma corrida com esta rapaziada.

— Isto é que é falar às direitas, disse Bentinho Baiano já entusiasmado.

— Quem é mão, pessoal!

— Agora é mecê, respondeu o velhote.

— Cuidado, minha gente! avisou alguém: temos aí cabra pra trucar sem zape nem catatau.

— Truco, tapera! Porque não me espera! Gritava já ao lado o primeiro parceiro.

Corrida a roda, Benedito retrucou, cortando-lhe a vaza. E um mulato apessoado, que fizera a segunda estatelando a espadilha na mesa, desafiou todo ancho:

— Estudante de medicina, vou em Roma volto em Mina, consulta seu companheiro e vê se vocês combina!

— Truco vai, milho vem, mosquito na corda desce bem!

— Assim, menino! Jesus Caetano! Noss'Senhor, diabinho!

— Onze, baralho na mão do bronze!

Junto ao balcão, onde voejavam moscas caseiras sobre coscoros, Maruca coçava a verruga do queixo e metia com pachorra o garrafão de licor no fundo do piquá. Da outra banda do saco, colocara os embrulhos, que dependurou ao alcance, numa vara.

— Os temperos vão de lado, seu Dito; fica aí à vista no varão, para não esquecer quando sair.

— Não seja esta a dúvida, sá Maruca. Comigo é nove, eh! velhote treme-treme! Corto o sete de ouros com o curinga!

Levantara-se no bico das botas, e abatendo-se com arreganho, vozeou:

— Eh! Carta véia!... Chincha de Medeia!

O outro volveu encafifado: — Velhote... Treme-treme... Cada qual sabe de sua vida, moço; não fosse arribadiço naquelas bandas, conhecessem há mais tempo que fora o Generoso das Abóboras, e a conversa mudava de rumo. Mundo, lição pra gente...

E depôs as cartas, resmungando.

A partida esfriava. A companhia espreguiçava-se no saguão, em torno da mesa cambota, sobre sacos de mamona, baforando cigarradas, desbonecando as mortalhas de palha, que a lâmina dos quicés ia a grosar, ringindo ásperas, e cuspilhando a miúdo, as placas estreladas, o pavimento da terra úmida com a gosma dos gorgomilos. Amiudavam-se os copitos duma cachaça amarelinha e rascante — das boas — que a vendeira trazia reservada para os fregueses mais chegados. E como entrasse o pequeno com o taboleiro de café, o velhusco repetiu ainda uma vez, um tanto agastado, sorvendo pelo pires o conteúdo da xícara:

— Velhote?... Treme-treme?... Passasse aquela gente o quarto d'hora que tinha experimentado, e o caso mudava de feição.

— Ora, sai daí! Que homem mofino! Deixa de zanga, seu Generoso, que o Dito é assim mesmo; é do jogo. Venha antes a história, se há; o mais, conversa fiada.

— Pois não, pois não; mas assuntassem que nem sempre aquela tremura de pernas lhe atrasara a vida, nem tão pouco tivera a língua perra nalgum aperto que pr'este mundo de Cristo a gente topa...

— O caso acontecera pouco antes da campanha de Canudos, onde a jagunçada dera pancas ao antigo batalhão cá do Estado, segundo ouvira contar, e um seu mano obteve as divisas de furriel... Andava nesse tempo numa comissão de linha telegráfica, porta-mira de turma. Féria boa, é verdade, mas trabalho era ali! Isso, rumo do Araguaia, abrindo picada na mata virgem, esse mundão de Mato Grosso que principia em Jaraguá, beiradeia os rios Uru e das Almas, cai no Araguaia, ganha o Tocantins e vai acabar lá para as bandas do Pará.

Madrugadão, com um frio de bater queixo, o pessoal já estava de pé, teodolito e apetrechos ao ombro, rumo do serviço. Poucas léguas faltavam para alcançar o porto do Registro e ganhar a outra banda do rio. A turma armara o acampamento num aceiro largo, à beira dum ribeirão. Os borrachudos e miruins eram ali que nem castigo. Assim, moído como estava não pudera pregar o olho boa tirada de tempo.

Os mosquitos — zim!... zim!... — outras vezes — zum!... zim!... — estas eram as muriçocas miúdas, azoinavam-lhe o ouvido, conquanto trouxesse a cara tapada com o cobertor. Os pernilongos então, esses, nunca vira coisa assim: atravessavam com o ferrão a lã grossa do pala, a calça, a camisa, e vinham aferretoar-lhe em baixo as carnes, com danação.

— Vote! Praga desse feitio, só mesmo naqueles fundões; mil vezes antes os carrapatinhos, que se encontram às bolotas nos travessões de mato, mas uma boa fumegação bota-os abaixo por dá cá aquela palha; e, mesmo, porque não resistem às primeiras chuvas do ano...

Mas, como estava a dizer, aquilo já passava de mangação; tinha as orelhas a arder, as horas iam correndo, e manhãzinha lá esperava-o o serviço costumeiro.

Puxou umas mantas dos arreios, onde dormia; e, na luz das estrelas, saiu às gatinhas da barraca, indo arranjar a sua cama bem longe do córrego, entre folhas secas, ao pé duma sucupira.

Ferrara no sono que nem camaleão no oco do pau. Com o virar da madrugada, começou a ter uns sonhos maus; ora era enterrado vivo, como sucedera na estranja a uma velha, ora uma porção de diabinhos se punham a batucar no seu peito, pesando, pesando, que... Acordou.

Abriu os olhos, mas esses, meio cerrados, pisca-piscando, tornaram a fechar-se com força.

Cruzes! Parecia até que era ainda em sonho! Descerrou de novo os luzios com cautela, o coração aos trancos, mal-assombrado.

Lembrava-se como se fora naquela hora. O dia acabava de clarear, cantava perto um curió no galho da sucupira.

Sobre o seu peito, enroscada, a cabeçorra ao centro, os olhinhos voltados para a sua cara e a língua em forquilha para fora, uma cascavel dormia sossegadamente, no calor brando do corpo...

Ficou gelado, sem movimento, a cabeça transtornada, a olhar apatetado a cobra.

O tempo que assim passou, não sabia dizer; mas se há inferno nalguma parte, é curtir uma alma de Deus as amarguras daquele ruim quarto d'hora!

— Santo nome da Virgem, que martírio! Olham a tremura que reaparece...

— Eu sacudia de riba o bicharoco e pulava para o lado, comentou Bentinho Baiano vivamente interessado.

— Qual! E resolução? Pensar não é nada, fazer é que são elas!... Se acudisse um gesto, um expediente, estava salvo; mas, como lhes dizia, fiquei gelado, as juntas bambas, sem movimento, como coisa largada. Vivi naquele momento mais vida que a de mecês todos somada.

Afinal a cascavel, despertando, espichou a forquilha da língua, foi desenrolando aos poucos os anéis do

corpo, e saiu devagar pelo meio das folhas, farfalhando...
    No acampamento era tudo animação. Ultimavam-se os preparativos para o trabalho do dia. Cheguei tremelicando, as pernas vergadas, como atacado de maleitas. A voz embargada, relatei o fato ao chefe.
    — Mas que é isso, Generoso, disse ele; olha aqui este espelho. Olhei. Tinha a cabeça branquinha!
    O que deve acontecer, tem força, acontece mesmo, ponderou Benedito à laia de consolo.
    — Pinga pr'aí mais dois dedos, sá Maruca, pediu o narrador.
    No largo, a luz meridiana rebrilhava na areia das estradas, faulhavam ao longe os detritos de mica, e uma evaporação quente, pulverulenta, como que parecia subir da terra rescaldada.
    Alguns já se erguiam, despedindo-se dos parceiros; e, como era domingo e dia santo, a vendeira aprestava-se a fechar as portas do negócio.

✹

III

Deixando atrás a longa trilha paralela do ferro das rodas, rolava um carro encosta abaixo, ao passo vagaroso da parelha de bois, o eixo lamuriando à distância ao atrito dos munhões, vindo das plantações do outro lado da baixada.
    Ensanguentada, a tarde baixara o seu clarão crepuscular sobre a mata, ao longe, a cuja entrada dois jequitibás se alteavam, eretos e sobranceiros àquele mar de frondes, donde a sombra parecia avolumar por graduações, redourada e tênue ainda nas últimas cumiadas, dum azul sombrio e carregado sob as ramagens, riscadas aqui, ali, dos primeiros pirilampos.
    Aumentara a gritaria dos meninos no terreiro da fazenda. Uns, ao canto, jogavam o bete; escarranchados os demais na gangorra, cujo peão fazia eco ao rechinar distante do carro, que descia aos solavancos os brocotós do carreira.

A camaradagem, acocorada ao longo dos puxados, comprimidos os pés em chinelões de caititu e botas de veado catingueiro, chupava pachorrentamente cigarradas, manejando o Malaquias uma alavanca no meio do terreiro, a cavar o lugar onde em pouco se aprumaria a bandeira ao Divino.

João Vaqueiro alinhou as ronqueiras em direção à estrada; e, como um moleque o acompanhasse curioso, ordenou áspero:

— Anda a ver uma cuia de farinha, ó pamonha, e mais a pólvora que sobrou da festa passada. Eh, pessoal, vamos cá esperar nhô Dito com uma salva de sustância!

— Olha que a Pelintra é reparadeira, avisou o nagoa; e o rapaz, se vier distraído, pode comer terra na força do estrondo.

— Quem, aquele? Tá, tá, tá, vai para outro lado com essa cantiga; ainda meninote, não havia poldro nestas redondezas ao qual não lhe desse na veneta tirar as tretas. Nhô Dito, esse, conheço-o melhor que as veredas deste sítio: peão de fiança!

E, enquanto proseava, punha a carga à ronqueira; sobrecarregou-a com um punhado de farinha grossa de mandioca, e duas pancadas secas da culatra no chão serviram de soquete.

— Lá vem ele, lá vem! Bradou um molecote empoleirado no moirão da cancela.

O vaqueano escorvou o ouvido à peça e correu a apanhar um tição de fogo que fizera entre as pedras da gameleira; mas alguém atalhava:

— Rebate falso, é a obrigação de sô Quim.

De fato, o agregado, naquele pedrês caolho, barganha infeliz duma lazarina nova, chegava à frente da sua obrigação, a Gertrudes, três meninas rechonchudas e bisonhas, e um par de pequenotes atarrachados, d'olho esbugalhado e triste, a barriga a ímpar sob a correia da cinta — sinal caraterístico de meninada molenga, afeita a roer torrões de barro às escondidas, pelos cantos da palhoça.

A mãe vinha adiante toda sestrosa, empurrando a filharada para a frente, o bócio avultando sob o carão empalamado, pito à boca, um lenço d'alcobaça atado à cabeça, as pontas reviradas para trás e os chinelões de marroquim amarrados numa trouxinha sob o braço, para calçar à hora da reza.

— Uma salva pra seu Quim e a comadre Gertrudes, minha gente, propôs Malaquias. E sem mais, descarregou o trabuco de que se armara.

Joaquim da Tapera voltou-se então, ufaneiro, na cutuca velha; aprumou o clavinote que trouxera a tiracolo para um galho de gameleira, pipocando estrondoso tiraço.

— Desapeia, desapeia, compadre, e chega pra cá, que seu Dito não deve tardar. Vamos todos arrebentar a pipocada tão logo apareça lá na vargem a rosilha...

O caipira afrouxou a barrigueira do pedrês, sacudiu de riba a sela, e as caçambas de pau entrechocando-se uma na outra, foi guardá-la ao paiol.

Na saleta da casa grande acendiam-se agora as velas em torno da bandeira. Nhá Lica, a filha do patrão, já lhe pregara aos bicos os bambolins azuis e andava borboleteando em torno do altar improvisado, a enfeitá-lo com florinhas de papel de seda rosa. A divina Pomba, mui mansa e serena, asas espalmadas, abria o seu voo místico inclinada no fundo branco do andor, sobre uma toalha engomada de linho, ladeada por dois jarrões, que embalsamavam o aposento com a fragrância ativa dos resedás.

Cessara há muito a grita dos meninos no curral. O carro, aos avisos — êh! Barroso, êh! Relógio — entrara lá fora no abrigo dos tropeiros. Desajoujados da canga, os bois foram soltos no mangueiro e o guia, um latagão destorcido, sobrinho de João Vaqueiro, que se tinha deixado ficar ainda aquele dia no canavial, veio enxaguar a poeira do rosto e as mãos à bica do monjolo, reunindo-se depois à rapaziada.

O lusco-fusco já se fazia cerrado nos arredores. Ia no céu, atrás da copa distante dos jequitibás, o brilho trêmulo de papaceia.

Súbito, no fundo da estrada, junto à nascente que os buritizais assombreavam, adensou uma nuvem de pó, que cresceu rapidamente, na marcha de mais em mais apressurada da mula rosilha.

— Agora é ele, agora é ele! Berrou o pequeno lá do poleiro da cerca.

João Vaqueiro encostou a brasa ao rastilho da peça. Ao estampido, a besta refugava, atravessando em dois trancos a cancela escancarada, e veio célere bufando alto, esbarrar ao pé dos foliões, contida nas rédeas pela mão segura do cavaleiro. Este, garrucha em punho, aperrados os gatilhos, virara-se no arção, mirando a caveira de boi-espácio que alvejava na forquilha do cercado.

Joaquim da Tapera fez ainda fogo com o clavinote. Então o recém-vindo desfechou de vez os dois canos, saudando a companhia.

Lá na forquilha da cerca saltaram lascas das chanfradas do espácio.

Vitoriava-o uma aclamação geral. Apeado, as pernas meio trôpegas da caminhada, dirigiu-se para a casa grande, onde o Coronel relia àquela hora, sob a luz baça do lampião de querosene, um número atrasado da *Folha de Goiás*, recostado pachorrentamente na sua rede de embira.

— Bênção.

O fazendeiro tirou as cangalhas que pusera para ler, chupou uma última fumaça à ponta sarrosa do cigarro e fez um gesto vago.

— Deus o abençoe. Não me manda nada o Major?

— Trago aqui na patrona as cartas do correio e um maço de jornais. O Major manda dizer que rompeu com o partido, à vista das últimas eleições; o resto vem aí relatado na carta.

Entregou os objetos e foi avançando para o interior, as botas esturradas de mormaço ringindo ásperas no assoalho desigual, rumo da cozinha. Lá provava D. Luíza o caldo à comezaina do dia, azafamada numa roda viva de mulheres.

Beijou-lhe com respeito os dedos nodosos da mão reumática e trabalhadeira, foi tirando do piquá as encomendas, e como a boa senhora se pusera logo a esparrinhar umas pitadas de canela no pratarraz d'arroz-doce, indagou apressado:

— Dindinha não tem mais precisão de mim para alguma coisa?

— Ah, sim, toma tento em Nequinho; diacho de pequeno sapeca, não me deu sossego todo o santo dia, a querer provar o ponto a quanta tachada houvesse. Sentido naquele capetinha, não fosse também querer deitar fogo às ronqueiras...

Em pouco, na sala toda luzes, por cuja janela aberta o clarão dos círios vinha alastrar-se cá fora, no terreiro, principiaram as rezas em torno do altar rústico.

Malaquias dera desde cedo a mão de cal ao mastro, que branquejava ao longo da casa, sobre dois cavaletes, cintado d'anéis d'oca e tinta a três cores. Era um magnífico cedro, que ele próprio fora tirar às terras da baixada, alto, liso, direito, medindo de ponta a ponta uns sessenta e seis palmos bem puxados.

Os moradores do sítio, ajoelhados, até o fundo do salão, iam engrossando o vozerio das mulheres, reforçando atrás, gradualmente, a rogativa. Fazia-se uma pausa lenta, após a qual a voz afinada e suplicante de D. Luíza evocava novo santo, tirando a ladainha.

À saída, Nequinho distribuía os rolos de cera, enrolados em talas de taquaril, que cada qual foi acendendo ao lume do vizinho; e a procissão se fez breve, levado o andor à frente por quatro meninas, acompanhando as cercas dos currais, dando voltas às gameleiras, em torno do casario dos agregados, as luzes a tremeluzir na noite clara, sob o límpido luar do sertão, vindo por último esbarrar junto à espiga do mastaréu.

Fez-se um grande círculo. O Coronel colocou a bandeira. Benedito adaptou a maçaneta, segurando-a a prego.

Rasgando em raiva o ar, estrugiu no alto um rojão. Era o sinal. A camaradagem agarrara-se ao longo do mastro, e à garrulada dos pequenos e estouros de foguetes, puseram-no acima, aos vivas e brados ao Divino Espírito Santo.

Um momento, no afã da ascensão, o pesado madeiro pendeu para o lado da casa, e esteve vai não vai a cair sobre os telhados.

— Arriba! Arriba! Urrou Malaquias, o mais entusiasta, puxando pela peitaria.

— Puxa! Puxa!

— Arriba, homem, gemeu sufocado Joaquim da Tapera, arcando de seu lado com o maior peso.

— Aguenta, aguenta, meu povo, acudiu Benedito, metendo um forcado de escada na parte perigosa.

A rapaziada respirava aliviada, aguentando nas cordas, previamente atadas ao longo do espigão; e aos atropelos, trataram de encher o buraco. Pedras, calhaus e terra socada atupiram logo a cova; e o mastro, já seguro, aprumou-se airosamente, mui branco em sua mão de cal, os anéis em ressalte na noite luminosa, e a bandeira lá no topo balouçante, sobre a cabeça de Malaquias, que se encarniçava em baixo, em torno da raiz, remoendo cantorias, a manejar o pesado macete.

Poucas braças adiante, junto ao calvário da fazenda, donde pendiam, esculpidos em madeira, os sete instrumentos de tortura, tinham sido levantadas as cruzes de bananeira, d'alto a baixo espetadas por um renque paralelo de pauzinhos, destinados a suporte das luminárias. Estas apareceram logo, em casca despolpada de laranja-da-terra, a torcida grossa d'algodão ao centro, embebida em azeite, trazidas em bandejas à cabeça do mulherio, como ex-votos piedosos de passadas promessas.

Malaquias, paciente, com unção, foi dispondo as luzes nos espeques; e, vistos à distância, eram dois grandes cruzeiros luminosos, a rebrilhar sob a paz radiosa daqueles céus e ante a serena brancura do luar, que varria longe os escampos solitários.

D. Luíza surgiu no limiar da casa-grande, um tabuleiro de tigelinhas em cada mão; arrastando-se de joelhos, veio depô-las ao pé do mastro, que osculou repetidas vezes, em fervorosa contrição. Só assim cumpria de todo a promessa que fizera antes pelo restabelecimento de Nhá Lica, presa das febres intermitentes quando da romaria do Muquém.

Nequinho, desenvolto, numa arteirice de colegial vadio, aproveitou-se logo daquelas luzes e desenhou em arco, ao redor da bandeira, em letras de fogo: *Viva o Divino*.

Arrematou-as com um enorme ponto de exclamação, e às piruetas, de súcia com a molecagem dos agregados, atirou-se a ver quem saltava mais alto a fogueira do pátio.

Nhá Lica recolheu-se depressa ao interior da casa, onde tinha ordens a comandar.

A ceia, lauta, duma fartura de senhorio feudal, fumegava no varandão, esclarecida a intervalos pelos candeeiros de quatro bicos. A família do fazendeiro agrupou-se em torno do chefe e para o fundo, segundo o costume tradicional das velhas colônias, o pessoal do sítio, por graduação de idade e serviço.

Deram pela falta do Nequinho. Apareceu logo, à mão de Benedito, sujo de cal, amarrotado o lindo terno d'azul-ferrete à marinheira, pé fincado atrás em oposição, arrepiadinho de ira. O moço levantou-o nos dedos, veio assentá-lo ao pé de Nhá Lica, e foi tomar assento do outro lado da mesa, junto à velha senhora.

— Quisera o meleiro, de parceria com os moleques, marinhar-se ao alto do mastro; e ele, Dito, obedecendo ao aviso da Dindinha, apanhara-o a meio caminho.

O pequeno desceu do tamborete e veio cavalgar a perna do coronel. A voz travada, explicava o caso: — Seu

Dito que se intrometesse com o que era da sua conta, não fosse mandar nos outros. Queria apenas ser o primeiro a beijar lá em cima a estampa do Divino, e virar a bandeira para o lado da casa.

O fazendeiro embalava-o na perna, gravemente, em silêncio. Mas Nhá Lica, fitando o moço, reclamou assustada: — Veja só! Que maldade, mordeste-o na mão!

Uma pequena mancha rubra, vincada de dentinhos afiados pontilhava o dorso da mão do rapaz, a ressumar umas gotículas de sangue.

Embaraçado, num acanhamento súbito, recolheu a destra debaixo de toalha, e disse chocarreiro: — Ora, ora, não foi nada, um arranhão; amanhã faremos novamente as pazes.

Mas o Coronel encrespava o sobrolho, descia do joelho o filho e ralhava severo: Não fosse hoje dia de festa, e levarias uma tunda de arnica e salmoura, para aprender a respeitar os mais velhos!

— Menino de hoje, disse D. Luíza reconciliadora, não guarda mais respeito a ninguém; olha, seu briquiteques, este moço que aí vês, estás escutando? Já o sujaste muitas vezes nos braços, quando trazias cueiros!...

— Pois sim, mas agora sei português e geografia; e seu Dito levou uma manhã inteirinha a escrever um bilhete que mandou depois ao povoado...

Benedito disfarçou, carregando nas talhadas de leitão recheado que estavam à sua frente.

Nhá Lica abstraíra-se da conversa, atarefada em dar de comer a uma pequenita birrenta, sua afilhada, que pusera ao colo.

O fazendeiro, melhor humorado, cofiava a barba, asseverando: — Gente de agora, nasce falando: influência do regime, fosse lá no tempo da monarquia...

Espalitava os dentes, espreguiçando-se no espaldar, repleto. Os subordinados, um a um, já se iam retirando silenciosamente; e as mulheres do sítio, assentadas como trouxas aos cantos, pelos batentes da cozinha, distribuíam a refeição à filharada, amassando entre os dedos a comida, a empurrar com o polegar os capetões de tutu de feijão para a goela dos pequenos, que engoliam sem mastigar, como patos.

No paiol, repenicando na prima, já ensaiava João Vaqueiro um descante. Malaquias logo o seguiu, a respectiva viola à bandoleira; depois outro, mais outro e outro ainda. O resto formou alas do lado oposto, e caíram todos com entusiasmo, batendo palmas, na velha dança de camaradas.

No terreiro, à míngua de azeite, morriam as lamparinas dos cruzeiros; e o miraculoso luar do sertão, tão límpido e sugestivo naquelas terras, entrava por toda parte, espancando penumbras, devassando meandros, coado aqui pela galharada das gameleiras, alastrando-se acolá sem mancha e sem obstáculo pela lhanura plana dos chapadões.

E até tarde chorou no paiol a viola, na toada doída de trova sertaneja.

※

IV

Abrandara o mormaço do meio-dia. Com o chiar lamurioso dos carros que desciam das roças atulhados de canas para o serão de moagem, vinha refrescando no ar translúcido a viração da tarde.

Nhá Lica contava pontos de crochê junto à janela do quarto. Para o fundo, abriam-se os canteiros de roseiras, a horta viçosa, as mangueiras folhudas do quintal, com a sua longa fila de laranjeiras em sazão de ouro, o cafezal abaulado, dum verde retinto e sombrio; e mais além, onde a vista se perdia, vagos contornos de colinas verdejantes, malhadas aqui e ali duma rês esquiva que pascia, entre teias longínquas de arame farpado...

Joões-conguinhos e guachos importunos galravam no laranjal, em matinadas atordoantes, ora abatendo-se aos bandos, ora em arribadas para a grimpa distante dos coqueiros do cerrado, onde tinham os grandes ninhos pendentes.

Nhá Lica contava pontos de crochê, a linha de novelo entre os dedos...

Cismava...

Eram recordações que lá iam, perdidas no fundo da memória, ao trabalho silencioso da agulha, dias de meninice, as primeiras inquietações da adolescência e a saudade ainda latente do colégio de Sant'Ana na capital, onde bela e calmosa quadra da existência passara descuidosa.

E surgiam os passeios com as boas dominicanas, em tardes gloriosas como aquela, nos arrabaldes, pela estrada do Areão; as correrias das companheiras ao longo do caminho, a colheita de campainhas e boninas, umas róseas, dum perfume intenso, outras brancas, da candidez imaculada das almas que com ela iam, apanhadas aqui, além, aos molhos, que vinham sorridentes e confiadas ostentar ao sorriso benevolente da Madre; o jogo das prendas, o chicotinho-queimado, nos pontos de descanso; e depois, ao crescer o crepúsculo, a volta para o convento, duas a duas, elas adiante, as irmãs atrás, às orações invariáveis d'ave-maria...

Vinham os caprichosos artefatos d'agulha e bordado, aquarela, pastéis, a confecção artística de almofadas para a exposição do fim de ano, que ao colégio atraía toda a alta sociedade da capital; os prêmios, antecipando as férias, passadas entre arvoredo e alegres folgares, numa chácara pitoresca que possuíam as religiosas à beira do Bagagem...

No ano seguinte, a mesma vida uniforme, com as alterações do adiantamento de idade e progresso nos estudos, e de mais a mais, o gosto acentuado que crescia nela para as coisas místicas, os desvelos que punha no adorno da capela, e aquele seu ardente fervor religioso ao terço do rosário, quando anoitecia...

Iam então juntas aos tríduos e novenas da Boa Morte, às rezas vesperais da igreja do Rosário, e com que ansiosa expectativa, misto de impaciência e alegria, atendiam todas as internas às solenidades da semana santa! Pelo menos, eram as únicas que lhes fora dado assistir...

Folias do Divino, com cantorias louvaminheiras de crianças à frente das filarmônicas, os peditórios de porta em porta por meninos e cavalheiros revestidos de balandrau e opa encarnada, o cetro, a coroa e a bandeira do Divino passeadas de lar em lar, aos ósculos extáticos da multidão, e moedas e cédulas que se iam amontoando nas salvas, mal as podiam apreciar, através das persianas do monastério, a cuja saleta exígua recebiam algumas freiras o farrancho.

— O ano passado, no entanto, aparecera ali no Quilombo uma das tais folias da roça, mui diversa, aliás, das da cidade. Compunham-na um bando de trinta mandriões, cavalgando animais lazarentos, apetrechados de pandeiros e violas, que se tinham deixado ficar em pândega na fazenda oito dias seguidos. Ao aproximar, deram uma descarga de trabucos, que a camaradagem do sítio replicou com salvas de ronqueira. Depois, apeados, aos descantes e loas, encostaram a um canto da sala a bandeira e caíram em regozijo na dança, aos sapateados e louvaminhas, que se prolongaram até altas horas da madrugada, e insaciáveis todos de cachaça, que o coronel mandara vir às canadas da armazenagem.

Abateram-se reses no curral, despovoou-se o chiqueiro de porcos, vários leitões foram assados, e daquela folia, só guardara lembrança do muito cuidado que lhe dera, e à mamãe, na direção da cozinha. Ainda bem que o papai estava acostumado àquelas pousadas intempestivas...

Mas o que lhe doera ao coração, ao saber, foi os foliões, apenas saídos do Quilombo, terem ido arranchar meia légua adiante, na palhoça dum pobre lavrador, onde acamparam três dias seguidos. O rancheiro, coitado, ficara certamente na miséria, desertos os currais e poleiros da pequena criação, em folgança devorada pelos tiradores de esmola...

— Ora, que fazer, dissera o coronel, costume da terra!

Não guardava, muito menos, daquele tempo na capital, lembrança das cavalhadas, que o imperador eleito do Divino realizava no campo de São Francisco para gáudio da população local, com aquelas histórias tocantes do cativeiro dos cristãos na torre de Ferrabrás, os amores da princesa Floripes com o par de França, o cativeiro dos mouros, a sua conversão na capelinha, que armavam ao segundo dia, e, no terceiro, a corrida final de argolinhas, que punha termo àqueles divertimentos.

Esses festejos, presenciara-os o ano passado em Curralinho, onde tomavam parte o papai como embaixador cristão, e Dito — rei dos mouros.

Guapa cavalgada! Como empinava bem o baio de estima de Roldão, dizendo atrevidamente a embaixada de Carlos Magno ao rei dos infiéis! E com que arrogância e donaire respondia-lhe Dito na letra, cabriolando o ginete, a lança alçada, dois passos adiante da sua guarda! Chamejavam espadas. A pedraria reluzia faiscante na bordadura azul e vermelho dos justilhos e pelo cravejamento das fivelas prateadas, que prendiam os penachos encaracolados dos guerreiros. O sol lavava de luz opulenta e clara a arena sonora onde a pugna se desenrolava fremente. Havia um contínuo tropear de cavalos, mal contidos nas estacadas, e o vozeiro indistinto da multidão, sob o varandil dos palanques, mãos em pala, à crueza dos raios solares, enquanto a charanga atacava num ângulo da praça a marcha belicosa.

Dentre o contínuo lantejoulamento das arreatas suntuosamente revestidas, a moirama passava em árdegos serbunos, crinas entrelaçadas, ferraduras e cascos dourados rebrilhando ao longe, à desfilada franca, toda sangue em sua vestimenta de veludo carmesim, as flâmulas tremulando na haste pontiaguda das lanças, à investida audaz contra os defensores da Fé. Estes, dentre o uniforme azul-celeste de seu rei, não menos garbosos e escorreitos, saíam em campo, à rebatida brusca dos barbarescos.

Apreciara o desenrolar de toda a justa do palanque de pita que o coronel mandara armar no lado principal, bem a coberto do sol. Divertira-se tanto aqueles três dias!

Mas em Goiás, quando no colégio, as irmãs não as levavam ao campo de São Francisco, supondo talvez, em seu piedoso entendimento, um tanto profanas aquelas exibições.

Havia ainda, na capital, outros divertimentos por ocasião das festas do Espírito Santo. Danças principalmente. O bumba-meu-boi, que afugentava às marradas a petizada; a dança dos índios, na sua veste cor de carne, tinta de urucum, à moda dos tapuios, os cocares e as cintas de penas variegadas, trazidas de propósito de aldeamentos indígenas da beira do Araguaia, com toda aquela figuração de brandir de tacapes, lamentações de pesar em torno do pequenino cacique morto, e o grande grito vindicativo de guerra:

Jaburê, quá! quá!...
Jaburê, quá! quá!...

Começavam os combates singulares de lança, porrete e flecha, sucessivamente, em torno da maloca assanhada. Os campeões procuravam-se por sob uma abóbada de arcos entesados, em artimanhas de selvagens e choques bruscos d'armas.

E ao tempo que os adversários se sonegavam felinamente, uníssonos, num diapasão que ia do mais leve sussurro ao estertor fero d'ódio e vingança, e deste, novamente, ao queixume lancinante murmurado em dolência, entoavam os guerreiros o hino bárbaro:

Arirê, cum! cum!...
Arirê, cum! cum!...

Saíam a campo, afinal, os dois pequenos caciques, maneirosos e ligeiros, em esquivanças rápidas de caxinguelê e passes traiçoeiros de jaguatirica, à rebatida derradeira dos tacapes enfrentados. As tabas rivais cercavam-nos então, a passo lento, esticando o cordame dos arcos, a clamar em lamúria:

> *Japurunga matou minha fia,*
> *Japurunga matou minha fia,*
> *Flecha nele sem parar!...*
> *Flecha nele sem parar!...*
> *Prazs!... Prazs!... Prazs!...*

Disparavam.

Havia ainda a dança de velhos, em grandes cabeleiras empoadas, os sapatos de fivelão e costumes à Luiz XV, exibindo por salões franqueados voltas obsoletas, à moda antiga.

O vilão, os lanceiros, estes organizados pelos rapazes da fina flor social, em rica fantasia, inauguravam as suas quadrilhas logo à noite do baile e banquete que o imperador do Divino oferecia à cidade.

O quebra-bunda não deixava de fazer também a sua aparição desde o começo das novenas, com as coplas e lundus chorosos dos mulatos, quadras requebradas e dolentes, uma das quais, esperem, rezava assim:

> *Minha mãe me pôs na escola*
> *Pra aprender o bê-a-bá,*
> *Eu fugi, fui aprender*
> *O lundu na marruá!...*

Indecente, pois não, mas apenas de nome, que no fundo, tão ingênua, tão simples, dessa simplicidade de velha dança colonial, não se impedindo o seu ingresso no seio das famílias antes mui disputados e solicitados os organizadores a irem exibir os bailados no interior das casas principais e mesmo no palácio governamental...

De todos aqueles festejos, tinha conhecimento pelo que lhes contavam no outro dia as externas, aos intervalos da aula, o que valia, às vezes, exemplar repriminda da irmã zeladora...

Um e outro ano surgia a mais a dança do Congo, posta à rua pelos pretos, cujo rei era sempre um africano centenário, ainda forte e robusto, trazido de Luanda ao tempo da escravatura.

Aos reco-recos das varetas pela superfície estriada em serras das compridas cabaças que apropriavam, e ao som de adufes e pandeiros, celebravam os ritos e glórias de seu país ancestral, religiosamente através do exílio transmitidos, em fraseados complicados e embaixadas pomposas de língua perra.

Executava-se o duelo dos príncipes, procurando-se os dois rivais aos pulos ágeis, ora num pé ora no outro, entre as filas apartadas dos guerreiros, e a final degola destes — a espada correndo cerce ao longo das gargantas. Arrematavam a encenação com dolentes cantorias, onde a nota — êh! Maria Longuê! — era repisada em estribilho a cada retorno, invariavelmente.

Esses, os do Congado, vira-os passar duma feita sob as gelosias, num quente meio-dia de domingo. Uns traziam gorros e capacetes de plumas, grandes corações recamados de vidrilho sobre o peito ofuscante de lantejoulas e glóbulos dourados; outros, meias-luas de prata em ressalte no fundo do colete mourisco, colares de búzio com voltas de conta e pulseiras de miçangas, metidos em calções de debrum e largos sapatões cara-de-gato. Os mais vistosos calçavam botins e tinham o justilho azul de pano mais fino, sobressaindo-se os tufos de pelúcia nos punhos curtos e sobre a gorjeira baixa.

Caminhando iam e vinham sobre os próprios passos, arrastando a cantilena, ao reco-reco infatigável das cabaças empunhadas.

— Ah, as doces, ingênuas tradições goianas!...

De novo, a saudade de Lica voou, trêfega, para as procissões da semana santa.

Ah, as procissões!... Então, através das persianas donde espreitavam, como que a cidade tomava outro aspecto, revestindo-se dum ar solene e grandioso.

Trabalhadores, enxadas à mão, punham-se nas ruas e praças a capinar febrilmente, dentre os interstícios do macadame, os tufos rasteiros de gramíneas; varriam-se as calçadas, o chão era atapetado de goivos, miosótis, jacintos, manjericões e mais folhas odoríferas...

No primeiro domingo, o de Passos, iam todas à Boa Morte, a cuja entrada tinha lugar o encontro da Virgem Maria com o Filho desejado. Este, sob o peso do madeiro, mui lívido e doloroso, a grossa corda de nós cingindo os rins sobre a túnica roxa, a fronte pálida, porejando sangue, dobrava a esquina à coral mística dos rabecões, sob a auréola sangrenta da coroa de espinhos e nuvens consecutivas de incenso, que o pároco, mui solene e paramentado, ia à frente turibulando.

Fazia-se um grande silêncio. A banda de música que fechava o cortejo cessava a sinfonia plangente do acompanhamento. Acotovelava-se o povo no ádito da igreja, pelas ruas e vielas que desembocavam na praça; e, de ao pé duma das janelas que abriam do coro para o largo, um frade beneditino, mui untuoso e comovedor, começava a longa prédica da paixão do Senhor, a voz soluçante e profunda no descrever a cena patética do Calvário, e a disputa última dos guardas sobre o corpo ainda palpitante do Crucificado!

Choravam todas. Ainda agora, ao relembrar, tinha as pálpebras umedecidas...

À noite, os sete Passos da cidade, encravados em espaçosos nichos onde o Cristo se detivera lasso na caminhada, iluminavam-se d'alto a baixo, e toda a gente corria em via-sacra a visitá-los, depositando na toalha do altar, sobre a salva exposta, o óbulo devoto.

— Depois, quinta-feira das Dores, nova procissão,

a da Virgem Dolorosa em busca do Filho bem-amado. O andor, numa suntuosa ornamentação de flores artificiais, a imagem naquele manto azulino todo constelações, era pelo percurso levado ao ombro das donzelas de mais destaque na sociedade, todas de branco trajadas. E que desejo nutria ela, Lica, de carregá-lo também, garbosa e transfigurada da divina carga, embora nessa época mal debuxara ainda os seus primeiros catorze enfermiços anos, e ser assim tão franzina e frágil de forças!

Dirigia-se então com as irmãs a esperar o acompanhamento na matriz, onde recolhia, e deixava-se estar de joelhos muito tempo em adoração, extasiada, e, enquanto os círios ardiam, evolava-se em torno o cheiro profundamente místico dos incensórios, e o sacerdote no altar-mor principiava o ofício...

Após as Trevas, na Sexta-feira Santa, as solenidades atingiam o seu apogeu de esplendor e compunção religiosa. Desde a véspera, nenhum grito de pregão, nem mesmo o ao de leve bater dos saltos dum sapato na rua deserta. A cidade soterrava-se num silêncio mortuário, sombrio, profundo, sepulcral, de necrópole abandonada... Nenhum brado d'armas na cadeia pública; os toques de corneta dos quartéis não davam esse dia os sinais regulamentares, e até os galos, no fundo dos quintais, pareciam olvidar o seu canto álacre...

Era o dia das santas virtudes, em que as árvores e as coisas se revestiam dum atributo sagrado, e os homens, mulheres e crianças saíam pelos campos e matas dos arredores, atrás duma raiz milagreira de amaro-leite, suma, batatinha ou folhas de chá-de-frade, que colhidas em tal ocasião, santificadas pelo teândrico martírio do Cristo, adquiriam um maravilhado poder de cura nos achaques caseiros do ano...

Súbito, às doze, quando o Sol que — único — não se velara de crepe, alcançava o pináculo do quadrante, ouviam-se as notas retumbantes e ásperas da matraca, anunciando aos quatro cantos da cidade que Nosso

Senhor era morto. Então as meninas, que haviam comungado pela manhã e estavam desde véspera em jejum absoluto, encaminhavam-se para o refeitório, onde o jantar era amelhorado duma iguaria nova, preparando-se todas logo em seguida para continuar as devoções na Boa Morte.

À procissão do Enterro, acudiam moradores de toda a redondeza e mesmo de fora do município afluíam às vezes. Apesar da distância, sua família viera duma feita, mais no entanto para visitá-la, que essas cerimônias tinha D. Luíza por costume assistir em Curralinho, lugar bem mais próximo do Quilombo...

Milhares de luzes tremeluzindo em alas, davam volta às ruas principais, o cortejo ritual ao centro. Escutava-se a espaços, o peito lacerado por inenarrável opressão, o cântico merencório e lancinante da Verônica — moça feliz que tivera a fortuna de representar esse ano a Madalena — trepada a um tamborete carmesim, o diadema refulgente sobre a testa e a ampla cabeleira desnastrada espáduas abaixo, exibindo à multidão contrita, entre mal sopitadas lágrimas, o lençol sanguinolento que amoldara a cabeça coroada de espinhos do Homem-Deus.

E toda a milenária Dor humana, consubstanciada naquelas palavras, parecia ainda como que a ressoar-lhe aos ouvidos, funebremente, doloridamente: *Vos omnes qui transitis per viam, attendite et videte si est dolor sicut dolor meus!*...

À sua imaginação, impressionada ao excesso, fugiam os detalhes, num turbilhão de figuras litúrgicas a passar: aqui São João, o halo predestinado sobre a fronte, entre dois apóstolos, sobraçando um livro; ali, as três Marias carpideiras, vestidas de crepe, atrás do catafalco lúgubre, sob cujo pálio damasquino, sustentado por seis cavalheiros d'opa violeta a empunhar as varas de prata maciça, jazia num leito de martírio o corpo seminu e anguloso da Divindade, macerado d'angústia, em holocausto sacrificado à redenção de todos os mortais...

Sábado da Aleluia! Repiques festivais de sinos na catedral; pombos e pássaros que se soltavam, a esvoaçar entre os coruchéus e cornijas do templo; foguetes e girândolas no largo estourando. Saudade...

Domingo da ressurreição, madrugada alta, um frio cortante descendo da garganta da Carioca, e tanta gente amontoada à luz do luar no adro da igreja, à espera de que as largas portas se descerrassem, enquanto a meninada se ajuntava no meio do largo, procurando distinguir as feições do Judas, lá dependurado no alto duma embaúba, e que seria queimado após o ofício divino...

Até àquele canto da nave, onde costumavam ajoelhar-se, chegavam de fora gritos e assobios, matinadas ferozes em torno dum mesmo objeto, vaias estrídulas, a partir dos quatro ângulos da praça. Era a molecada, às centenas, às maltas, incontáveis, armada de seixos, atacando os caipiras — pobres matutos desentocados do fundo de suas roças e plantações pelo prazer de tomar parte naquela santa festividade, — e a bradar-lhes à orelha a alcunha injuriosa:

— Queijeiro!... queijeiro!... queijeiro!...

Ainda bem que Benedito, que fora com a família uma daquelas vezes à capital, mudava de feição, adotando facilmente o aspecto distinto de moço da cidade, não obstante passar a maior parte do ano na fazenda, e mesmo, não se envergonhando de — na necessidade — pegar o cabo da foice, como vira o ano passado, e pôr num chinelo toda a camaradagem do sítio, batendo-a no eito, mesmo àquele Malaquias, apontado como o primeiro do corte dos canaviais...

E Lica, levada por outro curso de ideias, olhou para o fundo do quintal, onde o seu companheiro de infância, assentado numa moenda velha de engenho, à sombra das mangueiras, se entretinha a traçar com o canivete arabescos caprichosos na peroba dum piraí, a assobiar descuidado, enquanto Nequinho já em vias de reconciliação, rondava em torno, olhos grudados no trabalho do moço, entre arrependido e incerto da posse daquele brinco.

— Olha que apanhas um resfriado, menina! Disse D. Luíza abeirando-se sem que percebesse; são horas de recolher, o sereno já começa a cair, e tu aí absorta, como se estivesses sonhando!

Anoitecera. No céu azulino, duma diafaneidade única, o Cruzeiro do Sul lucilava como um símbolo vivo sobre a imensurada vastidão daquelas planuras, que a rudeza do velho Anhanguera desbravara e estendera o guante de conquista, povoando-a duma grande raça empreendedora e forte, que a moleza do clima, o misticismo ancestral dos reinóis e bastardias de sangue, iam lento e lento desfibrando, salvo arrancadas extemporâneas dum e outro rebento mais rebelde...

E Nhá Lica cismava ainda nos festejos queridos de sua terra, que traziam entretecida a cadeia de suas recordações de menina e moça dum filão preciosíssimo de suaves e repassadas saudades, que o luar, a noite, o sertão e a festa da véspera tornavam mais fundas e cruciantes naquela alma ingênua e simples, virgem ainda dos contatos brutais com as paixões, os azares, com a Vida enfim.

Uma mato-virgem arrulhou além, oculta entre os cafezais; e um grilo, cri-cri, afinou sob a janela, ao rés da grama, numa fenda mal coberta de reboco.

Súbita tristeza, amálgama de confrangimento e aperto de coração, num pesar indefinível, assenhorou-se de Nhá Lica. Dobrando o pescoço, mui alvo e transparente, sobre o peitoril da janela — um bucre anelado a ressaltar na nuca, sobre o cetim da epiderme — as lágrimas, uma a uma, correram lentas, sem causa aparente e sem um só queixume de seus lábios contrafeitos...

✳

V

O cabra pensava a Pelintra. Uma dobra dos baixeiros pusera-a sentida do espinhaço no passeio que tinha feito pouco antes, em companhia dos filhos da fazenda, ao sítio próximo. Vieram chamá-lo a mando do patrão.

Dependurou o chifre de tutano com que engraxava o pelo à mula na argola de recavém dum carro, saiu às pressas do puxado dos tropeiros, rumo da casa-grande, onde o fazendeiro media impaciente as passadas ao longo do varandão.

Caminho andado, João Vaqueiro fizera-o ciente do sucedido — fugira o Malaquias!

O nagoa, furtando-se à velha dívida do ajuste, abrira o pala à meia-noite, montado na melhor besta de sela da fazenda.

Galgando os degraus do varandil, viu logo pelo jeito que o caso era sério. O Coronel passeava os quatro cantos da sala, carrancudo, repuxando as falripas da barba grisalhona, o olhar atravessado e duro sob a ruga da testa, num daqueles seus terríveis e frequentes acessos de mau humor.

Era quase ao anoitecer. Pelos tampos escancarados das janelas, enquadradas em portais de jacarandá, a luz crepuscular entrava difusamente, alumiando ao fundo o ouro fulvo das peles d'onça que forravam as paredes, esbatendo-se entre os rosários de orelha d'anta e veado entrecruzados e pendentes do teto, destacando aos renques — bizarramente — a alvura das caveiras de capivara, galheiro e queixada que atestavam aos cantos, ao gosto das fazendas do interior, as proezas venatórias do chefe.

Sob aquele peso de troféus, de rifles, clavinotes e caçadeiras dependuradas dos cabides, o fazendeiro media às passadas o aposento, como outrora o senhor feudal cruzando as lájeas de sua sala d'armas, a meditar a baixa justiça sobre a cabeça redonda e vil dum vassalo acusado de felonia e traição...

Mal o divisou, foi advertindo ríspido: — É aprontar-se já e partir sem detença pela madrugada. Não descanso mais uma só noite sossegado, enquanto não ver aquele ladrão na sala do tronco.

— A Pelintra veio sentida do Mamede, mas não havia de ser por isso que o negro deixaria de vir...

— Pois é escolher aí no pasto o animal que mais convier. Quanto a dinheiro para despesas, vem aqui ter comigo assim que tudo estiver arrumado. Gaste eu um conto de réis nesta empreitada, mas a fama do Quilombo não há de ficar desmerecida; nesta fazenda cachorro vadio teve sempre ensino, ninguém foge aqui ao trato firmado! É dar em riba do negro e trazê-lo amarrado pelo cangaço ao moirão do curral, que o resto havemos de ver.

O outro não estranhou, acostumado àqueles repentes. Coçou a orelha sob a aba do chapéu, e, sem mais, foi tratar com zelo dos aprestos da viagem.

Sabia-a arriscada, melindrosa mesmo, dado o desapego do nagoa ao perigo e o seu tino tantas vezes comprovado em manhas e astúcias para enfrentar ou esquivar-se a quem se lhe atravessava no caminho. Também a ele, Dito, não faltava jeito... Haviam de ver.

Foi ao quarto, em separado num dos ângulos do casarão; abriu uma canastra, vinda com ele em pequeno dos Dourados, quando lá mandara buscá-lo a Dindinha. Trazia ainda tacheadas sobre a tampa de couro as iniciais de seu finado pai. Pôs-se a separar atento a roupa — dois parelhos de brim riscado, ceroulas d'algodão grosseiro, três camisas de morim, que lhe dera a madrinha pela véspera do Natal... Levaria aquilo tudo sob os coxonilhos dos arreios, reservando os alforjes da garupa para a matula, as mezinhas, se houvesse precisão, e demais objetos miúdos. Enfim, ali estava todo o necessário para quem, como ele, ia viajar à escoteira. Dependurou do cabide o rifle, e à luz da candeia que acendera, pôs-se a examinar com cuidado o mecanismo da culatra, fazendo mover lentamente a alavanca do gatilho. Limpou-a minuciosamente, meteu pelo cano de reserva os doze cartuchos precisos, fechou a arma e foi pendurá-la à bandeira da porta, para quando saísse.

— Nada, o nagoa era arteiro, trazia patuá bento contra ferro alheio; e, para gente curada, só mesmo calibre 44 e a pontaria de seu olho... Pois sim, que com ele, não havia reza nem bentinho; era tiro e queda.

Enfim, ia prevenido.

Demais, não era essa a primeira vez que o patrão o enviava à pega de camarada fugido. Tinha até fama o seu faro nas redondezas. Em apanhando a catinga, ia direito no rastro que nem cachorro perdigueiro, e não havia então tirá-lo da pista enquanto não trazia filada a caça à porteira do curral.

Ainda duma vez...

Mas para que lembrar! Tinha ainda no braço os caroços de chumbo com que o chamuscara um cigano, ladrão de cavalos, que andava a limpar as pastarias dos arredores. Ao estampido, caminhara que nem canguçu na fumaça, e trouxera-o ali amarrado ao moirão, onde o Coronel, à vista de todo o pessoal reunido, mandou aquele mesmo Malaquias chegar-lhe aos untos do traseiro uma coça mestra, rapar as pestanas e cocoruto à moda de frade, salvo seja, e depois, com desprezo e aos risos da camaradagem, soltá-lo no campo, assim como uma rês capada...

Outra, foi na romaria da Trindade. Um baiano apessoado batera uns contecos ao patrão no jogo. Ele bem observara, postado do lado de fora, a tramoia. O meleiro ia ajuntando uma por uma as pelegas, de que fazia um bolo e que metia no bolso interior do jaleco, proseando com ufania, a entreter o Coronel; este, mui confiado, a praguejar contra o azar do marimbo que o perseguia, atirando nota sobre nota na mesa.

Aquilo cheirava às léguas a embromação. Com disfarce, descobriu logo que o gajo, de súcia com o parceiro, manejava com outro baralho, que traziam escondido no forro dos chapéus. A horas tantas, quando já se levantavam satisfeitos, saltou-lhes à frente, a garrucha na destra, a franqueira na outra, desmascarando num berro a esperteza.

Foi uma roda viva. Um deles se pôs logo a tremer, acovardado; mas o baiano, sujeito atirado e quizilento, encrespou o sobrolho, rugiu cinco desaforos e quis abecá-lo pelas costas, armado dum sabre-punhal que sacara do cabo do rebenque.

Homem aquele de peitaria! Mas não dera tempo; já o apertava num canto, riscando-lhe de sobreleve a faca pelo ventre, dominando-o com a garrucha, até que, rendido, o forasteiro achou por seguro chegar às boas, restituindo a cobreira, sempre protestando no entanto — o descarado — contra a sua parte na maroteira...

Ah, tempo! Metesse na veneta do fazendeiro faze-se oposicionista, não havia mãos a medir com tantos — seu-Dito-faz-isto, seu-Dito-desmancha-aquilo!

Verdade seja, não mandara nunca uma criatura de Deus desta para melhor, não, graças ao Santíssimo; mas não era que carecesse de ocasião. Santa Maria! brigas, tivera-as muitas, raras por provocação, seja dito de passagem, que era lá de seu foro mui ordeiro e avesso àquelas exibições, antes de natural lhano e metido em seu canto; mas, às mais das vezes, birras do patrão com a gente da redondeza, no que o servia em reconhecimento de ter ido recolhê-lo aos Dourados, quando lá ficara órfão e só; e depois pela Chica, mulata que por ser mulher, tinha seu quê de faceira, gostando de estadear o talento do amante quando se lhe faziam de engraçado...

Em épocas de eleições, quando o coronel estava contra o governo, então, andava numa corre-coxia dos trezentos, tais os embrulhos que surgiam. Na vila, às vezes, dançava alto o pau; não raro, eram os tiros que se não sabia donde partidos, as teimas para convencer o votante contrário, enfim, o costume da terra. Eram ordens pra aqui, ordens pra ali, arregimentando o pessoal da fazenda, garantindo a chapa, o diabo!

Malaquias fora sempre dos que mais o ajudavam naquelas alhadas. Nem mesmo sabia porque fugira o preto. Estimado da casa, afeito àquele serviço desde rapazote, não podia ganhar fora mais do que lhe davam na fazenda. Feitiçaria? Não acreditava, apesar de tudo, naquelas baboseiras; que ali, naquelas cercanias, eram ele e Nhá Lica, talvez, os únicos que não criam nessas imundícies... Feitiço, talvez, mas d'alguma daquelas mulheres que tinham pousado a semana passada no puxado dos tropeiros, em companhia dos soldados em diligência para as recebedorias do Paranaíba. Isso sim, acreditava; tanto que elas tinham passado a noite toda em gaitadas e cantorias, enquanto o cabo da tropilha tocava a sanfona de sobre o girão dumas cangalhas, as espingardas empilhadas ao canto, o chapelão de palha com fanfarrice batido e acampado à banda. Por sinal que uma daquelas raparigas veio comprar à casa-grande meia garrafa de caninha, e fora o Malaquias quem lha medira no quarto da armazenagem. Não fosse o preto ficar embeiçado da roxa, e daí os propósitos de fuga...

Mas abanou a cabeça, duvidando: — Qual, o nagoa fugia sempre ao rabicho das saias, e não seria daquela vez que se deixaria tentar. Quanto à besta de estima, sabia-o bem, não havia ali tenção de furto; Malaquias levara-a por necessidade de montaria ligeira que o apartasse depressa daqueles sítios.

— Então, que seria?

E o cabra, apoiado à cabeceira da cama, entrou a matutar fundamente. Lembrou-se pela vez primeira — ele que a praticava instintivamente — que era livre e movia-se para onde bem queria prendendo-o apenas àqueles lugares o hábito da meninice e a sua gratidão para com os donos da fazenda, enquanto que a condição dum camarada era muito diferente, tolhida a liberdade pelo ajuste do fazendeiro...

Geralmente, o empregado na lavoura ou simples trabalho de campo e criação, ganha no máximo quinze mil-réis ao mês. Quando tem longa prática no traquejo e é homem de confiança, chega a perceber vinte, quantia já considerada exorbitante na maioria dos casos. É essa a soma irrisória que deve prover às suas necessidades. Gasta-a em poucos dias. Principia então a tomar emprestado ao senhor. Dá-lhe este cinco hoje, dez amanhã, certo de que cada mil-réis que adianta é mais um elo acrescentado à cadeia que prende o jornaleiro ao seu serviço. Isso, no começo do trato; com o tempo, a dívida avoluma-se, chega a proporções exageradas, resultando para o infeliz não poder nunca saldá-la, e torna-se assim completamente alienado da vontade própria. Perde o crédito na venda próxima, não faz o mínimo negócio sem pleno consentimento do patrão, que já não lhe adianta mais dinheiro. É escravo da sua dívida, que, no sertão, constitui hoje em dia uma das curiosas modalidades do antigo cativeiro. Quando muito, querendo de algum modo mudar de condição, pede a conta ao senhor, que fica no livre arbítrio de lha dar, e sai à procura de um novo patrão que queira resgatá-lo ao antigo, tomando-o a seu serviço. Passa assim de mão em mão, devendo em média de quinhentos a um conto e mais, maltratado aqui por uns de coração empedernido, ali mais ou menos aliviado dos maus-tratos, mas sempre sujeito ao ajuste, de que só se livra, comumente, quando chega a morte.

Benedito sentiu aquilo tudo, confusamente: mas nem por sombra lhe passou pelo juízo contrariar as ordens do Coronel. Desde pequeno, achara as coisas naquele pé, e assim como estavam, haviam de continuar até quando Deus fosse servido em comandar o contrário.

— O preto fugira, estava ali o fato; devia ao patrão novecentos e cinquenta e cinco mil-réis; eis a circunstância; mandavam-no buscá-lo: havia de vir. Os meios, pouco importavam; morto ou vivo, filado à gola pelo sedenho ou apenas o par de orelhas como prova, havia de vir.

— Nhô Dito, olha que a ceia está a esfriar, arrancou-o daquelas preocupações a voz de João Vaqueiro, surgindo à abertura da porta.

No varandão, agora deserto, provando uma colherada d'angu de caruru que lhe servia a mulher do caseiro, pôs-se a ruminar os planos de campanha.

D. Luíza apareceu do interior e colocou sobre a mesa um sapiquá atufado, aconselhando maternal: — Muita prudência, mesmo, não fosse atirar no outro sem necessidade; também nada de afoiteza em expor-se à ira do camarada.

— A Dindinha que não se arreceasse, sabia com quem lidava; demais, se o preto emproasse, ali estava ele mais a carabina para quebrar as proas que fossem aparecendo.

E como Nhá Lica surgia ao limiar, iluminando com o seu perfil suave a moldura enegrecida da porta, empinou o busto orgulhoso, mão à cinta, sobre o cinturão de sola larga, onde rebrilhava o cabo niquelado da franqueira.

— Olha, deste lado vão a paçoca, um frango recheado e o mexido d'ovos em separado na lata, disse a senhora; do outro, café, açúcar em latinhas e umas cocadas que Nhá Lica aprontou.

— Não era preciso tanto cuidado, agradeceu meio confundido. Tomou-lhe a bênção rápido, cumprimentou a moça, e foi despedir-se do pessoal da casa, àquela hora, como de costume, reunido no paiol de milho, em comentários ao caso do dia.

— Aquele negro tem sorte, dizia Joaquim da Tapera; caindo no mundo, ninguém mais lhe bota a vista em riba. Cabra destorcido! Matreiro que nem lagartixa, com a cabeça diz que sim, com o rabo diz que não. Ali está a marca que fez uma vez para mostrar como se empalma uma faca nesta terra! Traçou uma roda de palmo na parede, dividiu-a em doze riscas e à distância de seis passos não errou um só bote! Demais, arrepiado como ouriço-cacheiro; diabo como aquele não entrega à toa os pulsos à correia.

— Pois seu Quim, respondia João Vaqueiro, se ele é que nem martinho-pescador, que flecha certeiro o peixe, tem pra frente nhô Dito, que é como tucano, quebra tudo que o bico alcança.

— A pois, lá diz o rifão, dois bicudos não se beijam, comentou alguém.

Entrando, ele foi sentar-se num amontoado de suadouros de cangalha que ali estavam empilhados para atalhar, e pôs-se a ouvir em silêncio a conversa.

— Seu Dito, toma tento com aquele crioulo, caso venha a topá-lo, o que duvido, avisou Fidélis; é bicho sarado, tem mandinga contra arma de fogo. Mesmo ferro benzido escorrega naquele couro que até parece bagre fora d'água. Toma sentido!

— Essa cantiga comigo não adianta, disse afinal. Não há como pulso firme e franqueira de fiança, sempre pronta na ocasião... O mais, conversa fiada...

— Ora, ora... Não acreditava! Cortou o outro melindrado. E esta! Só mesmo um moço da cidade. Nem parecia até que fora criado naqueles fundões. Conversa fiada, veja só!...

E desatou a rir, constrangido. Depois:

— Pois vou contar um fato, acontecido com o meu defunto compadre Desidério, cabo de polícia no tempo da monarquia. Andava aí pr'esses sertões um tal Deodato, bandido de profissão, com dezoito mortes e tantas no costado, e um sem-número de falcatruas nos povoados, a caçoar do governo com as arrelias e façanhas de todo o dia, matando hoje um homem aqui, forçando amanhã uma mulher ali, ora nos Gerais, ora nesta província, e, apesar dos prêmios e a fama que adviria a quem o prendesse, sem poder as diligências jamais botar-lhe o olho em cima.

Crescendo de atrevimento com a falta de ensino, chegou a penetrar nas vilas à luz do meio-dia, ameaçando céus e terra, pondo o povo todo espavorido com as bravatas que arrotava, e faria mesmo, caso piasse alguém ao lado. Duma feita, penetrou na cadeia do lugar onde estava arranchada a escolta encarregada de prendê-lo, e foi desancando do primeiro ao último com o cabo do chicote, enquanto dois de seus parceiros mantinham em respeito, com a boca dos trabucos escancarados da soleira, a soldadesca surpreendida...

Vivia num estadão, garantido até pelos chefes de partido, que aproveitavam os seus préstimos de capanga para negócios de politicagem.

Deodato trazia sempre consigo um bentinho no pescoço, bentinho em que depositava muita fé, e é aqui que bate o ponto da história.

— O meu compadre era um homem às direitas. Metera-se-lhe na cachola que havia de dar cabo do bandido, e uma vez assim ateimado, não havia por onde torcer. Ele batia por essas estradas e cafuas, à frente de quatro cabras decididos, e tanto viramexeu, que uma noite, dando cerco a uma tapera à beira do Uru, onde tinham notado uns sinais que o punham assofismado, calhou que lá dentro se encontrasse de pernoite, sozinho, o afamado assassino.

Deram volta à casa, e um deles foi bater à porta da frente, de cujas fendas gretadas de caruncho saía um longo crivo de luz. Os demais ficaram de tocaia, estirados atrás das moitas de gravatá e tiririca do arredor, vigiando as saídas.

— Ó de casa, bradou o soldado com voz firme.

Respondeu-lhe tremendo estampido de clavinote, que escumou de vez a madeira da porta e a fera pulou para fora, o facalhão em punho.

O rapaz ouvira antes o estalido da arma aperrando, e teve tempo de desviar-se da descarga. Ajoelhado de banda, fez-lhe fogo ao peito. Os companheiros descarregaram por sua vez, da tocaia, as pederneiras.

Deodato, mortalmente baleado, caiu sobre um joelho; e o destacamento, carregando de novo as espingardas, deu-lhe mais duas ou três descargas à queima-bucha, quebrando-lhe um a um, por quinze sangrentas feridas, os ossos do corpo... Foram depois pernoitar meia légua adiante, numa fazendola, donde voltaram com enxadas, ao romper d'alva, para dar sepultura ao criminoso, e cortar-lhe as orelhas que, conforme o uso, iriam dar testemunho daquele feito.

O dia clareara já de todo, o sol mostrava-se meia braça acima dum outeiro, quando chegaram à tapera. Deram um rodeio ao oitão, à procura do morto. Não o tinham encontrado no lugar em que caíra varado do papouco.

O ervaçal espezinhado, coágulos frescos de sangue que o orvalho umedecia e se alastravam agora em largas manchas sobre a grama, diziam bem que era ali exatamente o local onde sucumbira de vez o bandido sob os coices d'armas da patrulha. Mas o corpo, que é dele?

Admirados, zanza p'ra qui, zanza pra'colá, na suposição de que uma vara de bichos do mato o tivessem arrastado para longe, eis que o anspeçada, afoitado numa capoeira de assa-peixe e juá-bravo, solta um grito de espanto, clamando socorro.

Acudiram todos.

Os cabelos em pé, olhos esbugalhados, o rapaz apontava para um clarão da saroba. E aí está o que viram: encostado a um cupim, as pernas direitas, segurando numa das mãos o clavinote, a outra aconchegada ao peito, Deodato olhava-o também, mui vivo, procurando armar o cão emperreado do seu boca-de-sino...

O anspeçada, sem relutância, meteu a arma à cara, e estava para disparar, quando o compadre atalhou:

— Fica quieto, não é preciso gastar mais munição com esta cobra; deixa-a cá comigo.

Achegou-se com cautela, e afastando a mão do jagunço, que procurava embalde obstá-lo, arrancou-lhe do peito o bentinho, junto a um patuá, em cujo forro estava cozida a reza brava contra bala!

Assim que lho tirou, o homem caiu que nem fruta podre, para nunca mais se erguer.

— Como esse, tantos casos mais; qual, ser curado é coisa séria; perigo, e grande, corre quem se mete com esse povo. E o Malaquias, afirmo porque vi, sempre trouxe no pescoço um breve...

— Por mim, ponderou João Vaqueiro levantando-se, acho que a melhor reza é confiança no santíssimo nome de Nosso Senhor Jesus Cristo e a carabina de nhô Dito, que nunca negou fogo...

— Pois não, pois não, confirmava o outro, arrastando um couro do fundo do paiol; mas que o moço fosse sempre prevenido.

E começou a preparar a cama, arranjada com um ligal aberto sobre a esteira de espigas, forrando-a depois com as mantas e lombilhos d'arreios.

Um acauã guinchava à distância, na noite escura.

O minguante, esguio e tardo, principiava a espalhar, entre nuvens, os seus primeiros bruxuleios de luz mortiça por detrás das últimas serranias do nascente.

E, no paiol da fazenda, a camaradagem conversava ainda em torno da chocolateira fumegante, preparando nova infusão aromática de folhas de limeira-de-umbigo com rapadura, enquanto pelo sertão sem termo, de cotovelo a cotovelo das estradas, de barroca a barroca, ia o grito d'alarma das aves noturnas...

Através das persianas cerradas da janela de Nhá Lica, uma luzinha brilhava ainda.

— Que estaria a fazer àquela hora a filha do patrão? pensou Benedito, recolhendo caminho de seu quarto de solteiro.

✸

VI

Pelos dias de agosto, todo o horizonte goiano é um vasto mar de chamas: fogo das queimadas que ardem, alastrando-se pelos gerais dos tabuleiros e chapadões, a afugentar a fauna alada daqueles campos; fogo dos cerrados que esbraseiam, estadeando à noite os seus longos listrões de incêndio nas cumeadas das serras, intrometendo-se léguas e léguas pelo mato grosso e travessões do curso dos rios, e subindo, carbonizadas as folhas secas que o vento acamara pelo cipoal e trepadeiras dos troncos seculares, cuja casca rugosa tisna de sobreleve para ir em fúria crepitar nas grimpas entre as galharadas verdes, reduzindo a cinzas os ninhos balouçantes do sabiá nativo, as caixas extravagantes da borá e mandaçaia, quando não enxota de pouso em pouso as guinchantes guaribas, os velozes caxinguelês, das alturas prediletas de tamboril, jatobá, aroeira ou barriguda — os mais comuns — daquelas matas.

Através do espesso lençol de fumaça que à noite encobre o lume das estrelas, o sol semelha de eito a eito um enorme carvão aceso, e sangra pelos flancos a sua luz avermelhada e mortiça, numa atmosfera de forja, que nenhum sopro de aragem alenta.

Emigra a vida para longes climas. Das alfurjas, nas tocas solapadas de ao pé dos morros, nos desvãos de pedra, onde em dia de chuva calangos e lagartixas se espapaçaram ao vento, à cata de insetos, desapareceram misteriosamente os répteis, à espera da tarda estação da fartura, que aí deve chegar com as primeiras chuvadas de outubro. E somente à beira dos charcos que ficaram, nos furados úmidos, continua ininterrupto o ramerrão do cururu e saparia miúda, ao mormaço das longas tardes nevoentas e a zoada surda das mutucas e pernilongos, que lá, mais que alhures, enxameiam no gado acossado dos capões.

Não há ali, porém, louvado seja, os rigores da seca em céus do norte. As nuvens vão beber no farto *divortium aquarium* dos grandes rios que alimentam simultaneamente as bacias do Amazonas, Prata e São Francisco, elementos abundantes para o próximo ressurgimento da terra; e a miséria do solo resulta antes da incúria do homem, que ateia fogo às derrubadas para a fertilidade da lavoura, e destas, quase sempre, transpõe as divisas da roça, e vai floresta a dentro avançando a sua obra de assolação, transpondo levadas e ribeirões, escalonando serras de extremo a extremo do sertão, espraiando-se sem obstáculo pelas extensas ondulações das campinas fecundas, e só parando quando o tropeço dum grande rio ou o encontro com outra queimada lhe roube elemento onde saciar a sua fome implacável de extermínio. Rodopia e morre então em torno de si mesmo, quando não cinge uma vítima, caça ou rês dos arredores, no redemoinho trágico.

A obra de destruição vai lento e lento preparando ali a ruína das gerações futuras, embora a natureza opulenta exubere a cada nova hecatombe com redobrado vigor, e esplenda em louçanias aos primeiros aguaceiros, espalhando aos quatro ventos, indiferentemente, as messes abundantes com que retribui de ano a ano a bronca insensatez do matuto. E ai! Do destino daquele ubérrimo rincão, não fora o recurso natural das imensas florestas virgens e dos sertões ainda por violar!

Cessa por esse tempo a labuta nas fazendas. O gado espera a chuva para amoujar, e remói o mata-pasto ruim das encostas, o angola paludoso dos alagados desaparecidos, o capim-puba e gordura que o fazendeiro reservou e defendeu nas invernadas, se se não embrenha na selva imune, atrás do papuã.

Se o incêndio devorou os capoeirões e pastagens naturais, deu por sua vez cabo da praga de carrapatinhos que depauperava a criação. É o tempo em que os carniceiros caracarás, únicos satisfeitos na desolação derredor, se põem a catar os gordos rodeleiros — caídos de maduro — na pelanca descarnada dos animais, esborrachando-os no bico d'aço retinto dum bigode de sangue negro, ora pousados no lombo, ora entre as aspas, ou sob a barriga varada, aos pulinhos curtos, mas certeiros, e gritos bruscos de espaço a espaço...

E se acaso passou, na lombada descoberta dos campos, um pé-d'água que não fez torrente, as perdidas emergem o seu caule nu dentre os interstícios do pedregulho rescaldado, sob uma pompa bizarra de flores de sangue...

Também o homem, agente irresponsável naquela desolação, ressente-se molestamente da mágoa que ressuma errante na natureza. Mais que o aspecto acabrunhante daqueles céus, reflete-se-lhe no olhar com que sonda as alturas, a nostalgia das águas que se foram, chupadas da terra avara, e o verde primitivo das serranias que — quando? — verá de novo reflorir na quadra feliz, com as ramalhadas de ipê e paineiras esfolhando-se à distância, e a criação mugindo satisfeita nos currais, repletos de bezerrada nova.

Depois de São Sebastião, ultimam-se os aprestos do plantio nas roças calcinadas; a terra recebe a semente do pobre, que encoivarou as cercas nos derradeiros muxirões. Rondam os vaqueanos os malhadouros frequentados, onde as vacas amoujaram na força da lua; e em pilões de cozinha, o mulherio soca e peneira o sal para o cocho das salgadeiras. Na casa da oficina temperam os ferros enferrujados, rebatem na bigorna uma marca nova para o filho do patrão, que já tem aquele ano a sua ponta separada.

E todos atendem às chuvas que não tardam.

Na alma da Nhá Lica, à sugestão daquela paisagem amortalhada em brumas, pesares e saudades acorriam lentas, como nuvens...

A bica do monjolo corria embaixo um fio tênue, indo empoçar-se lá ao fundo no açude do mangueiro, para onde tangiam os campineiros de manhã a tropa das pastarias adjacentes, e o coaxar soturno das rãs punha uma nota lúgubre, ao vir das tardes enfumaradas, com as suas tristezas mudas do anoitecer...

Três meses atrás e o céu revestia-se ainda de tons de anilina, refrescado pelos aguaceiros temporões que abril e maio prodigam às vezes. Nas malhadas, refloria a flor-de-maio; cambarás vergavam sob os corimbos apendoados; e, dominando os escampos, sob as paineiras do outeiro, o solo estirava-se duma aluvião de pétalas lilases, quando o roxo vivo da quaresma não feria o olhar à distância, avultando nos alcantis dentre tufos de folhagem.

De manhã ou em vindo o crepúsculo, havia nas espessuras uma orgia contínua de sons estrídulos prolongados de seriemas confidenciando nos vargedos, lamentos reiterados de almas-de-tapuio no fundo da mata, trilos, matinadas, algaravia de povis, tiês e sanhaços no colmo frutificado das gameleiras. Bento-vieiras e tesouras, como flechas, abicoravam a lavadeira, uma chupé que carreava para o cortiço, ou simples tanajura que tecia os seus amores nos espaços, e vinham depô-las na goela sôfrega dos filhotes, que aos chilidos esticavam o pescocelho implume dentre flóculos de paina, na copa altanada das marias-pretas...

Nuvens consecutivas de guachos abatiam-se, elevavam-se, das fruteiras carregadas do quintal, cujas laranjas, poupadas da estação passada, reverdesciam outra vez, num orgulho exuberante de seiva, ao tempo que rombos anuns e azulões solertes remexiam com besouros a estrumeira dos currais...

Sobre os lameiros d'água empapaçada que secavam ao sol o seu limo esverdeado, borboletas enxameavam, numa ronda alerta d'asas multicores, variando entre o azul-negro, azul-claro e azul-metálico das *Ageronias arethusas,* cambiando a fartura de tons dos amarelados d'ocre, laranja e amarelo-enxofre das *Pieris pirra,* umas a pousar do surto incerto, estribuloso, nas pontas dos gravetos e nervuras descobertas de folhas podres que emergiam do charco, espalmadas as asas horizontalmente, as demais da margem levantando o voo caprichoso em alegre farândola, pelo vento tocadas a outras vasas e vergéis mais fartos, para o aéreo noivado, para a aérea fecundação das pradarias em gala...

E mal ouvissem o passo dum animal na devesa, papa-capins, coleiras e patativas erguiam dentre moitas cacheadas de jaraguá o voo fruste, e o peixe-frito saía matraqueando ao longe, às orelhas de pau que se quedavam a escutá-lo, o zombeteiro cantar...

Na alma de Nhá Lica, ao aspecto da paisagem fumarenta, como nimbos, saudades e sonhos se acastelavam... Dias de março, saía com o mano e o Dito, a quem confiava os filhos a mamãe, campo afora, ela na sua eguita castanha, uma pluma d'ema presa à fiveleta do chapeuzinho de feltro, airosa no selim, destemida às vezes nas apostas de galopada, a colher pelo caminho, junto aos cerrados e capoeiras, o murici cheiroso, cuja árvore anã e folhuda se distinguia ao longe, as corriolas verdolengas, denunciadas à distância pela fragrância intensa, e mangabas e guabirobas, que trazia em jacazinhos, sobre o gancho do silhão...

E um a um, os passeios antigos iam avolumando, os da infância principalmente, a povoar aquelas horas de lazer doméstico do encanto agridoce da saudade através da adustão derredor, e as primeiras bátegas espaçadas de chuva, que pejavam já as nuvens aplúmbeas das morrarias distantes...

Nesse tempo, talvez no Paranaíba, talvez do outro lado de Minas, em Mato Grosso, quem sabe, Benedito viajava longes terras, nas pegadas do negro fugitivo...

Nhá Lica recordava, recordava sempre...

O hábito da soledade exacerbava a sua imaginação. Nos compridos vagares da agulha, quando D. Luíza se absorvia nos misteres domésticos e o fazendeiro rondava os arredores fiscalizando o serviço, vivia a vida passada, rememorando sentimentos, repassando saudades, reatando o fio de pequeninos episódios do viver sertanejo, que lhe iam apressurando os momentos langorosos de trabalho ao canto da janela.

— É que, quando se sente infelicitada no presente, a alma corre ao passado, como um refúgio...

Da cozinha, no meio-dia ardente, vinha o baque alternado das mãos de pilão esmoendo a canjica. A água espanejava lá embaixo junto aos alicerces do açude, na roda limosa do moinho. Ciscavam pintainhos no terreiro. No pilão do monjolo, afluíam as cocás, gulosas do arroz pilado, esticando para o interior o pescoço esgrouvinhado aos intervalos das pancadas, quando não empinavam a crista córnea de sobre a capororoca dos cercados, desatando o agudo estoufraco.

Os olhos de Nhá Lica baixavam de novo sobre o crochê, e uma aqui, outra ali, evocações e saudades iam surgindo a cada movimento dos dedos ágeis, se a trama não ficava parada no colo, e o olhar remoto, perdido numa imagem defunta, de que, sacudindo as bastas tranças, a arrancava um suspiro de alívio, para entregar-se novamente com redobrada atenção à contagem dos pontos...

Às vezes lia. Histórias tocantes de Genoveva de Brabante ou as aventuras dos doze pares de França, livro tido em grande estima no sertão, cuja leitura, nos serões solarengos das fazendas do Interior, era feita em torno do lampião de querosene à família atenta, que tinha herdado da idade feudal, através do drama das conquistas, aquele gosto barbaresco de façanhas guerreiras, postas em prática anualmente na sede dos municípios com o espetáculo faustoso das cavalhadas...

Nhá Lica fazia em casa essas leituras. Começava quase sempre pelo episódio da princesa Floripes, de que tinha um secreto prazer em acentuar a animosidade e o ardor belicoso com que, abrasada toda por converter-se à fé cristã de seu amado Gui de Borgonha, acirrava contra as hostes de seu pai os cavaleiros cativos na torre de Ferrabraz...

E uma noite, recolhendo-se um tanto excitada daquelas narrativas, sonhou que estava encerrada numa alta torreola, como a que armaram a vez passada em Curralinho, e Dito era o moço paladino que viera libertá-la dos furores paternos do Almirante Balão, encarnado na figura venerável de seu velho pai... De então, ao reler aquelas páginas, sentia-se enleada por um sentimento obscuro, e era com desafogo que passava aos amores da rainha Angélica com o sobrinho do Imperador, o destemido Roldão corajosamente encerrado no interior do leão mágico...

Tinha ainda sobre a mesinha da cabeceira alguns exemplares de contos da carocha, vindos com ela do colégio, cadernos de modinhas brasileiras, que lhe dera uma das amigas na capital, e um desaparelhado romance de Alencar, esquecido entre os formulários da medicina caseira do papai, que, muito positivo em matéria de livros, além dos de Carlos Magno e jornais políticos da terra, eram os únicos que tolerava.

O organismo debilitado pelas febres intermitentes apanhadas na romaria do Muquém, de que se vira tão somente boa o ano passado, como que a energia vital se lhe refugiara no cérebro, desenvolvendo exageradamente as faculdades da imaginação; e esta, sôfrega, ia suprir-se naquela meia dúzia de volumes, junto às impressões cotidianas do viver campesino, que iam acrescentando dia a dia uma nova página onde deter e fixar aquela sua irresistível tendência evocadora...

Nos últimos dias de setembro, rolaram trovões pelo lado do Anicuns. Apartara a canícula abafadiça. No lamaçal do açude, sob as taiobas, redobrava o cantochão das rãs; e à tarde, com o chuvisqueiro que passara, um fartum ativo, de húmus fermentado e terra fecundada, exalava-se dos plainos escaldados.

Na alma de Nhá Lica refloriam recordações...

Via-se pequena, na casa do engenho. A chuva corria ao longo das almanjarras, e a espaços, com as rajadas de vento, vinha fustigar-lhes o rosto, a ela e ao Dito, encolhidos num canto, sobre o borco duma talha...

Entontecia-a o bafio pesado de calda azeda que as masseiras exalavam; e como o aguaceiro abrandasse, a água do açude começasse a subir com as enxurradas que desciam, e o córrego fosse agora uma vasta caudal de torrentes tumultuosas, ocorreu-lhe uma ideia:

— E se arranjássemos um bote?

— Ora, não custa, disse o companheiro. E pronto, revirou a masseira em que se achavam, cavada num tronco largo de tamboril, arrastou-a até a margem do rio, e arremangando as calças acima do joelho, impeliu-a para dentro.

Ela descalçou os tamanquinhos, experimentava a água fria com a ponta rósea do pé. E como ele lhe oferecesse a mão, saltou sem hesitar para a canoa, que a corredeira já puxava para o meio do rebojo.

Benedito empunhou a pá de bater melaço, deu com firmeza duas remadas, para a direita, para a esquerda. A embarcação, mui frágil, inclinou para uma banda, carregando água. Com o balanço, ela agarrara-se assustada à outra borda, para lá pendendo o corpo; e, àquela sobrecarga, o barco virou de vez, arremessando os tripulantes ao bojo das águas...

Procurou nadar, desatinada; mas Benedito já a rebocava para terra, em duas vigorosas braçadas. E de novo no engenho, tiritantes, procuravam os dois reanimar-se mutuamente com gracejos, sacudindo os fatos molhados.

Ela suplicou: — Não digas nada, hein?

— Pois sim. E o parceiro foi de novo atirar-se à torrente para repor no lugar a masseira, engarranchada lá embaixo, num espinharal de malícias...

Aqueceram breve a roupa ao sol ardente que se fizera após a chuva, como acontece tantas vezes no sertão; e foram depois apanhar os girinos do córrego, que depunham, trementes, em tanques separados, ou cheia a mão d'água da bica, faziam-na cair aos pingos nas folhas largas de taioba, cuja extrema polidura emperolava o orvalho como líquidos, translúcidos brilhantes...

À noite, teve um ameaço de febre; mas o escalda-pés que lhe deu a mamã, pusera-a de novo risonha e lépida na manhã seguinte.

Benedito armava mundéus de cotia nos goiaberais ou vinha trazer-lhe as juritis surpreendidas nas arapucas do quintal. Uma tarde, tinha onze anos — o papai tencionava conduzi-la na manhã seguinte ao colégio da capital — acompanhava-a ele ao sítio próximo duns conhecidos, onde ia levar as suas despedidas. Cavalgava a eguita castanha, nesse tempo muito nova e extremamente arisca. Passavam à distância dum cercado. De lá um pastor se pôs a relinchar prolongadamente.

A porteira estava aberta, uma trave atravessada no furo mais alto dos moirões. A potranca, surda aos reclamos do freio, enveredou num galope desatinado naquela direção. A trave pegá-la-ia pelo peito, à passagem do animal...

Àquele risco iminente, fechara os olhos, abandonara as rédeas, transida de pavor... Mas o seu companheiro vira de longe o perigo; numa corrida desenfreada, fincando esporas no piquira, chegou ainda a tempo de alcançar a poldra entrando de raspão no curral, e de arrancá-la com violência de cima do selim...

— E fora ele quem recebera a pancada em pleno peito! Pancada que o atirou à lama, mas a depôs intata e de pé, sobre o solo...

Levantara-se logo sem queixar e fora pegar no curral os animais, que espojavam os arreios no lamedo.

Depois, depois... Ela partira para o colégio.

Quando voltou, era moça; ele passou a olhá-la com um respeito e uma timidez exagerada, que só se rendem às rainhas e às santas...

Nunca mais se deixou levar nos abandonos duma amizade de irmão; e quando obrigado a dirigir-lhe a palavra, era contrafeito, como se se envergonhasse em seu foro íntimo da antiga camaradagem que ousara dedicar à filha do mais opulento fazendeiro daquelas terras...

E era aquele o único homem que lhe fora dado admirar, e que a mão do Acaso tinha atravessado em sua vida!

Ah, quando? Quando? Chegariam a entender-se?

E como a lua surdia no horizonte, como uma enorme roda de carro, avermelhada e triste dentre os vapores das derradeiras queimadas, alumiando ao longe os carreiros cor de barro e inundando o rosto pálido de Nhá Lica, os seus olhos voltaram-se para o céu; e, fitando aquele astro, exalou-se-lhe dos lábios uma prece tímida:

— Nossa Senhora das Candeias, minha madrinha, velai por nós!

VII

Benedito viajava longes terras.

Atravessara o Meia-Ponte em Pouso Alto. Seguindo as informações que lhe dera um rancheiro perto de Morrinhos, enveredou pelo sertão das Abóboras, coito famigerado de relapsos e trânsfugas, onde tem ido às vezes a política estadual suprir-se de acostados e facínoras para os motins locais.

Naqueles fundões, abandonando as fazendas de criação e indo pedir pousada a um rancho de sapé que se acachapa afogado no bamburral, à margem do ribeirão, o viandante vareja muitas vezes a casa do sitieiro sem que encontre um punhado de farinha, um taco de rapadura ou a manta de carne-seca no jirau de mantimentos, fora a acolhida usual que lhe dá o hospedeiro. Mas a clavina chapeada ou o rifle de estimação, topa logo dependurado, ao alcance, no gancho da parede, junto à patrona couro d'onça bem fornida de cartuchos.

É o único luxo que se permite aquela gente hospitaleira...

Não raro, a arma permanece inativa no cabide meses e meses, quando não sai para uma caçada d'anta ou espera de veado, ao tempo que os piquizeiros da chapada ou as tarumãs da beira do rio começam a derrubar as suas flores e frutos.

Viajava de costume à luz das estrelas, ou sob o limpidíssimo luar daquelas paragens, fugindo à mormaceira meridiana, num rastro que se lhe escapava muitas vezes com os informes contraditórios, pousando hoje à sombra duma palmeira de buriti, dormindo adiante nos ranchos solitários, que o município ou moradores das proximidades mandam construir à beira das estradas para o descanso do passageiro e o encosto forçado da tropa nos pastos fechados das circunvizinhanças.

Assim rondou o sertão do Caiapó, despistado por um correio que lhe dera uns sinais falsos na estrada de Jataí; e desceu margeando o rio dos Bois, certo já de encontrá-lo no Paraíba, se não tivesse o preto embrenhado em Mato Grosso por Coxim, ou escapulido para o outro lado das divisas mineiras, perdidas as pegadas nos centros populosos do Triângulo.

A pelo-de-rato que cavalgava afrouxou logo no terceiro dia da jornada, e teve de barganhá-la em Morrinhos, com um forte desconto de quebra, o que lhe transtornou os planos, dando tempo talvez ao Malaquias de tomar o rumo que melhor lhe parecesse.

Entanto, obstinado como todo sertanejo, cedo ou tarde havia de topá-lo forçosamente. Conhecia casos em que o batedor tinha ido pegar a sua caça no Uruguai; mas para o seu não havia necessidade de tanto, pois que o preto, dormindo descansado na fiúza de seu braço e o bote infalível, não teria de certo expediente para entocar-se naquelas funduras...

Desceu pois o rio dos Bois, e subiu beiradeando o Paranaíba, cujos afluentes engrossavam com as chuvas, à passagem das primeiras boiadas que vinham do sertão.

Em Santa Rita, um arrieiro deu-lhe notícias seguras da estadia do nagoa em Caldas Novas — vendera-lhe a besta de sela por uma tutameia, com o produto adquirira na loja do Gaudêncio uma garrucha niquelada e dois cortes de chitão enfestado, que ofereceu à roxa com quem se metera aqueles dias à entrada do povoado. Lá havia a noite inteira bebedices e cantorias, numa das quais saíra esfaqueado o culatreiro da sua tropa, atraído ao casebre pelos descantes de catira, no meio duma rusga que os parceiros do nagoa acharam por bem armar às tantas da madrugada.

E assim dizendo, à porta do Administrador onde proseavam, lá se foram encaminhando para o rancho, a cuja frente a besta da fazenda recebia a ração do emborral, o ferro do Quilombo sobre o quarto traseiro, enfileirada com as demais ao longo da casa.

Joaquim Culatreiro, o cabra que levara a facada, ainda desfigurado da sangria, veio até o parapeito e confirmou as palavras do patrão.

— Que sim, era mesmo o Malaquias, um negralhão espadaúdo, por sinal que tomara o seu partido no fuça, desarmando o cachaceiro que lhe tinha aprontado à traição aquele aleive.

— Quanto à mula, seu moço, dissera em consciência o arrieiro, pode levar consigo, que não quero animal furtado na minha tropa. O prejuízo é de duzentos mil réis, mas irei entender-me com o seu patrão, tão logo navegue naquelas bandas.

— Não resta dúvida, atalhou o outro; e, enquanto não aparecer, aqui lhe deixo, para evitar transtorno na condução, o meu macho queimado. Até lá, vai-se remediando...

Passou a sela dum para o outro animal, e após ligeira prosa com ele, servido o café, com que o obsequiara a companhia, postou-se a observar uma ponta de gado que descia para o porto, estacionando na encosta, toda estarrecida ante as águas do rio, que turbilhonavam lá embaixo numa extensão de cerca de mil metros, espessas e profundas.

Eram as primeiras levas que o Estado exportava naquelas paragens, tangidas pela vaqueirama encourada dos boiadeiros, que por ali penetravam o sertão, a tirar as boiadas luzidas com que iriam abarrotar os mercados e feiras mineiras d'além-Paranaíba.

O boiadeiro, feita a contagem das cabeças e embolsados os talões com um forte abatimento de cinquenta por cento de imposto na recebedoria — segundo o velho trato que mantinha em particular com o Administrador — veio dar uma vista de olhos ao gado apertado na rampa, e bradava ao capataz:

— Êh! Chico, é tanger para o outro lado do rio a boiada, antes que o dia vá de todo descambando. Olá, que é do passador? Ó Totónio, dá um pulo à casa desse homem, e avisa que é tempo de passar os meus bois.

Mas a mulher do nadador veio à porta dizer que sentia muito, mas naquela ocasião o seu homem não podia apanhar molhado, em resguardo ao ataque de sezões; que procurassem outro por ali mesmo, que haviam de encontrar...

— Veja só, que transtorno! Bufou ojerizado o boiadeiro, batendo botas e bombachas com o rabo-de-tatu. Êh! Negrada valente da boca do barulho, qual de vocês aí sabe nadar?

E animava os rapazes reunidos num alto, a dominar a manada, gesticuloso, encarando-os fito um a um, os olhinhos reluzentes, dentro o seu carão tostado de sulista.

Mas ninguém, entre aquela vaqueirada, se sentia com ânimo bastante para afoitar-se naquele mundão de corredeiras rápidas e rebojos que espumavam lá embaixo. O capataz ajuntou:

— Que seu Juvêncio desculpasse, mas tinha as cadeiras rendidas por uns fardos que erguera em seus tempos de tropeiro; e a mais, a mão esquerda aleijada duma cortadura de facão feita havia anos...

Os demais, não se atreviam.

— Rapaziada molenga! Quem há de ser? Quem?

Descera o barranco, sobre o pontilhão da barca, a balouçar presa à corrente da beirada; e alçando a mão em pala, olhou para o outro lado, perquirindo a margem mineira, onde um bando de pombas caldo-de-feijão parecia mais moscas a voejar; sondou com cuidado os arredores duma casa acachapada na ribanceira, de cujo telhado ascendia uma espiral esmaecida de fumo, e voltou desalentado à roda dos camaradas, repuxando as bochechas rosadas, numa impaciência que mal podia sopitar as pragas trovejantes que lhe gargarejavam no peito.

— Gente mofina, gente mofina, repetia enquizilado.

Então Benedito avançou a besta, que refugava nas esporas, e adiantando-se até o grupo, ofereceu os seus préstimos: — Que ele sabia, e, se quisessem, estava ali às ordens.

A natureza expansiva do boiadeiro explodiu incontinenti numa risada sonorosa. Batendo-lhe à coxa com animação, vozeou voltando-se para a companhia:

— Moço às direitas!

A rapaziada espalhou-se logo em direções opostas, batendo o carrascal e unhas-de-gato dos arredores, apertando o gado num círculo de mais em mais fechado, compelindo-o para a rampa, onde os curraleiros se detinham, resistindo aos que vinham atrás, cascos fincados, numa atitude queda de refugo, o olhar esgazeado para a água turva do rio...

Mas a vaqueirama premia alas, animando-os no arrodeio, à grita prolongada:

— Êh! ôh!... Êh! ôh!... ôah!...

E um alentado caracu, após recolher hesitando uma e outra munheca, atirou-se num arranco ao remanso; e, perdendo logo pé, as suas aspas ficaram a boiar, junto ao focinho úmido, que aspirava com sofreguidão o ar em torno.

O cabra, apeado, atirou-se mais abaixo, vestido como estava, d'esporas e chapelão, tomando-lhe a frente, guiando-o com o aboiado; o resto da boiada, aos pares, aos magotes, os ia seguindo à esteira, após um baque surdo de corpos sobre a água, que espadanava para as margens as suas toldas aljofrantes.

Já o boiadeiro se metera com homens, animais e bagagem na barca. Impelida rio acima pela zinga do piloto e varejões, cujo gancho uncilado se agarrava à garrancheira da margem, foi impulsionada para o meio, entrando rápida a faina dos tripulantes em vencer as correntes no manejo dos remos, indo depois aportar, numa descida lenta, às terras de Minas.

Em pouco, descortinando-se de lá, flutuava mais abaixo e ao longe toda uma vasta floresta movediça de aspas retorcidas, emergindo fantasticamente do seio torvelinhento das águas, os cornos a entrechocarem-se nos bolos, tocada lentamente das correntezas, e aos poucos afastando-se da margem goiana, ao canto abafado do passador, cujo vulto aparecia aquém, com uma pequenina cabeça d'alfinete...

Às vezes, no redemoinho duma corrente, um boieco soerguia desesperadamente as ventas exaustadas, sorvia com demora o ar em roda, soprando um grosso bafo de vapor, que o sol irisava, e agitando os cascos à tona um momento, desaparecia de vez no rebojo das águas.

— Mais um!... Mas outro!... — dizia resignado o boiadeiro, esperando-os do barranco.

Dava-se por feliz quando deixava apenas a ossada dumas trinta reses alvejando atrás, à beira dos malhadouros, nos olhos-d'água dos vargedos, onde acampava à tarde a boiada.

Azares do ofício. À noite, a camaradagem rondava por escala a manada, revezando-se um a um no arrodeio, descansando nos intervalos em que o gado deitava para ruminar, quando a presença duma jaguatirica na boca da mata não levava o alarma a todo o acampamento, como o espirro súbito duma ponta de curraleiros.

Faina dura! E de pouso a pouso, léguas e léguas dos vastos Gerais goianos, à canícula meridiana dos tabuleiros e cerradões, bandos e bandos de urubus a acompanhá-los na marcha lenta, serenando nas alturas, abatendo-se às chusmas nos brejais lamarentos, onde um novilho incauto se esforça atolado, sobre a copa duma fruteira-de-lobo da chapada, a cuja sombra agonizava outra rês afrontada do mormaço, quando não se punham a banquetear na carniça da que ficou atrás, picada de cascavel, nos travessões de mato por onde passaram...

E é um espetáculo que cerra o coração, ouvir o bramido que solta a rês no atascal, onde embalde briquitaram em roda com o laço os campeiros para livrá-la, e o olhar profundamente humano com que segue a boiada, que se movimenta rumo das malhadas distantes...

E ali fica sem auxílio, apodrecendo numa agonia estupenda, presa viva dos abutres que lhe arrancam às bicadas a carne palpitante.

E se casualmente por ali passa depois um vaqueiro no rastro dum animal fugidio, dá-lhe por comiseração um tiro ao ouvido, para acabar com aquele martírio.

Entanto, pago o ajuste de sua gente, descontados os impostos e encostada enfim a boiada nas invernadas de Três Corações, aqueles bois lhe vão render um saldo compensador, dada a baixeza de preço por que os adquiriu no interior de Goiás.

Tomando pé na margem mineira, Benedito foi ter ao varandão dos tropeiros. Assentado sobre os calcanhares, braços estendidos para o fogo, enxugava as roupas, enrolando uma palha de cigarro, já de todo reconfortado com o trago da borracha de pinga que lhe ofereceu o cozinheiro.

A vaqueirama fechara num pasto a manada. O boiadeiro meteu a mão no bolso da calça, e sacando de um bolo de notas, estendeu-lhe uma pelega de cinco, que recusou.

— Desculpe, não era soberba, mas não fizera aquilo por amor ao ganho...

O outro insistiu, mas ele encolheu os ombros, sorrindo: — Ora, que desse à mulher do passador, necessitada com a doença de seu homem e aquela penca de filhos às costas.

— Pois este Parnaíba não é brinquedo de menina fêmea, asseverava o capataz; tem história... De vez em quando, contam os moradores, aparece aí no meio do rio um toldo de carro, e então é certa a morte duma pessoa afogada nas redondezas...

— Conversas! Atalhou o boiadeiro.

— Mas não, ninguém ali duvidava, muitos tinham até visto ao meio-dia, outros à luz da lua.

— Ora, ora, nem mecê parece viajado, seu Chico! Nunca vira patetice igual à daquela terra. Povo franco, é verdade, mas que presteza em pôr fé naquelas bobagens! Já para o sul, no Rio Grande onde tivera a dita de nascer, a coisa era outra: gente positiva!

— Não o duvidava — toda terra tem seu uso; e o mundo é grande, seu Juvêncio, para caber isso tudo. Enfim, não valia a pena teimar sem caso pensado.

— Pois sim, pois sim; nele é que não pegavam, porém, aquelas baboseiras.

E como o cozinheiro batesse a borra do café no parapeito, escaldando o coador, e repassasse depois a bebida, pôs termo à conversa com um convite franco:

— É entrar no cafedório, enquanto está pelando!

✹

VIII

Chovia aquela noite. Não essa chuvinha miúda, comum às plagas do litoral, que no sertão cacheia os arrozais, e o lavrador abençoa, como as primícias duma colheita abundante; mas aquela pancada pesadona, cortada de relâmpagos ziguezagueantes e estampidos de trovão, que emudece a natureza e transe as árvores sob o látego do vento esfuziando nas baixadas, e quebra e tala o milharal em que o matuto depositou as esperanças do ano.

Chuva brava, a que soe muitas vezes, desentranhando raízes nas enxurradas, transpor socalcos e barranquias, despenhar-se nos grotões, esvazando nas covoadas e morrendo nos ribeirões, que engrossam e transbordam mato adentro.

Com os raios que fendem meio a meio angicos e cangeranas, estalando nos fraguedos nus e picos de morrarias, áspera provação, a do viandante desgarrado naqueles fundões.

De cada vargem rebenta um olho-d'água, fortes caudais descem reboando pela garganta das serras, a cada passo a montaria empaca junto a um lamarão inabordável, a pinguela do rio rodou légua abaixo, no atalho mais seguro. O frio cerra, sob o ponche encharcado; e é uma felicidade caída dos céus quando se avista entre as cordas de chuva, uma luzinha ao longe, num desvio, que realenta o ânimo do caminhante tresmalhado naquelas funduras. Tem-se então, viva, a sensação da graça divina outorgada. Daí o grande fundo de religiosidade daquela gente.

Naquele cochicholo da estrada, ao princípio do povoado, o cateretê entrara duro pela noite, sob as toldas d'água cantando no telhado, e aos goles de caninha com gengibre que a dona da festa repartia amiúde, em tigelas, aos convidados.

Sentado ao canto num tamborete, pernas trançadas, junto ao prato da queimada, o sanfoneiro espichava o fole do instrumento, a cabeça ora a uma banda, ora a outra, apertando entre os dedos as chaves na toada dolente da dança.

Saracoteando na sala à frente duma mestiça, que bamboleava derreada o corpo, olhos em alvo para o parceiro que a distinguira na roda, chorava um crioulinho atarracado:

Roleta de cana
É bom de chupar!...
É bom de chupar!...
É bom de chupar!...

E os demais, acompanhando, gemiam em conjunto:

É bom de chupar!...
É bom de chupar!...

Malaquias, saltando num pé, meio tomado, saiu-se com esta:

Minha tia é magricela,
Tem achaque no pulmão,
Fui pedi-la em casamento,

Respondeu que fosse ao cão!

*Roleta de cana
É bom de chupar!...*

Logo o coro:

*É bom de chupar!...
É bom de chupar!...*

Mas alguém batera à porta. A festeira foi abrir. Montado, o pala escorrendo água, as abas do chapéu dobradas sobre o rosto. O forasteiro num relance varejou aquela cena. Descobriu o Malaquias agachado sobre o garrafão de cachaça, a despejar o seu conteúdo no prato de açúcar, e berrou:
— Negro! Vim buscar-te!
Ele olhou, turvo, e apanhando sobre a mesa um facão amolado com que raspara a rapadura, saiu ao terreiro. Os demais guardaram silêncio, intimidados com o tom imperativo do recém-vindo.
— A mim ninguém amarra, urrou o preto riscando a terra com a faca; quem entrar neste risco vai de encomenda pra Satanás. É chegar, quem pode!...
Benedito serviu-se da garrucha, alvejando-lhe o braço para desarmá-lo; não era, porém, fogo-central, e apenas as espoletas estalaram.
O negro, enfurecido, saltou-lhe então à goela num bote cego; o outro, rodando numa esporada a besta, deu-lhe com a coronha da arma uma pancada no cotovelo; e o nagoa, tolhida a destra pelo choque, deixou cair o ferro.
Sem detença, saltando do animal, já Benedito o algemava com as ferropeias, que tirara pouco antes da garupa. Jugulado o adversário, sem se importar com os protestos da assistência que dava mostras de querer intervir na questão, preso o cadeado da corrente à sobre-

cincha da sela, montou de novo e foi tocando o preso para a frente, sob o chuvisqueiro que recomeçava a cirandar.

— E essa! Disseram uns aos outros boquiabertos.

Mas Silvirina, a festeira, que ostentava um vistoso corte de chita, presente do Malaquias, atalhou com um muxoxo:

— Ora, gente! Basta de pasmaceira. O que foi lá foi; o negro era camarada fugido, devia ao patrão — tinham vindo buscá-lo; o mais, era tratar de folgar enquanto houvesse música...

— Ó seu Tomaz, disse voltando-se para o sanfoneiro que se deixara ficar indiferente no tamborete, toca aí uma quadrilha, faz favor.

Estirado nos baixeiros que lhe deixara Benedito, Malaquias voltara a si, no rancho do povoado, dos vapores do álcool que lhe toldavam o juízo.

Desafogou o pescoço, metendo ambas as mãos à cadeia da gorja, a olhar aboborado para as brasas do lume, meneando a cabeça, num esforço penoso de quem procura coordenar as ideias. Sentia a goela seca e, fazendo tenção de levantar-se, no que era estorvado pela corrente cuja extremidade o companheiro prendera por cautela ao pulso esquerdo, pediu com voz humilde uma gota d'água.

Benedito foi apará-la ao beiral, e como se sentasse ao lado, chegando-lhe aos lábios a copa do chapéu onde a recolhera, o preto, limpando em cada ombro o fio d'água que escorria pelos cantos da boca, fitou-o demoradamente, depois disse aliviado, sem rancor:

— Seu Dito fez mal, não devia aceitar aquela incumbência... Tempo de cativo e capitão de mato já passou... Estava no seu direito de ir para onde muito bem queria... Labutava na fazenda, trabalhando dia e noite como mouro; e no fim, que é que via? Dívidas e mais dívidas, o patrão de ano em ano mais exigente e desalmado; enfim, aquela vida de cachorro de camarada. De resto, sem garantia no trato. O patrão abusava de sua falta de letra, esticando como lhe parecia na conta, transtornando os seus arranjos de abatimento do fim do mês; e ela, a danada, a espichar, a espichar, que nem mesmo o imperador era agora capaz de resgatá-la! Ora, nesse pé, não podia haver seriedade no ajuste. Mais valia cair a gente no mundo, como fizera, ou estourar aí para um canto, moído de pancada, como sucedera ao Torquato por meter-se a respondão...

O outro deixou-o desabafar em sossego. Ultimava os aprestos do café, que tirara dos alforges. De cócoras junto à fogueira, ia empurrando para o lume os gravetos que ardiam, picando um rolo de fumo, e a esmoê-lo silenciosamente na palma da mão.

— Olha, negro, disse de repente, se és o mesmo de sempre e dás a tua palavra de como não tentas fugir, tiro-te esses estorvos.

Deu-lha Malaquias com solene gravidade, e como ficassem proseando num certo pé de camaradagem, assentados sobre as mantas, o preto falou sentencioso, acentuando as palavras, quase em segredo:

— Olha, seu Dito, sempre lhe tive na estima desde pequerrucho; nem sei mesmo como aprontei aquela tarantada na porta da Silvirina; devia ser da cachaça. Mas que tomasse sentido, aquele fazendeiro ainda havia de lhe dar o pago da sua dedicação.

— Hum! hum! Aquilo é bicho mau que nem peste, seu Dito; muito afável para os que não lhe deviam obrigação, mas judeu até ali com os subordinados ou quem se metesse a empatar-lhe as vasas. Se não dava mostra de toda ruindade que tinha, era devido à presença da mulher, temente a Deus. A prova estava em como bastou a patroa ir com os filhos passar algumas semanas em Curralinho, para que mandasse logo surrar o Torquato da maneira que fez, escadeirando o rapaz e dando com ele na cova.

E como batesse o sarro do cachimbo, atupindo-o com o fumo que lhe emprestara o companheiro, ficou a banzar, chupando o canudo, olho pregado nas brasas que consumiam. Depois, numa baforada, meneando a carapinha, repisou:

— Seu Dito, seu Dito, toma tento naquele judeu. Sabia de coisas... Olha, parecia conversa, mas era verdade; o velho botara o seu olho em riba da Chica; mandara-lhe por ele, Malaquias, uns presentes, que a mulata recusou. Isso depois que o moço já andava metido por lá... Não dissera nada até então, a pedido da Chica, que não queria seu Dito zangado com o patrão. Hum! hum! Aquela cobra tinha veneno... Nem mesmo parecia marido de quem era! D. Luíza, essa sim, uma santa. E a filha saíra-lhe em tudo na bondade, mais a beleza, que mesmo parecia uma Virgem no altar.

— E olha, seu Dito, ninguém lhe tirava da ideia, aquela moça tem paixão pelo senhor. Quando andava ausente lá pelo povoado, vira-a uma vez sob a mangueira do quintal, olhando para a janela de seu quarto, uma lágrima nos olhos. Ele estava ali perto, agachado numa touca de fedegoso, a armar um laço para os filhos de João Vaqueiro. Ouvira-a dizer num suspiro:

— Benedito...

Àquela revelação, o moço sentia como que um aperto acerbo travar-lhe pouco a pouco, dolorosamente, as pancadas do coração. Fugira a lembrança da Chica, de que a narrativa do preto avivara zelos ferozes, ficara apenas de pé, nimbada no fundo de suas recordações de infância, a meiga companheira de travessuras passadas, de que uma timidez excessiva o afastara da fazenda, atalhando uma inclinação que não se sentira nunca com força para revelar-se a si mesma. Exaltava-a em pensamento, nos rápidos instantes em que detinha em sua doce figura a imaginação, como um ideal mui alto, onde só se pode deter de joelhos, como as imagens das santas que se contemplam nas igrejas... E quando a via passar entre as laranjeiras, ou a acompanhá-la silencioso nos longos passeios pelo campo, morriam nele os olhos da carne, e era uma imensa, dolorosa saudade que ficava, angelizando tudo... E não sabia que aquilo era amor!

Fora, as trevas despejavam chuva com reiterada violência; uivavam os ventos ríspidos, e no largo, o chocalho de besta badalava cavamente, aos intervalos da borrasca.

Malaquias roncava, papo para o ar, estirado nos baixeiros. E ele ali a pensar, a pensar, curvado sobre as cinzas, comprimindo entre os joelhos as fontes, que latejavam...

✹

IX

Ainda não havia de todo anoitecido, quando avistaram, dentre currais, os telhados do Quilombo, para onde tangia João Vaqueiro uma ponta de gado. Na tarde que caía, o vulto do cavaleiro, cortando a galope a frente dum garraio refugado na porteira, agitava-se ao longe como um pequeno ponto sujo no horizonte; e até cá embaixo, na vargem por onde subiam, vinha rolando o canto do vaqueiro, num supremo e vigoroso lamento:

— Êh! côoou!... Êh! côou!... Eh!...

Ecoava tão perto o aboiado, no ar translúcido da tarde, junto aos ladridos do cão pastor mordendo a focinheira da rês espirrada, que um momento entreteram a ilusão de alcançá-los logo à cola, mal galgassem a encosta dos buritis, embora o comprido estirão a palmilhar que medeava ainda a vargem da fazenda.

E era já noite fechada quando transpuseram o mangueiro, manquejando como vinha o Malaquias, com uma estrepada de tucum no calcanhar, que inchara e se pusera a sangrar desde o pouso da boca da mata. A cancela bateu, num chiar prolongado de guariba mal-ferida; e os dois endireitaram para o lanço principal, em silêncio àquela hora e onde as luzes permaneciam apagadas, como mansão sem moradores.

— Ó de casa! Êh, gente! Ó vaqueiro! Gritou Benedito.

João Vaqueiro pôs o nariz fora do paiol, onde recolhia os arreios, e numa mal disfarçada satisfação, retrucou:

— Êh, de fora! Ora essa, êh! Nhô Dito! Cá chegou o homem enfim.

Arrastando as chilenas, correu a apertar-lhe as mãos, segurando as bridas para que apeasse, todo exclamações, mal dando tento de Malaquias, que derreava encapotado à sombra do batente e já saía às carreiras, a dar a novidade ao pessoal, quando o outro o interpelou de novo:

— Mas não se vá, homem de Deus, espera aí um tiquinho; que é do patrão mais a família?

Nhô Dito não sabia, mas tinha havido mudanças em casa; a patroa fora passar com os filhos uma temporada em Curralinho, onde ia repor Nequinho na escola. Quanto ao patrão, andava lá pelo povoado, às voltas com os negócios da política; mas não seria aquele o transtorno, mandava um próprio avisá-lo, e de manhãzinha estaria em casa ou enviava as suas ordens.

Não sabia por quê, mas aquela mudança contrariou o moço; farejou qualquer coisa no ar. Apressou-se, porém, em recolher o nagoa à casa do tronco, o antigo legado da escravatura, onde, ao capricho dos fazendeiros, recebiam correção os camaradas malandros.

Desfeito o jejum forçado em que estava até aquela hora, pela pressa de chegar e dar cabo de sua missão, no rancho do vaqueiro, cuja mulher lhe serviu um quibebe de abóbora que foi levar também ao Malaquias, dirigiu-se para o seu quarto de solteiro, onde um sono solto, sem sonhos, o empolgou numa assentada, compensando as horas mal dormidas ao relento, e acabando de vez com aquele mal-estar da viagem acidentada.

Acordou dia alto, com o estrépito dum animal que transpunha a cancela, e a voz pigarrosa do Coronel trovejando no terreiro. Deixou-se estar ainda algum tempo no leito, numa quebreira avassaladora, olhos no teto, a divagar sobre toda aquela existência ali decorrida, onde a visão de Nhá Lica surgia agora iluminada duma nova luz, numa suave auréola de perdão e reconforto, a tirá-lo duma senda por onde cega e erradamente enveredara antes, e talvez, talvez... O verdadeiro descanso, a verdadeira felicidade, poderiam vir a bafejá-lo em cheio...

Mas a voz do fazendeiro, que mais brava e trovejante se escutava a espaços, arrancou-o de vez à inconsequência daquele vago devanear. Levantou-se numa sacudidela, correu para a casa do tronco, na dependência à banda, onde o coronel, cercado de seus homens, empunhava o rebenque, ameaçando o preto acorrentado ao cepo, que, sem proferir palavra, olhava obstinadamente as cadeias do pulso.

O fazendeiro mal correspondeu à sua saudação. Voltando para os camaradas, ordenava imperioso: — Que um de vocês chegue para aí às direitas o relho neste negro.

Os homens entreolhavam-se, confundidos. Não estavam acostumados àquele mister. Mandassem-nos assaltar a urna no povoado, sob o ferro dos contrários, correr com um bando de ciganos que talasse os campos da redondeza, e estavam ali todos prontos a enfrentar o perigo, pagando mesmo com a vida, se preciso fosse, o seu devotamento.

Mas surrar um preso, atado sem defesa àquele tronco, excedia às raias do seu entendimento, nem tinham ânimo para tanto.

A nobreza daquelas almas brotava-lhes nítida do coração à flor dos olhos, e somente o cenho duro e feroz do senhor dava largas a um ódio surdo, implacável, que lhe punha tremuras na fala e os demais transidos, hesitantes entre desobedecer ou cumprir uma ordem que lhes parecia fora de todos os preceitos da lei humana...

— Ninguém?! Ninguém?! Resfolegava a custo, purpureado o rosto de cólera; pois eu mesmo vou mostrar como se ensina um cachorro!

Enrijado, o azorrague estalou no ar e desceu sibilando sobre o lombo nu de Malaquias, donde não tardou em pouco o sangue a ressumar.

O preto apanhou calado, batendo a cinza do cachimbo, que acendera momentos antes.

Àquela resignada mudez, a encher de espanto os demais, afrouxou a sanha do algoz, que, aplicada já a trigésima vergastada, rosronou d'entre dentes:

— Tens para hoje a tua conta, veremos o resto depois. E olha que não sou dos mais vingativos: fosse noutra fazenda e a tua medida seria acrescentada...

Enfiou o chicote no cano da bota e meteu-se pelo interior da casa, onde não mais foi visto o resto do dia.

Benedito achou-se às voltas com um grande arrependimento. Ter ido a tão longas terras buscar o nagoa, para assistir àquela cena! Das outras vezes, cumpria relevar, fora sempre mais compassivo o patrão. Enfim, desobrigara-se do seu dever; que desse o coronel satisfações a quem de direito. Agora, só tinha em mente um pensamento — rever Nhá Lica.

À noite, foi ter ao paiol, onde se reuniam os camaradas, a distrair o espírito daquelas ideias importunas. Na forma do costume, lá dava Fidélis largas à imaginação:

— Seu João, viu como o negro pitava o cachimbo?

— Vi, e que tem?

— Pois andava ali feitiço, tinha certeza; trato daquele jeito, ninguém pode aturar sem pôr a boca no mundo; só mesmo a santa paciência de Nosso Senhor Jesus Cristo era capaz de tanto. Ali havia feitiço...

— Ora, gente, Malaquias sempre foi homem de opinião; achou que não devia piar, e nem que o matassem a pancada mudava de tenção; aí está.

— Pois pergunta a sá Quirina, que foi do tempo da escravidão, a história de pai Romeu; tal qual como o Malaquias!

E narrou. O senhor mandara surrá-lo por vias dum furto, de que o escravo era inocente. Deu-lhe o feitor uma tunda mestra, até não mais poder levantar o braço de cansado. Trezentas lambadas recebeu pai Romeu no cangaço sem que desse parecência de dor. Pediu apenas fogo para o pito, que atupiu de cinza.

A taca cantava de cima, e ele a tirar baforada mais baforada...

O senhor d'engenho apanhou o bacalhau que o outro já não podia aguentar, e acrescentou outras tantas tacadas.

O preto, calado, pitava o seu cachimbo...

De vez em quando remoía os beiços, mastigando uma reza má; mas não soltou um só gemido.

— Pois bem! Assim que a tereia cantou-lhe nas costas, lá no canavial ouviu-se um grito lamentoso. Era o filho do senhor a queixar-se de que o estavam espancando à traição.

Mas não havia ali perto ninguém. Os companheiros acudiram e bateram as moitas da redondeza, não topando vivalma; e, entanto, as pancadas iam uma a uma caindo-lhe rijas nas costas, e ele a correr duma para outra banda, desvairado, ao tempo que os demais, tomados de pavor levavam a mão à cabeça e clamavam por socorro. Ouviu-se perfeitamente o zunido do vergalho a retalhar-lhe as carnes, mas a correia, nem quem a manejava, não se percebia em parte alguma...

As roupas em frangalho, numa correria desatinada, o senhor moço embarafustou então pelo caminho de casa, apanhando sempre. Lá chegou arquejando à casa do tronco, onde o pai suspendia o castigo, e lá se estatelou atravessado no batente, vomitando sangue pela boca, para nunca mais se erguer...

Pai Romeu, entretanto, continuava a ruminar as suas rezas, puxando, indiferente, a fumaça do cachimbo...

— Isso viu sá Quirina, que aí está entrevada no jirau, em seu tempo de moça; e por esta luz me jurou que era verdadeiro.

Ora, Malaquias também pitava a cinza do seu cachimbo, e não tugiu nem mugiu quando recebia a coça... Uma criatura não apanha assim sem pacto com o diabo. Ninguém lhe tirava da cachola que o filho do patrão também levara a sua sova nalguma parte, em Curralinho, por exemplo.

— Seu João, que me diz a respeito? A velha não mentiu, viu aquele fato com os olhos da cara que a terra há de comer. Que lhe parece?

O outro coçou a orelha, interdito. Histórias como aquela eram correntias no sertão. Demais poucos, mui poucos duvidavam. Entre aquela gente simples não era costume a mentira. Se alguém aprontava um carapetão, ficava logo desacreditado para o resto da vida; e daí, a ofensa grave de que se julga alvo o sertanejo cuja palavra é tomada em suspeição...

Assim, quando um caso como aquele ia de encontro às ideias assentadas sobre a experiência de cada dia, chocando as mais comezinhas noções que possuíam da realidade, era vezo dizer-se previamente:

— Não punha a menor dúvida no acontecido, longe dele duvidar, mas...

E avançava as suas razões: — O fato podia explicar-se. Talvez fossem os parceiros de pai Romeu que, aproveitando a ocasião, tivessem dado aquela pisa no filho do senhor, a ponto de não mais poder queixar-se depois. E vieram relatar o caso daquela maneira... Tudo podia ser neste mundo largo... Vingança de cativo tem manha. Enfim, não duvidava...

Quanto ao ato arbitrário do Coronel em chicotear o Malaquias, ninguém aludiu, nem lhes passou pela mente discutir as razões. Era aquele um costume que assistia aos fazendeiros, e que punham em prática quando bem lhes aprovinha sem que com isso levantassem entre os seus a mínima oposição, ou mesmo um simples murmúrio de censura.

Competia-lhe aquele direito, como outrora competia ao senhor feudal, entre a arraia miúda de sua peonada, um vilão qualquer, tirado a dedo, para que se lhe abrissem as entranhas onde enfiar, nas carnes palpitantes, os pés regelados das sortidas de caça...

Demais, da frequência dessas usanças, resultava escapar à rude singeleza daqueles homens a compreensão de semelhante arbitrariedade. E, se protesto havia, era apenas a repugnância instintiva que sentiam todos em pactuar naquelas iniquidades.

João Vaqueiro que ali estava, o mais prestimoso servidor de casa, cuja família a vinha servindo de pais e filhos, também tinha as suas queixas. Cuidava da criação de eito a eito, estivesse o dono da fazenda ou andasse ausente na capital; tangia dos malhadouros as vacas, quando amojavam; curava no curral a bicheira da bezerrada nova, ferrando-a com o ferro do patrão, capando em tempo os boiecos, a fim de evitar desandamento na mestiçagem. A mulher fabricava com o leite o queijo, o requeijão, a manteiga, que iam no mercado render dinheiro à casa; enfim, tinha por ano a sua paga de vaqueiro, que lhe dava a marca de tala, à razão duma sorte por lote de quatro crias.

Com essas cabeças tenteava a existência, formando pouco a pouco a sua leva separada.

Mas o patrão vira-lhe os arranjos, deitava logo com inveja o olho em riba.

Ora era a mulher do vaqueiro, que fora ao povoado e lá cobiçara um guarda-chuva de cabo floreado na loja do Major Higino. Aquilo não lhe proporcionaria a mínima utilidade na fazenda, entre as garrancheiras e cipoais dos cerrados. Mas era um desejo. Chegada à casa, punha o marido ao corrente de seu capricho. Ele coçava a orelha, e ia ter com o patrão.

Este, apressado, com gestos amplos de largueza, mandava um portador adquirir o brinco no negócio, e a mulher do vaqueiro tinha com que se pavonear do rancho à cozinha da casa-grande.

Mas aquele guarda-chuva, que custara à vista oito mil-réis lançava-o à sua conta o fazendeiro por vinte e mais, resultando daí todo o fruto da trabalheira do ano, as suas sortes penosamente apartadas, serem quase que insuficientes para resgatar o preço de semelhante bugiganga...

Outras vezes, era um zebu reprodutor picado de cobra, um novilho de valia que uma rodada mal segura pusera defeituoso. Jogando a culpa sobre o vaqueiro por imperícia ou falta de vigilância, o seu rebutalho era então pouco para saldar aquela rês perdida, que o senhor encarecia...

 Entretanto, continuava a servir a fazenda com o mesmo zelo de sempre. O amor àquela vida a que se acostumara desde os cueiros do balaio, o desapego nativo a questões de dinheiro, compensavam-no largamente das vexações sofridas. Continuava ali servindo, como tinham servido seu pai e avô, como também viriam a servir filhos e netos, desinteressado no ganho, defendendo com aferro os negócios da fazenda, na prosperidade dos quais punha mais cuidados que nos próprios arranjos...

 Assim, não compreendia a fuga do nagoa, que acreditava vergonhosa, como não compreenderia nunca a sua dedicação a toda prova pela causa do fazendeiro.

 Só na alma de Benedito, mais esclarecido, como um cão danado remordeu o remorso...

✹

X

Pela volta das três horas, Benedito recolheu-se do campeio; e após uma terrina de coalhada modorrava na rede do paiol, ao abrigo da soalheira, que abrasava.

 Fora um dia trabalhoso aquele, na boca da mata! Metido na macega, no pampa mascarado campeador, ao virar das onze e meia já tinha todas as reses encostadas num furado, sob a guarda de Fidélis; mas um novilho de Nhá Lica, alentado meio-sangue reprodutor, dera-lhe ainda pancas por uma boa estirada de tempo; e, não fora topá-lo depois a jeito, dando-lhe uma rodada merecida, nem mesmo sabia o caminho de casa.

 Ajudara Fidélis a tanger o gado até a malhada próxima, onde os esperava João Vaqueiro com outra ponta, e fora depois tirar os palmitos de guariroba que lhe tinham recomendado na cozinha.

 Chegou moído, o pampa meio bambo da labuta, que até mesmo recusara a mão de sal no cocho da salgadeira.

Por seu lado, ele trazia as juntas doridas, as mãos ardendo do cabo da machadinha, e o couro do guarda-peito inutilizado por um violento rasgão de espinho de veludo, que, na tropelia do campeio, quase o transpassava também de vez na mata.

Mal pousou a cabeça sobre o punho da rede, já uma camoeca molesta chumbava-lhe as pálpebras; e, na sonolência que o quebrantava, formas estranhas começaram a passear-lhe a imaginação, encarniçando-se às vezes sobre um pequenino episódio do dia, a ampliá-lo e a exagerá-lo dum modo bizarro, ora era o novilho ateimado em encafuar-se na biboca, ou tinha sempre à vista um galho atravessado na galopada de que era preciso desviar-se a todo o custo...

Zuniam-lhe os ouvidos. A mormaceira ardente daquele dia, que ao recolher-se o gado apanhara quase toda na chapada, punha-lhe as artérias a latejar, e a cabeça mais parecia uma zorra a zumbir...

Fora o veranico, aquela dura soalhada que nas intermitências das chuvas castiga o solo goiano, imobilizava a natureza, numa letargia contagiosa, emudecendo no terreiro o terno cacarejar da criação, sob as taiobas do açude, a sugar ávida a água do rego, catando no tijuco uma minhoca para a ninhada de pintainhos, que recolhia agora à sombra dos laranjais, onde ciscava uma cama fofa e esparrimava-se na frescura da terra, o bico semiaberto de cansaço e insolação.

A grande luz faiscava intensa na fachada do edifício principal. Ascendia das paredes uma tênue e impalpável poeirada, a provocar tersóis e inflamações noturnas à vista de quem desastradamente ali detivesse o olhar sonolento e deslumbrado...

A tarde já descia rápida, sem aragens. Benedito passava, enfim, do incômodo modorrar a um ligeiro sono reparador. E quando viu o crepúsculo, com um bando de pássaros-pretos que gorjeavam no coqueiro da cerca, e se pusera a picar no batente da porta o fumo do cigarro, tirando uma fumaçada distraído, ocorreu-lhe súbito a lembrança da Chica.

Assim; numa tarde calorenta como aquela, ao badalar do sino chamando os fiéis à novena e à alegre garrulada dos pássaros-pretos nos coqueiros do adro, vira-a a vez primeira no arraial três anos e tanto atrás...

E uma semana havia já que estava no Quilombo, donde logo se ausentara o patrão, deixando-lhe expresso o encargo de vigiá-lo, e embalando num devaneio intraduzível, deixado n'alma pela revelação de Malaquias, não tivera tempo ainda de pensar naquela alegre companheira de folgares, que penas e aborrecimentos, tantas vezes, lhe poupara, com as suas chistosas galhofas e o riso brincalhão sempre pronto a desabrochar nos lábios escarlates...

Uma necessidade brusca de revê-la apossou-se-lhe da alma. Seguindo, na forma do costume, o impulso da primeira ideia, mal o pensara já apanhava o cabresto, indo pegar no pasto a Pelintra.

Deixou-se ainda ficar dois minutos no curral, proseando com João Vaqueiro, a fazer diversas recomendações, após recusar o convite para a janta, que estava posta, e dizendo ir cear no povoado.

Depois, duas esporadas no vazio, e a mula atravessou a cancela escancarada num galope mal contido, descarregando o ar da barriga, na ânsia de ganhar o chapadão.

— Sinal de que volta logo, ainda bradou de longe o cabra a rir, voltando-se na sela.

E sumiram ambos, numa depressão.

— Hum! hum! Pigarreou João Vaqueiro, e o patrão que punha tanto empenho ao ordenar-lhe que em caso algum deixasse a fazenda... Hum! Temos aí marosca feita.

E recolheu-se, pensativo, a repuxar a barba. Tinha uma dúvida a doer-lhe a consciência quando o moço se despedia, mas entre o dever e a amizade, resolvera calar...

— Mulheres!...

— Que é que te põe assim macambúzio, criatura! — interpelou-o a mulher, que o via ali parado à soleira, matutando.

— Coisas...

E num repente, meio irado, descarregando-lhe por cima o peso da preocupação em que vinha:

— Mulher, diacho de bicho abelhudo!... É tratar antes do que é da sua conta, deixa os outros em paz.

— Também, pra que tanta zanga, homem de Deus? Não perguntara por mal.

E não falaram mais naquele assunto.

Entanto, Benedito batia longe, no galope sustado da rosilha...

Eram onze horas menos um quarto quando, deixando arreada a mula no rancho dos tropeiros, galgou com vagar a rampa que levava à casinhola da Chica; e, por maior cautela que pusesse em dar volta ao fundo da casa e aflorar de sobreleve a porta em duas breves e secas pancadas, sempre despertou o faro do gueguê no palheiro, que investiu às cegas, ladrando desabaladamente.

Lá dentro houve um rumor de conversa abafada, como que duas pessoas se interrogavam precipitadamente, depois alteou-se a voz de Chica, que indagou, medrosa:

— Quem está aí?

Não respondeu, numa súbita desconfiança; desviando na sombra, apurava o ouvido à escuta. O gueguê fazia-lhe agora festas entre as pernas, relambendo o cano das botas a reconhecê-lo. Um pontapé no ventre, e pô-lo depressa a caminho do palheiro, aos gemidos.

De novo a voz de Chica perguntava quem estava lá fora. Ele permaneceu silencioso, a orelha aplicada à fechadura; e já aquietada, ouviu a mulata que dizia:

— Não foi nada, certamente a vaca que vem aí lamber todas as noites o barro da parede assombrou o cachorro; em todo o caso, lá vou ver...

Escutou a cama ringir, e outra fala descansada de homem atalhando:

— Não é preciso, deixa-te estar.

Aquela voz, voz dum macho lá dentro, dum rival feliz, já a cólera o colhia repentina: e uma, duas, três, assentou sucessivas patadas à porta, cuja taramela cedeu à quarta; mas achando atrás anteparo numa escora resistiu ainda, deixando uma abertura, por onde enfiou como uma cobra o braço, retirando a tranca.

Como um rio entrou na cozinha, e já forçava a porta do quarto, quando ouviu ranger lá dentro a janela que deitava para o oitão, dando talvez passagem ao fugitivo. Num pulo d'onça, achava-se de novo cá fora; deu às carreiras rodeio à casa, a garrucha engatilhada, e lobrigou ainda um vulto que descia apressuradamente a ladeira, enfiando o casaco.

Fez com ambos os canos fogo naquela direção, e voltou espumando ao interior, onde Chica rezava de joelhos, apegada ao oratório, junto ao leito desmanchado, a chorar copiosamente.

Arrancou-lhe num safanão o rosário dos dedos e o gesto transmudado, indagou:

— Quem era? Quem?!

Ela abaixou a cabeça, e assim de joelhos, pôs-se a suspirar, lamuriando a intervalo das lágrimas:

— Ai! Jesus!... Ai! Jesus!...

— Vamos, diabo! Quem era o homem que estava aqui?

Soluços, apenas soluços, sacudindo-lhe dolorosamente as arcadas do busto farto, e o olhar baixo, de cão corrido, eram a resposta às sucessivas e impacientadas perguntas.

Batia o pé no chão, cerrando os punhos, mordendo os beiços, o olhar chamejante, varrido numa raiva que não tardaria em pouco a explodir n'alguma desmanda, a repetir em desatino, com rancor:

— Quem era? Quem?!...

Aquela inércia exasperava-o. Fustigou-lhe o rosto com as contas do rosário, a coronha da arma chuchou--lhe o peito a ver se conseguia obrigá-la a erguer o olhar culpado, rosnando sempre o estribilho feroz:

— Quem era? Quem?

Afinal, numa onda de sangue, atirou-lhe o primeiro pontapé às nádegas, jogou-a de bruços de encontro à parede; e, num assomo para o qual já não havia freio, pisou-a um instante barbaramente, estupidamente, passeando-lhe o corpo com as botas.

Depois, como tivesse ainda em resposta aquele choro frouxo e contínuo, cortado a espaço pelo estrangulado soluçar, um pasmo repentino sopitou-lhe a ira: e, na inexplicável comoção que o ia insensivelmente invadindo e era como que a gota d'água na fervura, ergueu-a com cuidado, assentou-se à borda da cama; e à luz do candeeiro que espalhava o seu clarão amortecido aos quatro cantos do aposento, deformando e ampliando em torno os objetos dum feitio estranho, levantou o queixo à mulata que tremia, pôs-se a festejar-lhe as faces mansamente, suavemente, num arrependimento mudo agora, em que tentava, embalde, estancar-lhe o pranto ao rosto esbraseado.

— Não chora!... Não foi nada... Ora veja, que molenga!...

E já sentindo que ia em breve fazer acompanhamento àquela choradeira desatada, reagindo contra a natureza que o traía, interpelou de novo, num esforço:

— Mas quem era, quem? Não faço nada, vamos, diz...

Ante o silêncio que mais uma vez o acolhia, a negar toda a certeza daquele amor passado, da fidelidade e obediência antiga, achou-se de todo desorientado; e, perdida a tramontana, numa impulsiva revolta, derrubou-a de novo arrebatadamente, e desandou a espancá-la, aos rugidos de fera.

A um solavanco da mesa, a candeia entornou-se e apagou; num último e sanguinolento lampejo.

Então, já dementado, dobrou-se sobre aquele corpo que lhe opunha apenas a morna passividade dum silêncio obstinado, e furiosamente, bestialmente, violentou-a com selvageria, a unhadas e mordidelas, que lhe foram, enfim, com igual furor, com igual paixão, retribuídas aos ganidos pela boca convulsa da amante...

XI

A luz batia em chapa no forro de telha-vã, quando abriu os olhos daquele sono de pedra.

Pela altura do sol, já devia passar do meio-dia.

A princípio, não se recordou da hora nem onde estava; mas o aspecto desordenado dos objetos, noutro tempo familiares, que o rodeavam, lembrando sestas fervorosas e noitadas mais felizes, acordou-lhe brusca no espírito a cena da véspera. E foi com mal sofreada ânsia que procurou ao lado o lugar de Chica.

Encontrou-o deserto e frio. Levantou-se às tontas, tateando; e, na semiobscuridade do aposento, chegou à janela, puxando o tampo, que ainda se conservava cerrado. Voltou-se então com a claridade, e àquela desordem dos trastes, as roupas atabalhoadamente atiradas aos montes pelos cantos, os baús abertos, estripando o seu conteúdo numa profusão de peças revolvidas, uma suspeita súbita cresceu-lhe na mente superexcitada:

— Fugira a cabocla!

Procurou-a ainda pela casa, batendo os recantos; mas a ausência de alguns objetos preciosos guardados em certos escaninhos que sabia, o xale desaparecido do cabide e a porta às escâncaras, atestavam bem em evidência a partida precipitada de sua moradora.

Não se deteve mais tempo a averiguar, e desceu ao povoado. De passagem, fez uma ligeira ablução na água fria da cacimba, molhando a fronte e os pulsos, a acalmar a efervescência do sangue; e já montado, deixou-se ficar mais dois minutos na venda da Maruca, cortando o jejum com um rebate de meio dedal de cana, após o qual cravou as esporas na besta, rumo do Quilombo, disposto ao que desse e viesse naquela embrulhada de que não compreendera ainda patavina.

O álcool agiu depressa naquele organismo que desde a véspera não ingerira alimento algum e pela estrada, metendo o animal no trote picado na marcha esquipada, entrou a bazofiar:

— Vote, cobra! Calango de chifre e macuta furada, se não me está a cheirar que ainda hoje vejo o melaço de algum desgraçado correr na ponta da minha franqueira!

Insensivelmente, com as esporas que ia acrescentando ao ventre da besta, abriu num galope furioso, sob o sol que assava, deixando ao lado os pinguelões das ribeiras, para num salto transpor as barranquias, vergastando os ramos que encontrava dobrados sobre o caminho com o cabo do piraí, numa fúria mal recalcada, que não achara ainda onde descarregar.

Já lá no fundo da baixada o mato da Estiva avolumava o seu listrão sombrio de frondes ramalhudas. Com o vento, engrossado pelas chuvas da quinzena, vinha o marulhar cachoante do córrego nas pedreiras deslavadas. Corria à rédea solta.

De repente, passarinhando para o lado, a Pelintra estacou em dois corcovos bruscos; e, não fora a segurança do cavaleiro, viria ao chão, numa rodada desastrosa.

Era um vulto, o Malaquias, que surdira como que por encanto de trás dum toco de pau, na estrada.

O preto, armado duma clavina, cuja boca revirara prudentemente para baixo, avançou cauteloso, um dedo ao beiço, impondo silêncio, pedindo atenção. O outro, meio ressabiado, alisava a coronha da garrucha, e esperou firme nos estribos.

— Seu Dito, volta donde veio e suma no mundo, disse o nagoa; o patrão tem gente à sua espera para o prender, morto ou vivo.

E explicou. O patrão chegara, pela manhã, esbaforido, na fazenda, uma escolta de Zé Velho, Bentinho Baiano e Generoso das Abóboras ao lado. Depois de ter mandado soltá-lo à casa do tronco, propôs-lhe em particular a desobriga da conta e mais uma boa molhadura de vinte mil-réis de quebra, se fosse com os demais, e João Vaqueiro, esperar a ele, Dito, à saída do povoado, e conduzi-lo amarrado ao Quilombo, matando-o mesmo, caso resistisse.

Fingiu aceitar e deram-lhe aquela clavina, vindo então com os outros emboscar-se no córrego da Estiva, numa tocaia que fizeram junto à cruz do Ambrozino. Lá ficaram os quatro à espera; quanto a ele, que tinha seu Dito em muita amizade e com o qual não queria questão, desconversou com a companhia, dizendo vir apalpar o terreno e dar-lhes aviso quando aparecesse o vulto do moço na estrada. Mas adiantara-se apenas para inteirá-lo do perigo e prestar-lhe o seu auxílio, se preciso fosse, caso pretendesse mesmo afrontar os capangas, o que não aconselhava.

— Bem dizia eu, seu Dito, aquela alma do diabo é que nem cobra, só vive para aprontar maldade! E de mais a mais, metido em fuxico de saias! Então, tomasse cuidado, a jararaca ia mostrar agora toda a peçonha que tinha. Bem dizia!

O outro ouviu de mão no queixo, refletindo. Dissipavam-se as dúvidas que viera entretendo pelo caminho. Era pois aquele velhote perrengue que se lhe metera com a Chica! Bom achado! Quem havia de tal convencê-lo! E aí estava explicado o silêncio birrento da mulata e a sua fuga pela manhã.

— Ora, ora, mais parecia caçoada, que patusco!

Mas o sangue de todo não se lhe acalmara ainda nas veias. Passada aquela onda de chacota, veio logo uma secura à garganta, começou a sentir saibo de sangue na boca travosa, e só em pôr o pensamento na imagem da Chica, o seu corpo luxurioso e fresco nos braços daquele velho coroca, uma revolta sanhuda sacudia-o dos pés à cabeça, eriçando-lhe as falripas do rosto, abafando todo o respeito antigo, e uma necessidade imediata de desforço mostrou-se-lhe clara, na mais fera e imperiosa bruteza do instinto animal afrontado...

Pelo lume dos olhos e o arreganho involuntário do gesto, que fazia crescer meio palmo na sela, Malaquias percebeu-lhe logo a intenção, e ia arengar no intuito de demovê-lo, quando, fincando esporas, já Benedito se afastava, cego, numa arrancada veloz, rumo da Estiva, para o seu destino, para a sua perdição...

Mais uma vez, o vulto negro aprumou-se no meio do campo, soerguendo o busto agigantado, levantando as mãos no ar, como que para detê-lo ainda a tempo, e já animal e cavaleiro desapareciam além, num capoeiral da volta da estrada.

Então Malaquias encolheu os ombros, resignado; e atravessando a arma à bandoleira, enveredou por um trilho à esquerda, caminho do homizio e do sertão.

Benedito penetrou as primeiras árvores da Estiva de sobreaviso, rédeas aos dentes, a garrucha numa das mãos, pronto a varrer qualquer tiraço na lã grossa do pala que desdobrara na outra, olho à direita, olho à esquerda, pesquisando. E ainda bem não deitara o olhar investigador a uma pequena moita suspeita de marmelada, saltou-lhe dali à frente o Zé Velho, empunhando um forcado, sobre a ponta do qual agitava um molambo de baeta, que estadeou às ventas da Pelintra.

O cavaleiro mal teve tempo de sofrear, no refugo, a alimária; e um laço sibilou-lhe à cabeça, atirado certeiramente pela mão de João Vaqueiro, do alto duma árvore, onde se empoleirara.

E os braços enredados pelo arrocho da correia, enquanto forcejava com os cotovelos, Generoso insinuava-se como uma cobra sob o ventre da mula, derrubando-o pela perna. Num fechar de olhos estava desarmado, tolhido e atirado como um fardo ao lombo da besta, que os da matula entraram sem detença a tocar, rumo do Quilombo.

Entardecia quando o coronel, debruçado a espaços, impaciente, ao peitoril da janela, os viu chegar, enxotada a Pelintra à frente, sob a sua carga humana.

Um riso surdo, duma expressão maligna, indefinível, a repuxar-lhe os cantos da boca numa careta horripilante, e que devera ser o mesmo riso de Pêro Botelho às voltas com as almas do Purgatório, alumiou então o rosto do fazendeiro. Passou o dorso sardento da sinistra pelos beiços, prelibando o gozo da vingança, depois comandou:

— Amarrem o homem no curral, tirem-lhe os estorvos do corpo, deixem apenas pés e mãos manietados.

Mandou vir da armazenagem um garrafão de restilo, que distribuiu às canecas pela capangagem. João Vaqueiro, cumprida a sua obrigação, retirara-se para o seu rancho e, encostado ao paiol, ficou de longe espiando.

Zé Velho e Generoso, fechado o corpo com o trago de pinga e embolsada a maquia da peita, tinham metido os trabucos ao ombro, e já lá iam distantes, batendo a poeira leve da estrada com as suas alpercatas de couro.

Então o fazendeiro despiu o paletó e, arregaçando as mangas da camisa, saiu ao terreiro, uma comprida folha de quicé debaixo do braço. Deteve-se a amolar o ferro à piçarra do rego, pachorrentamente, voltando a fronte bronzeada e deprimida ora a uma ora a outra banda, num facies de riso alvar e cínico. Depois, mordendo os beiços, zombeteiro quase, rosronou à companhia:

— Que diabo de estupor é esse! Isto é lá coisa do outro mundo? É esta a primeira vez que trazem à porteira um poldro madraço em vias da capação? Pois as éguas do meu pasto não foram apuradas para roncolho dessa laia! É pô-lo manso, antes que me desande no campo a descendência de alguma poltranca de estima. Uai, nunca viram? Pois o bicho parece mais esperto que a gente, fareja depressa a sorte que o espera no moirão, vejam só, está que nem bezerro desmamado!...

Mas a cólera rugia-lhe dentro demasiadamente violenta para continuar naquele enxurro de chufas. Tremia-lhe a voz, a cada palavrão; e, ao aproximar-se, os dedos da destra crispavam-se-lhe no cabo do quicé como cunhas.

Para Benedito, atado ao poste da tortura qual novo São Sebastião, as palavras do fazendeiro ressoavam-lhe à orelha sem significado, como um vago e longínquo zumbido de maribondos...

Desde que se sentira atravessado na Pelintra, uma prostração profunda, sequência da excitação em que viera até aquele momento, paralisara no cabra a máquina do pensamento; e dali ao pelourinho do curral, tudo lhe parecera como num sonho, em que a sua personalidade semelhava desdobrar-se, e não era ele que ali estava jugulado pelo laço vaqueano, a arroxear-lhe os punhos intumescidos, e sim um outro indivíduo estranho, a quem era indiferente, com o qual não tinha a mínima relação...

A cabeça pendida sobre o peito, olhos esgazeados, olhava sem compreender, à espera de que aquele pesadelo de chumbo, à maneira do que lhe acontecia nas horas de febre — quando dormitava das soalheiras apanhadas na labuta do campo — se dissipasse ao vir da noite, nas primeiras frescuras orvalhadas do crepúsculo...

Que significava aquela lâmina reluzente, cujo fio o patrão experimentava na unha do polegar, e a fitá-lo sinistramente? E a cadeia de ideias, de novo partida, se lhe embaralhava na mente, sem coordenação...

Modorrava...

Num gesto rápido o coronel desabotoava-lhe d'alto a baixo as braguilhas da calça. A roupa caiu-lhe balofamente aos pés, em papos fofos. E a camisa muito curta, que o estertor desordenado das arcadas do peito soerguia a breves intervalos, mostrou uns flancos robustos, peludos, de Hércules rústico.

A operação foi demorada, cruenta, dolorosa, a julgar pela contração intermitente de seus lábios convulsionados. Mas a boca, os olhos, esses, não exprimiam uma só queixa... Deixou-se amputar em silêncio, sem movimento quase, como uma rês abatida.

Dados os dois talhos longitudinais, o operador espremera os testículos; e, repuxando os cordões, aos quais deu em cruz a laçada de uso como se faz aos marruás, separou-os de vez num corte hábil.

Estava consumada a operação...

Já aquele pastor intrometido não sairia mais pela redondeza a importunar-lhe as poltrancas de estima...

João Vaqueiro, encostado ao paiol, punhos cerrados, olhava aquela cena. Tratos, assistira-os a muitos, de formas e maneiras várias, nessa e em outras fazendas do interior. Mas como aquele, pedia castigo divino!

Entrou no seu rancho pobre de sapé, sobre cuja esteira do jirau perrengueava a mulher, numa recaída de resguardo de parto; acordou-a de manso, e baixo, quase choroso, avisou:

— É pôr-se logo de pé, que vamo-nos daqui embora para nunca mais... A marca de tala deu boa percentagem este ano; junto aos lavrados que possui, dá de sobra para a nossa desobriga... É pôr-se logo de pé...

Entretanto, o coronel, finda a tarefa, recolhia os despojos sangrentos de sua vítima num caco de telha, que depôs num moirão do cercado, onde já voejavam moscas varejeiras, e foi lavar as unhas sujas no limo do rego. Deu mais uma vez ordem a que atirassem com aquela rês pesteada ao quarto escuro do tronco, e fechou-se na casa-grande, sem mais palavra.

Aos últimos raios de sol a ferir obliquamente a cumieira da casa, naquela interminável tarde sertaneja de verão, uma alegre cavalgada apontou ao longe, na vargem em sombras, e veio estacar junto à cancela do mangueiro, que abriram, penetrando ruidosamente no pátio onde havia pouco se desenrolara aquela execução sumária.

Era um grupo de representantes do povo, coronéis e fazendeiros pela maioria como o senhor do Quilombo, que, eleitos pelos círculos vizinhos, por ali iam de passagem, a assumir as suas respectivas funções de deputados e senadores no Congresso estadual.

Iam prazenteiros e satisfeitos, apressados como estavam em chegar ao término da viagem, ali se detendo apenas dois minutos para um aperto de mão ao correligionário político do lugar, uma das mais legítimas influências, e o mais forte esteio do partido no município...

Enquanto se serviam do café, contou-lhes alto o fazendeiro o acontecimento do dia.

— Pois não!, Coronel! — disse um da comitiva, fez muito bem; que essa gente, traste imprestável e traiçoeiro, só serve mesmo para nos dar prejuízos e cabelos brancos. Ainda a semana passada, morreu-me um dos tais, com uma dívida de um conto e quinhentos mil-réis no costado por pagar. E, se não mostrarmos energia, montam-nos o pelo de botas e esporas... Gente ordinária até ali...

✸

XII

Na fazenda, agora erma, lento e lento o tempo começara a sua obra de estrago e desconforto.

Um a um, valendo-se de novos contratos com fazendeiros do arredor, os camaradas do sítio se tinham ido, numa passividade fatalista de rebanho, das ferropeias dum jugo para as de outro, quem sabe, mais duro e cruel...

Por último João Vaqueiro, que ali se deixara ainda ficar, lutando embalde com um atavismo de condição que o trazia atreito àquelas paragens, arrancou-se uma clara manhã, tocando adiante da família maltrapilha os refugos de gado que conseguira ressalvar no ajuste final de contas...

Também, para que persistir naquele pedaço de terra, tão ingrata e penosa agora de rever pela maldade dos homens? O patrão recolhera-se a Curralinho, onde estava a família, pusera anúncio nos jornais da venda do Quilombo, com pastos, benfeitorias, criação e mais gado miúdo...

Já o inverno vinha próximo, na azul transparência daqueles céus de abril, que ofertava, nas vargens de mimoso e jaraguá, as últimas galas da estação. Emudecia em torno a natureza sob a frialdade das noites... Nas nascentes, a água dos córregos ia escasseando...

    Assim, na chapada, sob um sol de rachar, tangendo à frente dos seus os remanescentes da antiga manada, rumo incerto de distantes terras onde iria recompor a vida transtornada, e ao chiar do carretão que conduzia cambotando os destroços de seu lar desfeito, a bela voz do vaqueano já não tinha aquela sonoridade vibrante de outrora no ecoar do aboiado, e mesmo, fazia-se triste e compungida ao acentuar as notas derradeiras da cantiga...

    É que ali, naquele mesmo trato da capina, fizera-lhe tantas vezes acompanhamento o grito triunfante do nhô Dito, que vira crescer e tornar-se homem sob o seu olhar desvanecido, e que — pobrezinho! — lá ficava agora esquecido na fazenda, sob os gravatás e ananases da beira da cerca, onde o tinham a mando enterrado, a sonhar o seu sonho de paz e de ventura noutra vida melhor...

    Morrera o infeliz após lenta agonia de uma semana sem pão e sem água no fundo da casa do tronco, donde urros de endemoninhado saíam na noite, ao acompanhamento lúgubre das aves de má morte no telhado...

    E mais dolente e compungido se faria de certo o sertanejo, se soubesse que aquele seu descante agoniado, na tarde que baixava, era a nênia fúnebre que acompanhava, mais além, o enterro de Nhá Lica, a filha do fazendeiro, morta em Curralinho de tristeza e paixão...

POESIAS

249

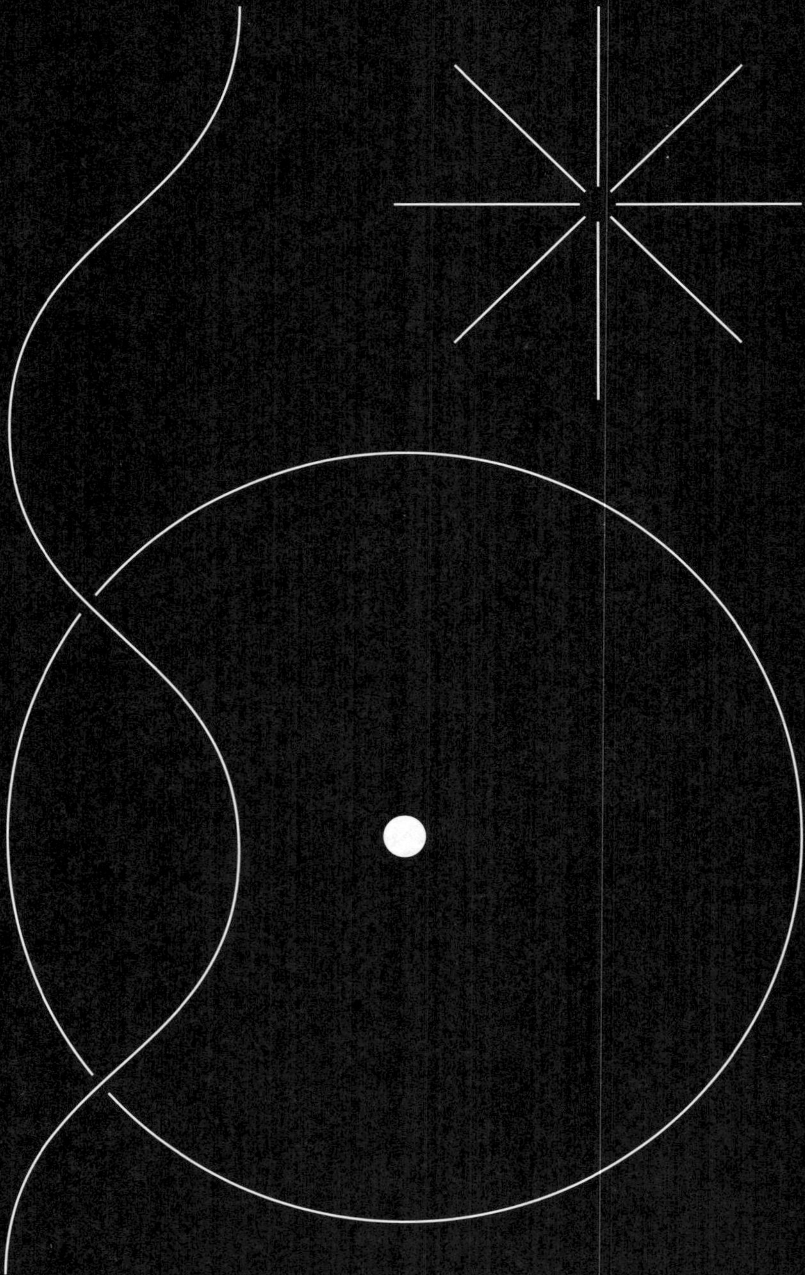

251

PÓRTICO*

I

Irei tentando o meu primeiro verso
ignorante do metro e da cesura,
porquanto amor me traz agora imerso
numa branda e suavíssima ternura.

Transcendental enleio tão diverso
de toda a negra e funeral loucura
dos sonhos de Arte, em que deixei disperso
meu coração rasgado de amargura.

Glória serena e redenção de uma alma
que no martírio conquistando a palma,
e da treva emergindo à grande luz,

transfigurada sobe ao céu extremo
do sol de Deus na paz do bem supremo,
despregada afinal da sua cruz!

✹

II

Não este sol
que a luz do dia
pelo arrebol
alegre envia.

E toda a terra
vibra de amor
quando descerra
seu resplendor.

Mas luz oculta
que não transluz
e jaz sepulta
n'alma da luz.

— Mistério estranho,
duplo mistério,
Jesus, meu anho,
no sol sidério!

Pelo clarão
iluminado,
chora o cristão
transfigurado.

— Adonaí '
e Sabbahoth
alma de Elí,
tudo num só!

Clama o levi
mordendo o pó.

E a alma pagã alçando o colo
Para na luz se embevecer,
trêmula vê em seu Apolo
Dionisos-Baco aparecer.

Somente o hindu
sereno e calmo,
guarda a Vishnu
do Rig o Salmo.

Porque desperta é nele a tradição antiga
e no instante em que Brahma à terra se emetia,
banhada no esplendor da luz paterna e amiga
abrisse Maya a Krishna os véus, piedosa, um dia.

E seguindo, triunfal, a estrada do Oriente,
e entremostrando a face oculta sob um íris,
foste à Caldeia, à Pérsia, à Síria, ao Egito ardente,
Bel-Anu-Ea: Samas, Ormuz, Hadad, Osíris!

Porque por tudo achaste um coração de lírio
que vencendo a cegueira e a dor condenatória,
(Rama, Moisés, Zoroastro, Hermes)... este martírio
da divina Paixão perpetuasse na história.

Ai, quem decifrará o enigma do Zodíaco
pelos Magos deixado à grei de Phalazar,
quem de novo ao pulsar deslumbrado e cardíaco
do seu órgão, verá o grande órgão a pulsar?

Quem vencendo o Destino e agrilhoando a Dor,
quem da Esfinge sentindo o frio e turvo hausto
e subjugando a Morte e atravessando o Horror,
fará do corpo e da alma a pira do holocausto?

Já não existe mais aquele altivo exemplo
que fez na terra o herói e a raça dos faquires,
e que a Pescatiplocka alevantara um templo,
e no hemisfério oposto erguiam-se os menhirs.

Somente o coração árdido do Poeta
guarda na arca do peito o vaso de eleição,
e traz na espádua humilde a marca de profeta
por Alá concedida à eleita geração.

Esquecido o Princípio e a criadora Essência
que na matéria espessa acrisolara o Verbo,
relegado o mortal ao mundo da Aparência,
sobre a terra pairou o sofrimento acerbo.

Que seria de ti, ó geração escrava,
chorando eternamente a Luz e Amor passados,
se não subisse ao céu a efervescente lava
dos Humildes, dos Bons e dos Iluminados?!

*   No caderno de onde copiamos esta poesia, a primeira que escreveu, há, em seguida, a nota "continua". Só em outro caderno onde, parece, rascunhou estes versos, fomos encontrar o último quarteto.

Do rascunho para a forma definitiva houve as seguintes modificações:
No soneto inicial, o 1º verso do 2º quarteto está assim redigido:
> Sentimental enleio tão diverso;

o 2º verso do 2º terceto:
> do sol de Deus, da Paz e Bem Supremo;

o 3º quarteto dos versos alexandrinos:
> Porque por tudo achaste um coração de lírio
> que, vencendo a cegueira e a dor condenatória,
> (Zoroastro, Moisés, Hermes, Rama)... o martírio
> do coração elo Deus perpetuasse à História!

O verso:
> Já não existe mais aquele árdido exemplo

substituído por:
> Já não existe mais aquele altivo exemplo:

O verso:
> Somente o coração heroico do Poeta

substituído por:
> Somente o coração árdido do Poeta

TRANSFIGURAÇÃO

Eu devera dormir o sono panteísta
de um orbe frio após a convulsão suprema,
descer à terra envolto em meu mantéu de artista,
na chama e na exaustão do derradeiro poema.

Eu devera queimar na altitronante crista,
da mirra de minha alma a redolente gema,
realizando na luz o sonho de conquista
e esta Ideia imortal que me serviu de lema.

Não permitiu meu Deus a humílima oferenda.
Volvido à angústia e ao pó da merencória senda,
de novo atreito à dor que a aspiração esvai...

Eis, do horror da ascensão aspérrima e ilusória,
toda a luz, todo o amor, toda a ventura e glória
da transfiguração do meu monte Sinai!

DESALENTO

E, contudo, também eu trouxe para a vida
Uma grande expressão de calma e de harmonia,
que a tristeza do mundo aos poucos me asfixia
dentro d'alma, a sangrar, pela dor malferida...

Era um hino de paz, na apoteose do dia,
erguendo para o céu campanários de ermida,
onde fosse rezar a prece mais sentida,
o devoto de amor que dentro em mim jazia.

Mas depressa rasgou-se o hinário da esperança.
As páginas, então, dispersaram-se ao vento,
do passado esplendor já não há mais lembrança.

Ficaram, para sempre, enterrados no peito,
ecos, sonidos, voz... que exalo num lamento:
ossuário de ilusões do meu sonho desfeito.

SAUDADE PÓSTUMA

Há de um dia ter fim o meu tormento,
há de um dia acabar o meu martírio,
quando for do meu peito o último alento,
quando tiver na mão aceso um círio.

Quando empós do festim do verme, um lírio
da minha cova alçar-se ao firmamento,
e exsudando em perfume o seu delírio,
subir aos astros num deslumbramento.

E feito essência, e feito cor e som,
livre das leis de peso e da atração,
na esfera gravitar do Excelso e Bom.

Para que, na assonia do Nirvana,
dissolvido no Todo o coração,
chore a saudade da miséria humana.

BROQUEL PARTIDO

Despi os véus da deusa augusta
que me embalara o berço, outrora,
e, cavaleiro inerme, à justa
das más paixões me vejo agora.

Por que fadário, em que má hora,
deixei pender a fronte adusta
— que um raio de sol inda hoje cora —
e o Mal saber à própria custa?

Morto o Ideal, rompida a lança,
despedaçado o coração,
rolei no pó sem mais tardança...

Para do imigo ante a manopla,
do punhal ao frio clarão,
ir-se minha alma nesta copla?!

NOTURNO BÁLSAMO[1]

Estou hoje esplinético e vazio,
— maré vasante e angústia do sol pôr...
no meu crânio, ao clarão sinistro e frio,
passam, bailando, espectros de terror...
Já não acho expressão à minha dor,
que, de ribeiro, se tornou em rio,
onde boia, afogado e em seu livor,
da Glória, da Ilusão, do Amor, o trio...

Assim fico, gelado e ressupino,
olhos vidrados, dentro a treva imensa,
petrificado pelo meu Destino.

Eis, sonâmbula, à Noite ascende a prece
da alma das plantas, que os jardins incensa,
— e, lenta, a Febre baixa e se arrefece...

---

[1] O soneto acima foi escrito na última folha em branco do livro *Le Chariot d'or*, de Albert Samain. Esta nota e as seguintes são da edição do segundo volume das *Obras completas de Hugo de Carvalho Ramos* (op.cit.).

DIONISÍACAS[2]

(PLENITUDE)

O amor sem peias, a explosão do instinto,
livre, espontânea, como a luz solar,
bebido a sorvos como um vinho tinto,
espumejante e bravo como o mar;

pasto às paixões que, fragorosas, sinto
dentro do peito, como cães, uivar,
das convenções despedaçado o sinto,
na liberdade de correr, pairar;

O brilho seco da vontade em febre
domando os seres pela luz dos olhos,
a glória em vida que meu Eu célebre,

transverberando em roda o seu fanal,
— eis de minha alma alguns de seus refolhos,
na plenitude da expansão final!

---

[2] A série "Dionisíacas" ficou no soneto acima. Começou o segundo, que se resume nos quartetos abaixo:

O Silêncio, na paz do esquecimento
voluntário de tudo outrora amado,
no lugar do meu velho sentimento,
aquece ao sol o coração gelado.

Mocho que treme, eterno friorento,
na asa a esconder o crânio arrepiado,
tomar num galho morto o teu assento,
numa grande postura de isolado.

SOL DOS TRÓPICOS

Sol de verão! Como exacerba o sangue
este eflúvio sensual da luz na terra,
indo do vale ao mar, de serra a serra
a natura enleando em cio langue...

Torna em corrente clara o sujo mangue.
Cada inseto a outro inseto faz a guerra;
e mesmo em mim, à flor da boca exangue,
o amoroso delírio exsurge e erra...

A Dionísios Apolo entrega o plaustro;
se até no azul infindo a branca lua
o ardor lascivo asperge de seu claustro!...

Já começa Afrodite áureo reinado...
E, fulvo, o olhar da Besta Instinto acua
a tenra preia que lhe passa ao lado.

AS TRÊS GRAÇAS

LIBERTAS

Libertários na forma e déspotas no fundo
que em textos regulais a suma lei do bem,
não se acorrenta assim a evolução do mundo,
nem da imagem do sol se fabrica o vintém

Regrais a terra e o mar, e o próprio céu jocundo
já traz o "meu" e o "teu" com que marcais o Além...
E inda a febre de posse e predomínio imundo
há de captar a luz que do Infinito vem.

O ideal do Direito enjaulado na Lei,
fazeis de letra morta a norma da Justiça,
seja esmagando o pobre ou coroando um rei.

Em palavras, porém, tem um culto a Verdade,
pois alçando o pendão com que rompeis na liça,
da plebe ofusca o olhar o moto — *Liberdade*!

I

ÆQUALITAS

Não posso acreditar que os homens são iguais,
igualdade na vida é-me coisa ilusória:
entre o gênio que sofre e o gozo dos boçais,
ergo a torre de luz que os separa na história.

O que na terra ardeu, em estas imortais,
pela beleza, pelo amor e pela glória,
não se compara a cães, de instintos amorais,
que dos homens só têm a forma transitória.

II

Se tudo é seleção, nos mostra a natureza;
e se esmagando as leis do torpe coração,
concentramos no sonho a própria fortaleza,

sobranceiro há de estar o espírito superno!
Erecto pairará sobre a vil multidão,
êmulo de Jesus e vencedor do Inferno!

✺

FRATERNITAS

III

Este sonho fraterno urdido em luz e graça
no sangue do Calvário e suor de Getsêmani,
transformaste-o no tempo em culto à populaça,
ó velhos fariseus dum verbalismo inane!

Impondo o deus Milhão e apedrejando a raça
dos Prometeus revéis, pairou de cima, imane,
a tua tirania, ó despótica Massa,
que hoje nos dita a lei e por mil bocas gane!

Mas... cegos ficareis no longínquo arrebol
da mansidão fraterna e equidade absoluta
que inda do céu, a arder, promete o Cristo-Sol.

— E aos eflúvios da luz que verte o seu perdão,
ruge a turba, em delírio, incansável na luta
de poder atingi-lo a sacrílega mão!

NA VÁRZEA
(PAISAGENS GOIANAS)

(MANHÃ)

Estranha sinfonia andam na alva vibrando
batuíras e xexéus, sanhaços e azulões;
por sobre os buritis das marrecas o bando
vai, em arco, guinchando em busca dos sertões.

A palma do indaiá, como velame pando,
freme ao vento. O assa-peixe inclina os seus florões
sobre a tropa, a passar, das madrinhas ao mando,
e estruge na vereda o grito dos peões.

Acorda a várzea em festa. É a ronda das falenas!
A chuva dos cajus enflorou as campinas
para onde erguem o voo multicor das antenas.

Vão as emas, ralhando, através da malhada.
Treme o rocio... E ao sol, que aponta entre colinas,
pulverizam-se em luz as gotas da orvalhada.

I

✵

(MEIO-DIA)

Eis, suarentos, os bois aos poucos vêm chegando
dos rudes alcantis e broncos socavões,
à cacimba da várzea, onde, de quando em quando,
quebram o alvo cristal lentas ondulações.

Apruma um jaguané as guampas em comando,
Muge soturnamente, e abala as solidões;
de quebrada em quebrada os ecos vêm rolando,
e atroam, afinal, no fundo dos grotões.

II

Volve a calma. O meio-dia envolve a encosta. Apenas,
abebera-se o gado. E ei-lo à sombra: — rumina.
Cata-o o gavião do campo, e aos pinchos bate penas.

Mas do ingazeiro em flor na mais alta ramada,
um zumbi abre o canto estiva! Em surdina...
— E trilos de cigarra explodem na chapada!

PIQUIZEIRO DA CHAPADA

O piquizeiro da chapada
a flor começa a derrubar,
lá vai de noite uma veada
de vez em quando merendar.
O caçador deixou armada
uma tocaia de caçar
bem na forquilha da galhada
para a semana de luar.
De noite escura não é nada
nem há de que se arrecear...
O piquizeiro da chapada
a flor começa a derrubar.

A minha viola na toada
assim parece o piquizeiro,
que deitou flor lá na chapada
com o primeiro chuvisqueiro.
Já da janela estás corada,
enquanto choro no terreiro,
é que cantou esganiçada
a voz do galo no poleiro.
Menina de olhos de alvorada
mais o seu riso feiticeiro,
a minha viola na toada
assim parece o piquizeiro...

Pé ante pé, qual suçuarana
que vai com passo sorrateiro,
a lua nova esta semana

pôs o focinho atrás do outeiro.
Jaguatirica, caninana,
cotia, paca e mais galheiro,
trago hoje em riba da albardana,
gaba o matuto no telheiro.
Assim no canto da tirana

manda e desmanda o violeiro,
pé ante pé, qual suçuarana
que vai com o passo sorrateiro...

fechado o corpo em dois de cana
na encruzilhada do Araguaia,
lá foi no passo da cabana
trepar no galho da tocaia.
Não sei se a mula era ruana,
ou era mesmo uma égua baia,
só sei dizer, senhora Juana,
que era da cor da sua saia.
O vento uivou na cangerana
que está com mel de mandaçaia.
Fechado o corpo em dois de cana
na encruzilhada do Araguaia.

Morena d'olhos de azagaia
que me varou o coração,
prometo logo nesta raia
prender teus olhos no bordão.
Embora o Zeca Samambaia
olhe daí com danação
e todo o mais de sua laia
palpe na cinta o facalhão.
Já morde o freio a Paraguaia,
vou acabar com a canção,
morena d'olhos de azagaia
que me varou o coração...

Agora mesmo lá da espera
partiu um raio com trovão,
o caçador, um cabra cuera!
deu na veada o seu tirão.
Deitou-se abaixo, como fera,
foi apalpar-lhe o coração,
meteu a faca na paquera

e foi fazendo a arrumação.
Toma cuidado, a trova gera
n'alma de moça encantação...
Agora mesmo lá da espera
partiu um raio com trovão.

Se — sempre alcança quem espera —
me diz do povo este ditado,
já — quem atende desespera —
diz o rifão por outro lado.
Assim, na dúvida megera,
termino o canto num cuidado:
dos lábios teus ouvir a vera
compensação do ponteado!
Tu me sorris, já não é mera
suposição de ser amado...
Ah! sempre alcança quem espera,
me diz do povo este ditado.

O violeiro a corda estanca
e acaba o verso já montado,
porquanto o Zeca mais Bicanca
o têm num circo encurralado,
se aquele barra me atravanca
o campo aberto, ojerizado,
piso-lhe em riba da retranca,
rasgando a faca o mais ousado.
Dou-te a garupa da potranca
e um peito firme, apaixonado...
O violeiro a corda estanca
e acaba o verso já montado...
Pula depressa aqui nesta anca,
que encosto a égua ao limiar;
se Samambaia o ferro arranca,
faço a garrucha pipocar...
Rodo o animal, e varro a tranca
com que teu pai me quer travar...

À desfilada vamos, franca,
por esta estrada, a galopar...
— Tu te fizeste branca, branca,
enquanto o dia invade o ar...
O piquizeiro da chapada
a flor cessou de derrubar.

ILHA DOS AMORES[3]

Olhai. Parque imperial. Rósea, a Ilha dos Amores
ergue o templo pagão em colunas de jade,
sob lianas e festões e caniços e flores,
à glorificação da nossa mocidade.

O Poeta tem no olhar a agonia das cores
desta tarde que morre em laivos de saudade,
e a selva exala em torno os últimos olores,
na evocação de Pã e deuses de outra idade.

É o momento da cisma e do repouso. Fria,
a aura crepuscular aos poucos se avizinha,
no doce e emocional planger da Ave-Maria...

— Adeus! Dirige Amor o leme da galera,
que é preciso partir vogando, Amada minha,
de volta do país ridente de Citera!

---

[3] O soneto acima é datado de setembro de 1918. Foi escrito no verso de uma fotografia que tirou na Ilha dos Amores, na Quinta da Boa Vista, em companhia de várias moças.

CONSELHO MODERNO

— Almejo a fama, o amor, a nomeada guerreira,
tudo que é forte e impele a mocidade à glória;
vibrarei do Ideal na montanha altaneira,
meu nome esplenderá nas páginas da História.

E do universo aos pés a atenção transitória,
passarei pela vida em luminosa esteira,
onde a luz de outros sóis se faça merencória,
os homens acurvando ante a minha bandeira.

Buda, Homero, Moisés, Sócrates, Bonaparte,
toda a constelação no céu da Ciência e da Arte
no meu peito farão um mesmo e ardente sol.

Assim diz o mancebo erguendo a fronte augusta
num assomo triunfal. Volve o amigo: — Não custa,
sê ator de cinema, ou jogue futebol!

A VIZINHA

Esta moça solteirona
vive de risos e olhares,
é a tentação desta zona,
todos lhe bebem os ares.

Mostra no amor a prudência
de devota timorata,
e ao fim de tanta inclemência,
todos acabam na rata.

É que a menina faceira
com trinta e nove no lombo,
não comete a doce asneira,
quer casamento e não... tombo.

Teme do amor as ciladas
que o fogo interno revela...
terá, nas horas finadas,
palma de virge' e capela...

Tem receio das surpresas
que Cupido nos reserva,
não gosta das sobremesas
se o jantar fica... em conserva.

Avança um passo, galharda,
se um passo o gajo recolhe,
um passo logo retarda
se a malha de perto a colhe.

No mister de lançadeira
ora traz, ora conduz,
e vive desta maneira
neste século da luz!

Um quartel de diferença
traz sua alma em confusão:
se não é tolice é doença
tal mistério e coração!

Esta moça solteirona
vive de risos e olhares,
é a tentação desta zona,
todos lhe bebem os ares...

FLORESTAS
(ALBERT SAMAIN)

Vastas Florestas, reino encantado e lanudo,
que secreto pendor nos reconduz às portas
da vossa cepa envolta em musgos de veludo,
e aos estreitos sendais, onde as folhas são mortas?

O murmúrio eternal dessas largas ramadas
acorda ainda em nós, como uma voz profunda,
a divina emoção no primevo oriunda,
à embriaguez do céu, da terra e das levadas.

Bosques! Vós nos rendeis à Natureza inteira!
E o coração reencontra, em vossa alma exaltada,
com o jovem amor, a vida libertada,
bosques que embebedais como uma cabeleira!

É mais duro que o ferro o carvalho orgulhoso;
nos profundos sarçais nenhum sol a brilhar,
circunda-vos o horror de lugar religioso
e vós vos lamentais tão alto como o mar.

Quando o euro, no arrebol, as folhagens invade,
tremeis, aos gritos mil das aves a cantar,
e nada é mais soberbo e cheio de saudade
que a vossa quietação da hora crepuscular...

Pelos deuses, outrora, éreis vós habitados,
espáduas, seios nus espelháveis, açudes!...
E o Egipã amoroso, a espreitar nos taludes,
sob a fronte sentiu os olhos inflamados.

A Ninfa nédia e viúva ondeava na clareira
onde a erva era calcada aos pés das greis caprinas,
e, no vento noturno, ao longo das ravinas,
o Centauro atirava as pedras na carreira.

Vossa alma cheia está desses sonhos antigos,
pois a flauta de Pã, na campina deserta,
quando a lua prateia os ribeiros amigos,
traz inda o coração dos carvalhos alerta.

E a Musa, um puro dedo erguendo os longos véus,
na hora em que este silêncio enche o bosque sagrado,
a cabeça voltava ao crescente dourado,
e, em cisma, olhava o mar suspirar para os céus...

✹

Nobres Florestas, Flora outonal... Folhas de oiro!...
Com este rubro sol ao fundo das aleias,
e este grande ar de adeus, no ramal inda loiro,
para o açude deserto, onde, trompa, estrondeias!...

Matas de abril: canções de melro, e notas quérulas...
Fremir de asas, fremir de folhas, aura pura...
Luz de azul e esmeralda e de cândida alvura;
abril!... Chuvisco e sol sobre o frondal em pérolas!...

Ó verde profundeza, encantadora e mesta!
Rochedos e tojais, bancos, águas manantes...
Com o vosso mistério e cantos de floresta,
como bem respondeis às almas dos amantes!

A amante colocou as amoras na mão;
seu vestido clareia o trilho do tugúrio,
um ligeiro vapor sobe na cerração,
e a floresta dormiu num último murmúrio.

Negro, a choça ergue um teto à distância espaçada;
um cervo estende o colo, a bramir na lagoa,
e o nosso coração, num sonho eterno, voa
para a casa de amor ao fundo da tapada.

Ó calma!... Tremular de estrela além dos montes!...
De frutos um casal à flor d'água se escoa...
E, ao silêncio da noite, a amada treme à toa,
nos braços nus sentindo a frescura das fontes...

✶

Como nos adormis, nas folhagens em nuto,
como nos embalais, neste lento marulho,
o coração, a arder, de pesar ou de orgulho,
ó Florestas de amor, de tristeza e luto!

Todos os que um sinal mostra à fronte ser reis,
pálidos, vão-se errar sob às árvores héticas,
e, tremendo ao rumor das ramagens proféticas,
prestam o ouvido à voz que, na noite, dizeis.

Todo o que visitou a grande Dor solene,
e não comovem mais nem tardes, nem matizes,
sonha enterrar o peito, e ofertá-lo às raízes,
ó pinhais! E dormir, nessa sombra perene!

Salve a vós, grande Bosque, a cimeira sonora,
onde, à noite, se atesta albente divindade,
vós, que à prata do céu, um arrepio invade,
escutando nitrir os cavalos da Aurora.

Salve a vós, grande Bosque, afundado e gemente,
filho mui bom, mui doce e tão belo da Terra,
vós, onde o coração do homem, lasso, se aferra,
ébrio por inda crer o instinto seu potente!

Bétulas e faiais, carpinos, troncos vários...
Gigantesco pilar torcendo hidras aos pés,
vós, que o raio tentais das nuvens através,
talhados e imortais, carvalhos centenários!

Sempre fortes — vivei! E sempre renovados;
a ramada estendendo e aumentando a cortiça,
e entornai-nos a paz, o saber e a justiça,
ó grandes ancestrais, pelos homens louvados!

A UM ARTISTA

Transforma em Arte sã, purificada e boa,
a febre das paixões que em tua alma reboa.

Artista que sangrou na cruz deste calvário:
a luta da Razão e o Instinto tumultuário.

Rompendo o escudo em prol da conquista ideal,
da bondade cristã faze ardente fanal.

Ostenta o teu brazão das refregas sofridas,
coração que sangrou por vinte mil feridas.

Dize a treva infernal donde a custo emergiste,
Cavaleiro do Bem de lança sempre em riste.

Investe firme e audaz contra a opressão iníqua:
nas falanges do Mal faze a ceifa profícua.

Purifica na luz a dor de teu martírio,
assim como brotar se vê do chão um lírio.

Do lodo primitivo irrompa a tua força,
que a dúvida jamais a tua fé retorça.

Ergue a Esperança empós da claridade imensa
que vem na luz do sol banhar a tua crença.

Conta a raça imortal dos mártires da Ideia,
que passaram na terra em rasgos de epopeia.

Erige o branco altar de teu culto à Mulher,
que por ela sofrendo o Artista mais lhe quer.

Embala o pensamento em ondas de Ternura,
esquece, coração, toda a antiga amargura.

Para abrandar ao fim as tuas cicatrizes,
vê como o Sacrifício é o pão dos infelizes.

Para encontrar na paz a força e o valimento,
é preciso ir lavar-se ao mar do Esquecimento.

Renuncia à vindita, e aceita a sorte obscura,
tu, que partiste herói à mística aventura!

Tu, que esperas na terra o momento sagrado
de remir em Jesus os erros do passado!

Tu, que aguardas ainda oscular teu Irmão,
no suave esplendor da mútua comunhão.

E dos homens ouviste apenas o marulho
da acre fermentação que lhes vinha do orgulho.

E perdoa, também, os vendilhões do Templo
que dão à mocidade um tristíssimo exemplo.

— Mas se te vires só com a ignomínia e a morte,
té no passe final, mais uma vez — sê forte!

282

ALGUNS SENTIDOS DA OBRA DE HUGO DE CARVALHO RAMOS

POR QUE LER *TROPAS E BOIADAS* HOJE

ALBERTINA VICENTINI[1]

---

[1] Doutora em Letras (Teoria Literária e Literatura Comparada) pela Universidade de São Paulo e pós-doutorado (Literatura e História) pela UnB. Atualmente é professora titular da Pontifícia Universidade Católica de Goiás (do mestrado em História) e da graduação (em Letras) da mesma instituição. Publicou A Narrativa de Hugo de Carvalho Ramos pela Editora Perspectiva (1986).

Depois de Ítalo Calvino escrever *Por que ler os clássicos?* (1991) e Harold Bloom *Como e por que ler?* (2000), a resposta ao nosso título parece óbvia. No entanto, é preciso insistir, uma obra literária sempre abre ao leitor um mundo novo, apresentando novos sentidos à literatura e à história de um tempo outro e do presente.

Assim, dizemos que ler Hugo de Carvalho Ramos é ler um dos mais importantes escritores do Estado de Goiás, que influenciou outros escritores locais de porte, como Bernardo Élis, Carmo Bernardes, Bariani Ortêncio, Eli Brasiliense. Reconhecido nacionalmente pelos principais críticos da literatura brasileira como escritor canônico, ao lado de Afonso Arinos, Valdomiro Silveira, Simões Lopes Neto, Graciliano Ramos e Guimarães Rosa, Hugo de Carvalho Ramos praticou um regionalismo de denúncia das condições políticas, sociais e de trabalho de sua região/nação, avançando em contra-hegemonia ao regionalismo literário brasileiro do final do século XIX. Era exímio escritor, com domínio da linguagem e da estética literárias, imaginativo e descritivista, e praticou um regionalismo intelectualizado, centrado no grotesco, no estranho e no insólito, diferenciando-se bastante dos outros autores regionalistas do fim do século XIX. É, sem dúvida, um autor de valor dentro da literatura goiana e brasileira, e merece a justa publicação de suas *Obras Reunidas*, para que, mesmo tardiamente (faleceu em 1921), sua face, desenvolta e competente, seja mostrada ao público e aos pesquisadores brasileiros.

Por tudo isso, ainda ler Hugo de Carvalho Ramos, especialmente *Tropas e Boiadas*, é apontar possíveis sentidos de sua obra e colocar em questão tanto uma obra partícipe de uma sociedade e dos problemas de uma época, impressa em artigos, poemas em prosa ou em contos, ou de um exímio narrador da literatura brasileira, que antecipam outros regionalistas, notadamente Graciliano Ramos (no discurso indireto livre) e Guimarães Rosa (com o seu Riobaldo, narrador difuso e desorientado). A leitura também vale para recuperar uma memória histórica e social de um solo goiano que se modificou e, para o que vale a constatação, de um passado que ainda não passou, ou a comparação com um passado que se modificou a ponto de se tornar um outro irreconhecível hoje.

De sorte que podemos começar apontando alguns determinantes fundamentais da história do Brasil na Primeira República, isto é, do início do século XX, contexto em que Hugo de Carvalho Ramos viveu e que é de suma importância para a sua obra.

O primeiro determinante é derivado dos desenvolvimentos econômicos que implicavam uma integração do mercado interno nacional, caracterizado por uma relativa autonomia dos vários subsistemas regionais e/ou estaduais, fruto do desenvolvimento desigual e combinado do capital. Constituíam-se, assim, regiões mais desenvolvidas frente a outras, mais atrasadas, gerando especificidades nos seus conflitos internos específicos.

Nessa esteira, um segundo determinante é a propriedade da terra como eixo da organização social: de um lado, havia certa passividade das massas rurais sob a tutela do paternalismo coronelístico, adotado como forma de ajuste dos governos estaduais em relação ao governo central, e, de outro, havia a sobreposição da aristocracia rural frente aos processos de industrialização e urbanização brasileiros. De certa forma, esse paternalismo provindo dessa aristocracia permeava (e ainda permeia) as relações sociais, como o apadrinhamento e o clientelismo, mascarando contradições e conflitos estruturais. Dessa maneira, impunham-se tanto preceitos de um liberalismo nos seus limites no sistema político, quanto rupturas pela rebeldia do messianismo ou do cangaço, como aconteceu no Nordeste brasileiro.

O terceiro determinante é a questão da identidade nacional na sua alteridade interna e com o exterior. Em relação ao exterior, o Brasil não passava de um exportador de bens primários e um importador de bens industrializados, de ideias e ideários. Ou seja, os desenvolvimentos e as contradições sociais desafiavam a realidade e o pensamento, e exigiam que brasileiros começassem a interpretar o Brasil por um pensamento intelectual e social que apresentasse soluções principalmente para tirar o Brasil do "atraso" em que se encontrava, atribuído ao passado colonial e aos seus resquícios.

Se, desde 1870, o mundo mudara com as novidades impostas pela revolução tecnológica, cujas transformações não se mostravam mais ocasionais como haviam sido na 1ª Revolução Industrial, mas cientificamente planejadas — surgiram novos materiais: o aço, a eletricidade e o petróleo substituíram o ferro e o vapor; a medicina foi revolucionada com os avanços da indústria química e da farmácia, bem como com o advento das novas ciências, a microbiologia, a bioquímica e a bacteriologia; a revolução na agricultura, provocada pela introdução de fertilizantes artificiais e de novos métodos de conservação dos alimentos, como a refrigeração, a pasteurização, a esterilização, os novos processos de embalagem de alimentos enlatados etc. (PERES e TERCI, 2001) —, era determinante encontrar soluções que colocassem o Brasil ao lado desses avanços, principalmente pelo fato de que o ano de 1922, ou os 100 anos de nossa independência, estava próximo. Internamente, chegara a hora e a vez do nacionalismo.

Das exigências dessa etapa de desenvolvimento social e econômico derivaram, entre mais, a imigração de mão de obra para fortalecer nosso meio agrário atrasado; a urbanização das cidades, seu embelezamento e equipagem; a formação de "ligas" nacionalistas específicas, como a Liga Brasileira contra o Analfabetismo e a Liga Paulistana, que pregava o separatismo e que veio a dar na revolução constitucionalista de 1932; a industrialização, que começaria em São Paulo, por exemplo; e, ainda, o rol de "ideias modernas", de que a Semana de Arte Moderna é um exemplo — confirmando que o eixo de liderança política do país passava do Rio de Janeiro para São Paulo.

Aliás, sabemos que o período denominado "heroico" da Semana de Arte Moderna foi sobretudo nacionalista, com as ideias antropofágicas (avançadas) de Oswald de Andrade e o nacionalismo mais conservador de Mário de Andrade, em, por exemplo, *Clã do Jaboti* ou em *Losango Cáqui*. Da mesma sorte, realçavam tanto a imigração quanto a urbanização, de que a *Pauliceia Desvairada* de Mário é também um exemplo contundente.

No âmbito político-econômico, o "atraso" brasileiro se mostrava sobretudo regionalizado, como inferira Euclides da Cunha em relação ao Nordeste e ao Norte, aos quais faltava tudo: comunicação, educação, saúde etc., muito embora, segundo ele, a "sub-raça" brasileira que ali se encontrava fosse forte e altaneira, acusando o extermínio dos jagunços de Antônio Conselheiro como um crime de nacionalidade que se processara nessas regiões.

No mesmo sentido, o emblema da figura detratada de Jeca Tatu, que se opunha ao sertanejo forte e rochoso de Euclides, substituía como problema o que Euclides havia exposto como conflito, isto é, substituía a questão social pela questão econômica: Monteiro Lobato, em sua perspectiva conservadora, pelo menos nessa época, como fazendeiro do café que era, teimava em fazer o sertanejo — ou "caipira", em suas palavras — permanecer como tal, considerando-o o grande entrave econômico de nossa feição agrária. Os textos *Velha Praga* e *Urupês*, somente pelos títulos, já insinuam isso.

Ou seja, dos desenvolvimentos sociais em curso e dos desafios da sua inteligibilidade derivaram os debates ora avançados, ora conservadores que caracterizaram o início do século xx na nossa República brasileira, época em que viveu Hugo de Carvalho Ramos, que se inseriu nessas discussões de corpo e alma através de artigos em jornais e revistas, especialmente o *Jornal do Commércio* e a revista *Informação Goyana,* que circulou no Rio de Janeiro de 1918 a 1935 sob a direção do Cel. Henrique Silva e que tinha por escopo fazer a propaganda do Estado de Goiás no cenário nacional.

Assim, Hugo de Carvalho Ramos, para além de escritor de *Tropas e Boiadas,* revela uma face de intelectual partícipe, colocando-se ao lado do enfrentamento que se fazia ao tempo na luta pelo poder e direção do país de forma mais realista: o fator ideológico e intelectual, representado pelo conjunto da intelectualidade nacional e regional, que começava a impor uma interpretação da realidade brasileira da maneira como ela viria a se dar nos anos 30, ou seja, em bases menos românticas e mais assentes à situação real do país (VICENTINI, 2015).

Hugo de Carvalho Ramos não fugiu a esse processo enquanto parte da elite citadina. Nascido na cidade de Goiás em 1895, de classe relativamente abastada e letrada — era filho de um juiz, também escritor e poeta —, estudou todas as fases de escolarização no Lyceu de Goiás até ir para o Rio de Janeiro, em 1912, para completar seus estudos de Direito. Foi, de fato, um escritor bastante letrado; o universo de seus escritos realça suas habilidades intelectuais: era prosador de uma prosa poética simbolista, crítico literário, poeta, tradutor, correspondente assíduo com familiares e amigos, leitor de língua inglesa e francesa e, especialmente ao nosso interesse aqui, articulista de jornais e revistas e escritor regionalista.

Enquanto articulista, Hugo de Carvalho Ramos refere-se sempre ao universo intelectual brasileiro de seu tempo, que ele elaborou como de três tipos, conforme disse França:

> uma geração de intelectuais fortemente influenciada pelas ideias estrangeiras, europeias e americanas, na literatura, na arte e no esporte; uma 'nova geração' (na qual ele se incluiu) preocupada com a independência intelectual e com a imposição de uma nova consciência nacional; e

uma mentalidade acrítica, atrasada, contraposta às duas anteriores, condicionada historicamente pela sociedade agrária estática, que se articulava sob o coronelismo e as oligarquias (1978, p. 30).

Dessa "nova geração", Hugo acaba por ser mais que um participante: era um militante. Um de seus pontos principais era o atendimento a uma ética nacionalista, de que sua literatura fazia parte, a resguardar o típico local daquilo que ele chamou de desnacionalização de nossa cultura, ou seja, atacar os elementos que descaracterizavam a cultura nacional, como, por exemplo, a troca do bete pelo futebol, ou a da capoeira pelo boxe, troca que desprestigiava não só o "nosso" esporte como a inteligência nacional — e, a partir daqui, chamamos especial atenção para os escritos do jovem Hugo, elaborados dentro de uma escritura bastante coesa e bonita —:

> Pesa entretanto imaginar que, num país de índole tão inventiva, se esteja a importar tudo do estrangeiro, ideias e fatiotas, sem uma nota, um sainete original, característico, inconfundível, a dizer alto da nossa inteligência e dos foros de povo emancipado (HCR. "o bete", em: *Artigos*. p. 212)

Também propõe a adjunção de nosso jornalismo à sua luta dentro de um projeto de nacionalização da literatura, deixando de lado "folhetins [...] a matéria do rodapé continua a ser Richembourg, Terrail, Escrich e o funambulesco Nick Carter" (HCR. "Despertar!", em: *Artigos*. p. 394) Ao contrário, apregoa:

> Prodigioso estímulo adviria para a boa produção nacional, ao mesmo tempo que se orientaria melhor o senso estético dos leitores, o caso das nossas empresas jornalísticas irem procurar entre os verdadeiros autores nacionais matéria de colaboração, aviventando no público por mais este meio não só a preferência,

como também o conhecimento dos variados aspectos e costumes do país. E assim, fazendo obra patriótica, digna dos mais calorosos louvores (HCR. "Despertar!", em: *Artigos*. p. 394).

A consciência dos males que obstruíam a modernização da nação também comparece nos seus discursos sobre a necessidade moral de uma liderança intelectual e orgânica para o país:

> É enorme a responsabilidade moral que toma sobre os ombros quem se vota ao encargo de escrever para o público, e mormente o público de um país como o nosso, onde a difusão do ensino e hábito de discernir e aquilatar por si não chegaram ainda ao louvável grau de desenvolvimento de algumas outras nações.
>
> A boa vontade de uns é destruída pela incúria de outros, e somos uma nacionalidade onde não há opinião pública instável e esclarecida, nem tampouco a íntima consciência dos nossos verdadeiros destinos. E, pesa confessá-lo, a classe literária, entre nós, pouca ou nenhuma influência tem, presentemente, sobre a orientação e a marcha do progresso social, relegada para um plano secundário a que não deve, absolutamente, fazer jus. Se a maioria dos nossos políticos profissionais se limita apenas a guerrilhas de campanário onde a verdadeira noção das aspirações pátrias se perde em lutas · estéreis de pouco ou nenhum alcance para a coletividade, cumpre aos homens de pena assumir o papel de divulgadores e encarecedores das diversas partes do corpo social, pouco conhecidas entre si, exaltandoas e amando-as na medida de suas forças, a fim de que o sentimento de solidariedade coletiva não se malbarate e se perca em menosprezo ou em dissenções intestinas (HCR. "Carta a Manoelito D'Ornelas, Rio, 14 de julho de 1920", em: *Correspondências*. p. 394).

Nesse papel intelectual, e a fim de uma "solidariedade coletiva", Hugo critica a falta de interesse e de conhecimento que a classe letrada tem em relação ao Brasil e chega a propor uma literatura engajada e uma relação associativa entre os literatos:

> Esquecem-se, como bem diz, cremos, Fialho de Almeida, de que os homens de letras são a classe mais nobre de um país. Isso, em parte, é devido ao completo alheamento, entre a maioria de nossos escritores, dos problemas e necessidades de ordem política ou econômica da nação, que muitos enclausurados da Torre de Marfim afetam desconhecer, senão menosprezar. E também, à absoluta falta, entre os intelectuais, de espírito associativo, que faça de tantos membros isolados e esmagados pela massa, um corpo uno, intimamente solidário com as suas partes, consciente de seus direitos e da sua função social, opondo-se e impondo-se às variadíssimas correntes contrárias de nulíssimos concorrentes na atividade pública, cujo êxito e prestígio de opiniões são quase sempre devidos à sua coesão e à força numérica (HCR. "Despertar!", em: *Artigos*. p. 394).

De maneira que o regionalismo de Hugo de Carvalho Ramos também se explica, em parte, pela sua necessidade de participar desse momento de construção da nacionalidade brasileira. O inventário que promove em relação aos elementos folclóricos, usos e costumes goianos dentro do seu livro *Tropas e Boiadas* se justifica no resgate do passado, das raízes tradicionais, da cultura popular, dos feitos de suas gentes desde os tempos do período colonial para sedimentar uma identidade goiana e uma nacionalidade brasileira, cumprindo o seu papel intelectual de construtor dessa nacionalidade (VICENTINI, 2015).

A partir dessa ótica, podemos construir alguns sentidos da obra de Hugo de Carvalho Ramos e de *Tropas e Boiadas*:

I

O primeiro deles decorre desse desconhecimento dos literatos sobre o seu próprio país e da falta de integração de suas regiões, o que vem a ser a *feição etnográfica* de seu regionalismo — aliás, de todo o regionalismo desse tempo — de dar a conhecer e fazer reconhecer (BOURDIEU, 1976) a sua região goiana dentro do cenário da república economicamente desigual e de que já falamos. O levantamento que ele faz do modo de vida, dos usos e costumes do tropeiro e do boiadeiro, das superstições, das modinhas, das danças, das paisagens, dos comportamentos, das solidões do sertão, do exotismo, da visão de mundo do homem sertanejo etc., enquadram o seu regionalismo nessa feição etnográfica de levantamento e catalogação daquilo que ele vê ao seu redor, como um narrador-viajante, cronista e cientista dos sertões goianos, cedendo ao seu regionalismo uma função conativa ou apelativa (i.e., chamando a atenção para as questões do estado) e não só compensatória (i.e., de registro de usos que estão se perdendo na sociedade) como em outros regionalistas — Valdomiro Silveira, por exemplo —, e impondo o fato de que a história de um lugar é que caracteriza a sua diferença — um pensamento bastante justo, diga-se.

Claro, essa face etnográfica de seu regionalismo será parceira da corrente nacionalista de seu tempo que encarava a construção da nacionalidade brasileira através do levantamento dos conteúdos da nossa cultura popular — corrente, cujo expoente máximo seria Mário de Andrade e os folcloristas posteriores —, frente àquela aberta e mais avançada da antropofagia comandada por Oswald de Andrade.

Isso tanto é verdade que, consultado sobre a participação de Goiás na comemoração do Centenário da Independência em 1922 (que não chegou a ver, porque se suicidou em 1921), é essa feição de nacionalismo que ele dá como "conselho":

Será uma variadíssima exibição de costumes regionais, trazendo para o cosmopolitanismo do Rio de Janeiro as mais características e singulares feições do nosso povo genuinamente brasileiro [...]

Todos esses festejos podem ser organizados, a nosso ver, com vistas ao programa geral, sob quatro grupos básicos, de acordo com os elementos étnicos de que derivam: primeiro, a dança de indígenas, representando a raça aborígene, genuinamente local; em segundo, os lanceiros, o vilão, a dança de velhos, etc., dos primitivos conquistadores; no terceiro grupo o congo, o moçambique, o batuque, etc., da grei africana; por último, bumbas, quebra-bundas, catiras, cateretês, dança de camaradas, etc., etc., da mescla geral, figurando a atualidade naquilo que nela houver de mais original e característico.

Tudo num conjunto harmônico, que traga para o paladar carioca, enfaradíssimo de exotismo e anêmicas enxertias europeias, o sabor sadio de um mergulho jovial nas matrizes profundíssimas da nossa nacionalidade, consolidando o instinto ancestral de coesão étnica na comunhão de três fatores da raça (HCR. "Goiás no Centenário", em: *Miscelânea*. p. 221).

✹

II

Um segundo sentido, ainda, pode ser encontrado dentro dessa função conativa, a *denúncia do atraso e especialmente das relações de trabalho dentro do mundo rural* (uma novidade ao tempo, conforme assinalou Lúcia Miguel Pereira, em *Prosa de ficção,*1988): a exposição daquela mentalidade acrítica, contraposta à do narrador-autor, condicionada historicamente pela sociedade agrária estática e que se articulava (e que ainda se articula) sob o coronelismo e as oligarquias, como observou França (1978), e que, conforme dissemos, é preciso denunciar para contribuir com a construção da modernidade do país.

A denúncia é inusitada para o tempo de Hugo de Carvalho, porque se faz sobre as relações de trabalho no mundo agrário de que contos como "Peru de Roda" e "Gente da Gleba" são exemplos notáveis: primeiro, as relações de trabalho do trabalhador agrário semilivre, caso de peões de fazendas e integrantes de tropas de mulas, ambos sujeitos à escravidão por dívidas[2], como são os personagens dos dois contos; depois, a do trabalhador-escravo propriamente, porque preso ao tronco, levando sovada do Sinhô, numa reinvenção do sistema da escravatura num tempo pós-abolição, conforme a história de Malaquias em "Gente da Gleba", ou o final de "Peru de Roda"; e a da alienação desses trabalhadores em relação ao estado das "coisas", como ocorre com o próprio Benedito dos Dourados e João Vaqueiro em "Gente da Gleba" e Joaquim Percevejo em "Peru de roda".

Hugo de Carvalho explica claramente esse tipo de relação:

> Geralmente, o empregado na lavoura ou simples trabalho de campo e criação, ganha no máximo quinze mil réis ao mês. Quando tem longa prática no traquejo e é homem de confiança, chega a perceber vinte, quantia já considerada exorbitante na maioria dos casos. É essa a soma irrisória que deve prover às suas necessidades. Gasta-a em poucos dias. Principia então a tomar emprestado ao senhor. Dá--lhe este cinco hoje, dez amanhã, certo de que cada mil réis que adianta é mais um elo acrescentado à cadeia que

---

[2] Forma arbitrária, mas protegida pela Lei n. 11, de 20 de julho de 1892, especialmente nos seus artigos de 9 a 13, que tratavam da locação de serviços. Proposta pelos deputados (proprietários rurais), foi decretada pelo primeiro Vice-presidente do Estado de Goiás, Antônio José Caiado, pertencente a uma das oligarquias tradicionais do Estado.

prende o jornaleiro ao seu serviço. Isso, no começo do trato; com o tempo, a dívida avoluma-se, chega a proporções exageradas, resultando para o infeliz não poder nunca saldá-la, e torna-se assim completamente alienado da vontade própria. Perde o crédito na venda próxima, não faz o mínimo negócio sem pleno consentimento do patrão, que já não lhe adianta mais dinheiro. É escravo da sua dívida, que, no sertão, constitui hoje em dia uma das curiosas modalidades do antigo cativeiro. Quando muito, querendo d'algum modo mudar de condição, pede a conta ao senhor, que fica no livre arbítrio de lh'a dar, e sai à procura d'um novo patrão que queira resgatá-lo ao antigo, tomando-o a seu serviço. Passa assim de mão em mão, devendo em média de quinhentos a um conto e mais, mal tratado aqui por uns de coração empedernido, ali mais ou menos aliviado dos maus tratos, mas sempre sujeito ao ajuste, de que só se livra, comumente, quando chega a morte (HCR. *Tropas e Boiadas*. p. 198).

Além disso, o autor faz a *denúncia do comportamento social do apadrinhamento e do clientelismo,* o que se torna o centro da história de Benedito dos Dourados, afilhado do Coronel da Fazenda Quilombo, em "Gente da Gleba", "querido" por todos — conforme os empregados domésticos são, hipocritamente, hoje —, mas que termina castrado pelo padrinho porque ousou disputar com ele uma chica do povoado. Benedito, respeitoso e trabalhador, que seguia à risca qualquer ordem do coronel, segue como o herói-vítima da trama e exemplifica a chamada cultura da dádiva no Brasil ou a escravidão por gratidão, aplicada aos "agregados" dos clãs rurais e citadinos até os dias de hoje.

A cultura da dádiva ou do favor, afirma Teresa Sales,[3] chega à nossa *res publica* substituindo os direitos básicos de cidadania e sobreviveu reificada, em todas as situações, pelo fetiche da igualdade, fator mediador das relações de classe, que ajudava a dar uma aparência de encurtamento das distâncias sociais, contribuindo para que situações de conflito frequentemente resultassem em conciliação (tipo a classe subalterna encarada hipocritamente como "pessoa da família") e não em conflito de fato. Esse fetiche, nos anos 30, se expressaria de forma mais sistematizada e formalizada nos conceitos de "democracia racial" e "homem cordial", de Gilberto Freyre e Sérgio Buarque de Holanda, respectivamente.

É sobre esses agregados que Roberto Schwarz (1973) constrói a categoria do favor como a mediação fundamental entre a classe dos proprietários de terras e os "homens livres". São os que buscam a proteção do senhor da fazenda e que, embora livres no sentido do estatuto do escravo, continuam escravos por dívida ou por dádiva, trabalhando na fazenda, onde moram por várias gerações em ranchos e pequenas terras cedidos pelo fazendeiro, mas sujeitos em tudo às arbitrariedades do dono. Malaquias, João Vaqueiro, Benedito dos Dourados, em "Gente da Gleba" ilustram essa face arcaica do domínio rural em Goiás e no Brasil do início do século XX (VICENTINI, 2015).

Outra denúncia que o autor faz é a da *política dos coronéis e sua relação com o Estado*. Ainda com o exemplo de "Gente da Gleba", o Coronel da Fazenda Quilombo — o nome da fazenda é, por si, irônico — era "uma das mais legítimas influências, e o mais forte esteio do partido no município". Comandava o processo eleitoral cerca-

---

[3] SALES, Teresa. "Raízes da desigualdade social na cultura política brasileira". *In: Revista Brasileira de Ciências Sociais*, Vol. 9, No. 25 – São Paulo, 1994. Disponível em: <https://pensamentopoliticobrasileiro.blogspot.com/2009/03/teresa-sales-raizes-da-desigualdade.html>

do de jagunços que assaltavam as urnas do povoado, convenciam votantes à força etc., elegendo deputados e senadores para o Congresso Estadual, utilizando-se das liberdades regionais ligadas ao oligarquismo do Federalismo da Primeira República:

> Em época de eleições, quando o Coronel estava contra o governo, então, andava numa "corre-coxia" dos trezentos, tais os embrulhos que surgiam. Na vila, às vezes, dançava alto o pau; não raro, eram os tiros que se não sabia donde partidos, as teimas para convencer o votante contrário, enfim, o costume da terra. Eram ordens p'ra aqui, ordens p'ra ali, arregimentando o pessoal da fazenda, garantindo a chapa, o diabo! (HCR. *Tropas e Boiadas*. p. 196).

Ou seja, o coronel hipotecava seu apoio ao governo, sobretudo na forma de votos.[4] Para cima, os governadores davam seu apoio ao presidente da República em troca do reconhecimento deste de seu domínio no Estado. O coronelismo é fase de um processo mais longo de relacionamento entre os fazendeiros e o governo. O federalismo brasileiro daquele tempo cedeu autonomia aos governadores dos estados, que estavam amarrados ao Império, no tempo das províncias, e que, no tempo de Hugo, estavam amarrados aos coronéis.

De modo geral, denunciar, de acordo com Hugo, seria uma forma de contribuir para a construção da modernidade ainda em curso no país.

---

4   Não que o voto fosse decisivo singularmente, mas, principalmente, pela relação que o Estado Nacional passava a ter com os governadores, como alerta José Murilo de Carvalho: "[...] a ideia do compromisso coronelista pode ser mantida sem que se dê ao voto peso decisivo. Se os governadores podiam prescindir da colaboração dos coronéis tomados isoladamente, o mesmo não se dava quando considerados em conjunto. A estabilidade do sistema como um todo exigia que a maioria dos coronéis apoiasse o governo, embora essa maioria pudesse ser eventualmente trocada. As manipulações dos resultados eleitorais sempre beneficiavam um grupo em detrimento de outro e tinham um custo político. Se entravam em conflito com um número significativo de coronéis, os governadores se viam em posição difícil, se não insustentável. Basta mencionar os casos da Bahia, de Goiás, do Ceará e de Mato Grosso. Em todos eles, os governadores foram desafiados, humilhados e mesmo depostos. São também conhecidos os casos de duplicatas de assembleias estaduais, de bancadas federais e até mesmo de governadores. As duplicatas de assembleias eram no mínimo embaraçosas para os governadores e podiam preparar o caminho para a intervenção do governo federal, numa confirmação da natureza sistêmica do coronelismo". (*Ibidem*)

Um terceiro sentido pode ser buscado na *perspectiva da relação econômica do Estado de Goiás com o cenário nacional*, isto é, a relação região/nação. Estado periférico, compondo a lógica do desenvolvimento desigual e combinado do capital, Goiás almejava construir uma face produtiva do Estado para com ela comparecer no cenário nacional. É com esse intuito que a revista *Informação Goyana* foi mantida no Rio de Janeiro de 1918 a 1935.

Ao debate nacional acerca da produtividade econômica do homem do campo brasileiro, tratado como roceiro ou caipira e detratado por Monteiro Lobato desde 1914 como Jeca Tatu, doente, preguiçoso, sem higiene e sem saúde, homem que vivia "de cócoras" e, portanto, improdutivo frente ao imigrante estrangeiro economicamente produtivo, Hugo de Carvalho Ramos responde de forma indignada a partir de dois ensaios intitulados "Populações Rurais" e "O interior goiano":

a) diferenciando os tropeiros e os boiadeiros, homens de fazendas de criação, dos roceiros e dos queijeiros, homens que viviam perto dos ribeirões e que plantavam para a subsistência;

b) diferenciando o roceiro brasileiro, Jeca Tatu, abandonado pelo governo, do imigrante europeu, que, quando chegava ao Brasil, ganhava terras com vias de acesso e recursos fáceis, casa, instrumentos de trabalho, ajuda nos primeiros tempos etc. O nosso caipira, que nada tinha e nada ganhava — pelo contrário, não tinha terras nem meios —, agregava-se aos grandes proprietários, alugava o braço ou se tornava arrendatário, vivia segregado de seu tempo e isolado no interior, sem instrução ou vias de comunicação — uma denúncia e uma defesa do homem rural brasileiro.

O elemento estrutural reformador e necessário dessa situação de penúria viria dos transportes, da instrução e do saneamento patrocinados pelo Estado, conforme Hugo de Carvalho Ramos observa em três pontos do texto:

> Gira, portanto, o atraso, atual das nossas populações rurais em torno deste primeiro ponto essencial: boas vias de comunicação. Delas decorrem, dada a dispersão territorial, a instrução, o saneamento etc., e outras formas manifestadoras da cultura de um povo. (HCR. "Populações Rurais", em: Últimas Páginas, p. 244)

> Melhoradas as condições de moradia, e, sobretudo, com a aplicação de métodos de cultivo dos campos que os afastem das baixadas de terras virgens, de mui fácil e abundante produção, porém tão perigosas, facilitados os meios de comunicação e difundido o ensino com o estabelecimento de escolas rurais ou, visto a sua impossibilidade presente, missões médicas que lhes incutam em linguagem chã e eficaz princípios preventivos de higiene, e veremos sanados de vez os males que tão grande alarma têm suscitado ultimamente entre nós (HCR. "O Interior Goiano", em: Últimas Páginas, p. 358)

> Se ao invés de malsinarmos o elemento nacional, déssemos-lhe o apoio, a assistência que se concede às levas imigratórias, facilitando-lhe as regalias e recursos de que goza o estrangeiro, outra seria a nossa opinião a respeito de suas aptidões para o trabalho. [...]
> Fosse o caboclo fator negativo do progresso, e os quadros estatísticos da produção global do país seriam uma sequência de zeros relativos ao Norte. (HCR. "Populações Rurais", em: Últimas Páginas, p. 242)

Pois bem, nesse sentido, *Tropas e Boiadas* contém um só conto sobre o caipira, "Ninho de Periquitos", em que o roceiro Domingos é louvado como um homem de iniciativa e coragem, um "deus selvagem", quando corta a mão recém-picada por uma cobra urutu. Os demais são contos de homens de fazendas de criação, tropeiros e boiadeiros, homens produtivos, capazes de representar Goiás produtivamente no cenário nacional. E daí *Tropas e Boiadas,* título-emblema de uma economia produtiva com que o estado deveria comparecer junto aos seus pares (VICENTINI, 2015).

✳

IV

Há também outros sentidos derivados em curso, especialmente a originalidade da amostra espacial de Hugo de Carvalho Ramos em relação ao sertão goiano: o *sertão goiano é um sertão rendilhado.* O sertão mostrado por Hugo é feito de caminhos, estradas, vendas à beira dessas estradas, viajantes, tropeiros, pousos, boiadeiros, passagens de bois, descidas do homem às suas lavras. Mesmo em "Gente da Gleba", o único conto situado num espaço fixo (a Fazenda Quilombo) se inicia com Benedito caminhando pela estrada a chegar ao povoado. Depois, descreve o mesmo Benedito levando, estrada afora, os bois do patrão, cortando o rio; Benedito também corta caminhos como feitor à procura do negro fugido Malaquias.

As paisagens descritas em sua fauna e flora, sombras e luz, localidade e horizonte surgem e desaparecem porque os personagens andam, viajam sob o sol ou sob a chuva: o início do conto "Caminho das Tropas", tão enfatizado esteticamente pelo crítico Cavalcanti Proença, é a chegada ao pouso; em "Bruxa dos Marinhos", a passagem pela venda; em "Caçando Perdizes", o estudante da cidade que vagueia no sertão adusto; já em "Poldro Picaço", uma viagem pelos caminhos sertanejos do narrador com um ex-domador de cavalos agora feito guia; ou o viajante que, debaixo da chuva, aporta à casa da cabocla lazarenta; e por aí vai: contos de quem viaja, leva e traz mercadorias, estabelecendo a comunicação entre o Sul e o Centro-Oeste, rendilhando o sertão. Atualmente, essas andanças são feitas nas caminhonetes do agronegócio e no sentido cidade/zona rural.

✳

V   Comparece também mais um sentido relativo ao espaço: o da *relação campo-cidade* numa perspectiva de diferença entre artificialidade/autenticidade: a cidade, civilizada, mas artificial, como no conto-carta "Nostalgias"; e o sertão exótico, hiperbólico de "Caçando Perdizes", quando a pele de uma sucuri de sete metros vai parar no quarto de dormir do estudante na cidade. Também podemos dizer que este ponto é "derivado" porque é um subsentido da dualidade litoral/sertão, já configurada desde o sertanismo literário de Alencar e Taunay e, de modo muito especial, por Euclides da Cunha n'*Os Sertões*, e que leva aos polos contrapostos de atraso (barbárie)/civilização.

O sertão é terra desconhecida e despovoada, atrasada, ou desvalida, como em Euclides e Taunay (e no conto de Hugo Ramos, "Pelo Caiapó Velho", a mulher solitária e doente à beira da estrada), mas também é marco de uma identidade, no caso do escritor regionalista: a identidade citadina de homem letrado frente ao homem iletrado e supersticioso do sertão adusto ou, melhor dizendo, o escritor que pode representar esse homem adusto, mas que não se confunde com ele, numa formação de alteridade individual.

✳

VI Essa identidade de homem letrado fica bastante clara em parte da estilística de Hugo. De um lado, uma *estilística classicizante ou literatizante*, integrada aos modelos clássicos literários finisseculares, principalmente do parnasianismo, que transparece nos pronomes oblíquos, na concordância correta, no bom uso dos modos e tempos verbais, preposições, precisão vocabular que ele coloca na boca de seus personagens, principalmente na boca do narrador. Hugo de Carvalho Ramos chegou a revisar a linguagem letrada, conforme bem estudou Gilberto Mendonça Teles (1971), tentando uma frase mais informal para uma segunda edição de seu livro — que não chegou a publicar porque morreu antes. Nessa estilística, ele é um narrador distanciado e autoritário; é o narrador que vê, enxerga, etnografa, cataloga, como fizeram os viajantes do final do século XIX que andaram Brasil afora.

✺

VII

De outro lado, no entanto, há nele uma *perspectiva mais dialógica* — mesmo que incipiente —, que permite, na fala do narrador, a fala do sertanejo, ensejando o discurso indireto livre, realizando uma novidade textual para o tempo e permitindo que as particularidades do linguajar regional sertanejo entrem no vocabulário de sua frase e componham a sua melhor estilística. Esse dialogismo ainda incipiente promove também o chamado narrador perplexo ou desentendido, que, se utilizando do reconto (i.e., contar para o leitor uma narrativa que ouviu) não percebe qual história lhe foi contada de fato e não tem pejo de se mostrar desentendido. Daí, pergunta, interroga a quem lhe narrou sobre os finais da história contada e, com isso, aponta mais para o modo de narrar de seu interlocutor que para a sua narrativa propriamente dita. E, assim, demonstra uma espécie de psicologia — e uma diferença, claro — do sertanejo.

Esse, narra dissimulada e humildemente, difundindo as partes e os sentidos do que quer contar, desorientado, narrando de forma diferente do homem letrado (que reconta a estória e figura o narrador oral tal e qual, isto é, desorientado), com tendência a reduzir a expressão ao essencial; a não colocar artifícios refreando as reações afetivas; a fazer predominar a palavra narrativa sobre a descritiva; que prioriza o imediatismo das narrações, cujas formas complexas se constituem por acumulação; e que busca a impessoalidade (mesmo que nem sempre conseguida). Contos como "Poldro Picaço" ou "A Bruxa dos Marinhos" corroboram essa perspectiva. Neles, o narrador se desfaz da perspectiva do viajante que vê, e se faz aquele que ouve, interroga, desentende, se humaniza e humaniza e universaliza o personagem que constrói (Menendez-Pidal *apud* ZUMTHOR, 1997, p.132). Como diz o próprio Zumthor:

> O espaço do discurso, espremido mas sobrecarregado de valores alusivos, não dá espaço senão aos elementos nucleares da frase, ao que a elipse, a suspensão conferem uma ambiguidade, até mesmo uma vacância semântica, obrigando deliciosamente à interpretação (...) O sentido emerge de um não lugar, de um não dito, no espírito do ouvinte, a cada performance mutável ...[...] (*Ibidem*, p. 140).

✹

VIII E há um terceiro lado desses procedimentos narrativos: a *narrativa* que termina no clímax, *sem desfechos*, que é uma forma de colocar o leitor em suspense e estabelecer do relato um *exemplum*[5] *didático* a ser refletido: "Mágoa de vaqueiro", "Alma das Aves", "Ninho de Periquitos" confirmam isso e se contrapõem às narrativas de finais comentados, como "Peru de Roda" (através das modinhas cantadas) e "Caçando Perdizes" (essa, ainda se estabelecendo como uma narrativa que expõe, claramente, a diferença entre o narrador, estudante letrado e citadino, e o universo sertanejo adusto, bizarro e grotesco).

✶

IX Junto a isso estão contos como "À Beira do Pouso" e "Caminho das Tropas" — que tanto Mário de Andrade quanto Cavalcante Proença ilustraram criticamente. Inclusive, Cavalcante Proença (1986) demonstra a estilística visual e viandante de Hugo num belíssimo texto, reproduzido em quase todas as edições de *Tropas e Boiadas*, e, com justiça, o melhor que já se escreveu sobre Hugo de Carvalho Ramos. Ambos são contos que caminham para a folclorização do sertão pelo veio do cômico (como fizeram Simões Lopes Neto, em *Casos*

---

5   Gênero didático-literário medieval, o exemplum compunha coleções de exempla ou "exemplários" — do latim exemplum ("exemplo"), que, embora já existissem desde a Antiguidade, seu desenvolvimento ocorre entre os séculos XI e XII no meio monástico, sobretudo entre os cistercienses, passando a ser um gênero literário amplamente difundido a partir do século XIII. Com seu caráter narrativo (por meio de anedotas, fábulas, lendas, etc.), usavam-se exempla como adorno para exposições teóricas ou teológicas.

de Romualdo, e Graciliano Ramos, em *Histórias de Alexandre*). Porém, são contos que *renunciam criticamente à épica do heroísmo sertanejo em função de um sertão mais trágico* (como em "Mágoa de Vaqueiro", "Peru de Roda", "Gente da Gleba", "Pelo Caiapó Velho", "Ninho de Periquitos" e "Alma das Aves") e, por isso mesmo, de um realismo mais irônico e moderno. Aliás, essa renúncia do heroico em função do trágico, que, no entanto, não leva à piedade, mas ao grotesco mais friamente exposto, já é uma inovação também do naturalismo de Hugo de Carvalho.

※

X

Essa formulação de identidade frente ao outro, esse tipo de alteridade que se utiliza do outro para definir a si próprio, ao lado de uma alteridade humanizadora, que deixa que o outro se mostre como ele é na sua subjetividade de perceber o mundo e se expressar, imprimem sempre ambiguidades aos textos regionalistas, em geral, e não somente em Hugo, e apontam para mais um sentido, que é o da *heterogeneidade* de uma obra como *Tropas e Boiadas*, ou do regionalismo como corrente literária, pelo menos nesse período. Ou seja, sem nenhum tipo de pejo literário, o escritor regionalista — e Hugo faz isso — coloca em sua obra lendas, trovas e superstições recolhidas, história (em rodapés), introduções informativas, glossários etc. ao lado de seus contos criativos.

O conceito de heterogeneidade de Cornejo Polar, que diz ser um texto heterogêneo aquele que é, no mínimo, contraditório, porque tem um elemento que "[...] não coincide com a filiação dos outros e cria na obra, necessariamente, uma zona de ambiguidade e conflito" (POLAR, 1977, p. 12), responde bem a esse tipo de produção. Ou seja, são heterogêneas obras cujos referentes empíricos não conseguem estruturar uma forma estética pertinente, apontando níveis sociais e estéticos desiguais aos de sua produção; ou por se destinarem a um consumo diferente; ou porque o escritor parte de uma consciência de polo hegemônico, incapaz de penetrar numa matéria-prima que lhe é estranha; ou porque fratura o mundo representado e o modo de apresentá-lo; ou apresenta formas estéticas avançadas ou anacrônicas, incoerentes com o sistema reproduzido; enfim, obras que apresentam estruturas díspares em convivência (VICENTINI, 2015).

Tal não significa, no entanto, um conceito negativo, porque essa defasagem pode ganhar positividade, quando a obra tipo "miscelânea" passa a ser um tipo de resistência a um cânone ou modelo transplantado através da formulação de outro modelo, como fez Euclides da Cunha n'*Os Sertões*, dividindo o seu texto em três partes e preenchendo-o com história, sociologia, opinião etc.

E essa heterogeneidade só pode ser explicada pela história propriamente dita:

> Recorrer à história permite, de imediato, explicar as razões da pluralidade literária latino-americana, que em grande parte procede do desenvolvimento desigual de nossas sociedades. Esta única comprovação, talvez óbvia mas necessária para não se cair nos excessos de etnicismo, modifica substancialmente todo o campo do problema. Efetivamente, a perspectiva histórica obriga a considerar, em que pese a pluralidade real de nossas literaturas, que existe um nível integrador concreto [...] (POLAR, 2000, p. 30).

De maneira que, apesar do sentido etnográfico que existe dentro de *Tropas e Boiadas*, mas também por causa dele e da denúncia social, e dada a militância intelectual e nacionalista de Hugo de Carvalho Ramos, *Tropas e Boiadas* é, afinal, um livro cujas perspectivas política e histórica são bastante acentuadas. Se há a dialética da identidade do rincão goiano e da sua alteridade com as outras regiões do país no inventário dos usos e costumes locais, a essa identidade e alteridade, no entanto, se junta um momento histórico também local que, politicamente falando, é preciso denunciar, especialmente porque discute a possível modernidade nacional regeneradora — ou mesmo o jogo campo-cidade sempre sub-reptício nesse tipo de literatura — das questões da Primeira República brasileira e as ideias desse tempo.

Os sentidos que até aqui apresentamos, o diagnóstico da Primeira República que o livro de certa forma apresenta e o conjunto de ideário de reformas proposto por Hugo de Carvalho Ramos, justificam a modernização conservadora que se daria no país a partir dos anos 1930, com a formulação de um forte governo central de Getúlio Vargas, guerra às oligarquias e coronelismos, como assinalam Peres e Terci (2001, p. 144): "o poder central ...[...] teria se transformado na única via de construção do Estado moderno no Brasil, capaz de se orientar por mecanismos racionais".

✺

XI

Ademais, Hugo de Carvalho Ramos é, de fato, um autor de transição entre um tipo de literatura que abraçava uma perspectiva englobante de mundo representada em romances que apanhavam vários caracteres cujas histórias tinham de estar ligadas entre si, gerindo uma história sintagmática com início, meio e fim — José de Alencar foi o nosso grande mestre nisso —, e uma outra, de mundo fragmentado em contos (ressalte-se que o conto virara moda com Edgard Allan Poe e com o surgimento dos *magazines*) em que terceiros personagens eram até difíceis de aparecer, e em que o mundo a ser representado o era pela equivalência dos próprios contos entre si, uma somatória deles, numa espécie de autonomização das partes — que acontece, inclusive dentro de contos como "Caminho das Tropas", "Peru de Roda", "Gente da Gleba" e "Alma das

Aves" —, gerindo estudos independentes, num realismo mais flaubertiano, paradigmático, misturado a um naturalismo de feição trágica e grotesca (VICENTINI, 1997).

Jorge Luiz Borges, no pequeno artigo "Kafka e seus precursores" (2007), aponta que as obras posteriores é que fazem da anterior uma precursora, ou seja, o autor novo cria sua própria tradição. T. S. Eliot (1989), também em um pequeno artigo intitulado "Tradição e talento individual" (esteira que Harold Bloom seguiria mais tarde) aponta que uma obra posterior influencia/ressignifica toda a temporalidade da tradição ou, melhor dizendo, o presente lança luz sobre o passado e modifica a tradição, apontando aí os precursores, ressignificando não somente a ordem dessa tradição como também os sentidos de cada obra que nela se inclui. Nesse senso histórico, Hugo de Carvalho Ramos está na raiz do regionalismo que lhe foi posterior.

Assim, o grotesco é — ao lado do discurso indireto livre (um legado de H. C. Ramos para Valdomiro Silveira, Graciliano Ramos e Bernardo Élis, principalmente) e da oralidade secundária, aquela "que se recompõe através da escrita" (ZUMTHOR, 1997, p. 37) ou da cultura letrada pelo recontar a história que ouviu (outro legado de sua obra que chegou até Guimarães Rosa) — um outro legado de sua obra. Essa, agora, passa a ser fruto do simbolismo que ele tanto praticou em sua prosa poética e que pode ser lida em *Escritos esparsos,* mas que soube inovar, tingindo-o de um naturalismo frio, moderno e integrado à denúncia social de que ele foi também um precursor.

É esse grotesco que permite a fuga do heroico e a assunção do trágico que não envolve a piedade, conforme dissemos, e se tornará, inclusive, uma marca do regionalismo goiano de feição mais séria (no caso, por oposição ao regionalismo voltado à comédia, como o de Pedro Gomes, por exemplo), praticado por Bernardo Élis, Eli Brasiliense, Jose Godoy Garcia, Carmo Bernardes, Bariani Ortêncio, entre outros.

XII Resta dizer do que ler do sertão de Hugo de Carvalho no presente. Hoje se deve também buscar, em *Tropas e Boiadas*, ler se o "sertão adusto" goiano, como ele mesmo o chamou, ainda existe, porque a semântica do *sertão* vem sendo, atualmente, pelo menos em Goiás, trocada pelo conceito de *cerrado*, com implicações principalmente econômicas, mas também culturais. "Cerrado" é um vocábulo sempre aliado a condições geográficas, sim, até porque é interdiscurso da geografia física — discurso asséptico e científico, diga-se de passagem —, ou seja, um discurso preciso e verificável, mas que, depois dos anos 1970, foi ligado, com relevância, à produtividade econômica da soja, da cana e do turismo (VICENTINI, 2016).

O uso da palavra "cerrado" para caracterizar algo mais que uma região física é recente e parece aliar-se, historicamente, ao surto de desenvolvimento capitalista que Goiás teve a partir do início do século XX e que tem modificado a face do estado. As principais ações anteriores a essas modificações foram: os estudos da Missão Cruls para a mudança da capital federal do Rio de Janeiro para Goiás; os trilhos da estrada de ferro da Mogiana e da Paulista (Araguari-Roncador e Araguari-Catalão), que chegaram ao centro-sul de Goiás em 1912; a mudança da capital de Vila Boa para Goiânia, entre 1932 e 1942; os estudos do Marechal Rondon para a implantação do telégrafo; a Marcha para o Oeste dos anos 1940, movimento que colocou o território como preocupação central e, de quebra a Geografia como disciplina crucial ao desenvolvimento capitalista; a criação das Colônias Agrícolas, especialmente a de Ceres; a expedição Roncador-Xingu efetuada pelos irmãos Villas-Boas como parte dos trabalhos da Fundação Brasil-Central; a construção da Belém-Brasília (2.200 km). Entretanto, de modo especial,⁶ foram os programas governamentais, tipo POLOCENTRO (Programa de Desenvolvimento dos Cerrados), que se distinguiram por sua natureza tipicamente setorial e se estruturaram em algumas atividades básicas, especificamente dotação de infraestrutura, pesquisa agropecuária e concessões de crédito (ESTEVAM, 1998, p. 166) e as pesquisas científicas, lideradas pela EMBRAPA (Empresa Brasileira de Pesquisa Agropecuária), que objetivaram viabilizar economicamente as "terras estéreis do cerrado", praticadas em centros e campos experimentais construídos na região, inclusive com disponibilidade de assistência técnica gerida pela EMBRATER (Empresa Brasileira de Assistência Técnica e Extensão Rural). Desde essas pesquisas, o cerrado passaria a grande produtor (monocultor) de soja, milho e cana, instituindo-se como solo produtivo.

O crédito rural, outro segmento básico do POLOCENTRO (ESTEVAM, 1998, p. 167), também fortaleceu de maneira acelerada o processo no campo goiano.⁷ A diversidade das linhas de crédito, bem como as taxas de juros subsidiadas, estimularam grande número de interessados a se instalar nos cerrados, facilitando a geração de "empresas-fazendas", uma vez que a infra-

---

6   Neste ponto 13, seguimos de perto nosso livreto *Tal sertão, qual cerrado?* Goiânia: Ed. UFG, 2016. E, na descrição do desenvolvimento do capitalismo em Goiás, seguimos de perto o livro de: ESTEVAM, Luís. *O Tempo da transformação: Estrutura e dinâmica da formação econômica de Goiás*. Goiânia: Ed. do Autor, 1998.

7   Diz Estevam (1998, p. 175): "O plantio da soja em Goiás, de um lado, esteve associado à mobilidade espacial dos migrantes do Sul do país, 'empurrados' da origem pela concentração de terras — rumo às regiões de fronteira; de outro, pelo avanço técnico nas pesquisas de plantio no cerrado e pelo crédito concedido pelo governo federal."

estrutura básica estava assegurada (inclusive para os insumos agropecuários) e o apoio técnico e científico das pesquisas — via assistência —, também.

Assim, a agropecuária do cerrado tornou-se "moderna e produtiva", embora cruel e perversa, porque desigual, e a monocultura passou a ocupar os espaços desabitados do interior goiano, afinal, o que é produtivo, nessa lógica, não precisa ser povoado. Goiás, pela facilidade do crédito rural e pelo fato de esse desenvolvimento capitalista no Brasil se ter dado do sudeste para o norte e do litoral para o sertão, passou a receber os migrantes de São Paulo e do Sul do país, que se assentaram em grandes fazendas, até porque o valor da terra no Estado era baixo. Goiás, de certa forma, conseguiu se inserir no grande cenário da produção agrícola brasileira como estado parceiro, e não mais periférico. Todas essas ações tiveram um fundamento territorial para livrar o estado do isolamento que sempre fora padrão nos discursos e relatórios oficiais desde os tempos da Capitania e para forçar a integridade do território nacional. A construção de Brasília e a sua inauguração nos anos 1960 preencheriam e coroariam essas empreitadas anteriores de conhecimento da região e integração nacional, quando o estado goiano começou a viver um profundo movimento populacional, e conheceu a instalação de redes comerciais, pequenas indústrias, mercado, e intercâmbio de importações e exportações. Ou seja, de maneira muito especial, foram todas essas ações, consolidadas dentro do discurso de planificação capitalista, que cimentaram Goiás como estado agrário — adjetivo que o caracteriza até hoje — e como parte do desenvolvimento desse modo de produção no país.

O resultado social disso foi a transformação das velhas relações de trabalho no campo que guardavam proximidade com a terra, servindo, pelo menos em parte, para a garantia da reprodução familiar do agricultor. Ocorre a proletarização do trabalho no campo e, com ela, a mão de obra rural temporária, os boias-frias, ou a mão de obra "volante" (*Ibidem*, p.161), substituindo as antigas figuras do vaqueiro e do boiadeiro, dos moradores fixos da fazenda e da agricultura de subsistência. Esse conjunto de transformações estruturais do sistema capitalista ocorreu até os anos 1970-1980. Desde então, e em decorrência dele, outros processos externos e internos ao campo se acumularam e, em certo sentido, diminuíram a distância entre o urbano e o rural. Entre eles estão, principalmente, a integração da agricultura aos complexos agroindustriais, com uma especialização crescente dentro das unidades agropecuárias, permitindo o aparecimento de novos produtos e mercados; o desmonte de algumas unidades produtivas, cujos serviços passaram a ser executados por terceiros; o crescimento do emprego no meio rural, especialmente de profissões técnicas especializadas agropecuárias, ou mesmo de profissões tipicamente urbanas, como administradores, motoristas, contadores etc., não vinculados às atividades agrícolas, mas a empresas; a formação de redes, vinculando fornecedores, agricultores, agroindústrias, prestadores de serviços e distribuição; a infraestrutura social como acesso a alguns bens públicos como previdência, educação, meios de transporte etc. (MATTEI, 2008, p. 417); e o acesso a bens e a serviços "modernos", como luz, telefone, televisão e eletrodomésticos. Tanto isso é verdade que as tradicionais denominações de "fazenda" e "fazendeiro" foram substituídas pelas de "empresa rural", "empreendedor rural", "administrador rural" etc., dada a pouca diferença que se foi estabelecendo entre o meio urbano e o meio rural, hoje designado como território do "agronegócio" (VICENTINI, 2016).

Além dessas dinâmicas, outras se fizeram a partir dos anos 90, em função da importância que adquiriram, nas regiões mais urbanizadas do país, as demandas da população por áreas de lazer e/ou segunda residência (casas de campo, chácaras de recreio) bem como por serviços a elas relacionados, como caseiros, jardineiros, empregados domésticos etc. (e, aqui, o ex-peão das fazendas se transforma em caseiro do sítio de lazer do patrão da cidade); e a demanda por terras não agrícolas por parte de empresas prestadoras de serviços para fugirem de condições desfavoráveis das cidades, como tráfego, poluição, pequenos lotes, vizinhança etc. (Idem, p. 419).

Essas novas dinâmicas implementaram, para além da mão de obra volante, o que se denomina hoje de pluriatividade, ou seja, a alocação de atividades econômicas não necessariamente agrícolas, mas implantadas no meio rural, ligadas à produção artesanal, ao turismo rural, à preservação ambiental etc., que geram formas de ocupações para as populações rurais, especialmente para as famílias, além de, evidentemente, uma pequena prática da agricultura e/ou pecuária exercida pela unidade familiar (Idem. Ibidem).

Ou seja, o sertão adusto de Hugo de Carvalho Ramos mudou e muito, mas nem tanto assim. Virou cerrado, mas continua desigual nas relações de trabalho: o boia-fria, o trabalhador terceirizado de hoje, era o boiadeiro ou o peão das fazendas, como denunciou Hugo, porque destituído de direitos, de contratos etc. Em quaisquer que sejam as relações de trabalho, pouco mudou, seja no coronelismo sub-reptício na atualidade, porque só transparece na maneira negligente e rude como o empreendedor rural trata o seu trabalhador braçal, "pau pra toda a obra", ou como trata o trabalhador adjunto da família como escravo doméstico ou caseiro-vigia do território; seja no distanciamento das atividades agrícolas que se processou no campo, fazendo do ex-pequeno-lavrador um simples agente da monocultura, do turismo ou dos pequenos serviços, normalmente ao encargo de poucos "funcionários", afinal, o empreendimento rural emprega pouca gente.

Culturalmente, e talvez para apagar essa face perversa dos desenvolvimentos do capital ou, ainda, para desenvolver outras, a partir dos anos 1980 apareceram alguns interdiscursos culturais que denotaram logo a sua fragilidade em virtude de sua reprodução e assimilação. Um deles, copiado de externos, foi o estilo *country*, em interface com o capitalismo norte-americano, seu modelo econômico, que Goiás recebeu, no plano cultural, via migrantes paulistas. Cresceu, nesse estilo, a chamada música sertaneja, que então passou a se opor à música de raiz — do sertão —, com as duplas sertanejas do estado liderando as audiências em conluio com a mídia nacional. Apareceram também os rodeios, seguindo a mesma rota.

O resultado do novo substantivo com que o Estado se denomina hoje — "cerrado" — parece ainda estar em construção. Seus produtos culturais, aparentemente, não têm correspondido totalmente à história do cerrado em termos de usos e costumes. Por ora, o que se tem feito é transferir o discurso desses usos e costumes da tipologia do sertão para o cerrado, embora, como se viu, a ideia de "cerrado" pouco tenha a ver com aquela de "sertão". Isso porque o discurso do sertão, que antecedeu ao do cerrado e vem sendo por ele substituído, era (é) um discurso que remontava ao passado da colonização — veja-se o caseiro do sítio e suas estórias no conto "Nostalgias", de *Tropas e Boiadas* — e, portanto, era um conceito que repunha sempre em cena uma alteridade que se transformava, mas não se erradicava com a história, porque foi no rastro do bandeirantismo que se fez o mundo rural povoado de fazendas e cidadezinhas, matas, rios etc., a que se denominou sertão. E o sertão, aos poucos, se ampliou para as cidades interioranas, deixando de remontar somente à singularidade do mundo rural, mas mantendo-a e também criando novas alteridades, especialmente a de *hinterland*, ou interior do país.[8]

A noção de sertão, já acusada em outro artigo nosso,[9] nunca foi precisa ou asséptica. Ao contrário, sempre foi uma noção dispersa, estudada pelo pensamento social brasileiro, pela administração governamental, pela universidade (nas disciplinas de história, antropologia, ciências sociais) e pela literatura, chegando a se constituir como arquétipo de um processo de colonização típico do povo português. Mas sempre foi uma noção imprecisa, porque acumulada.

Guimarães Rosa foi, em certo sentido, o ápice dessa dispersão quando disse que "o sertão está em toda a parte" ou "o sertão está é dentro da gente". Subjetivando esse conceito, quis, entre outras coisas, dizer que o sertão está (ou estava) em toda a parte emocional e culturalmente falando, mas não está (nem estava) em parte física nenhuma, ou está (estava) em todas elas.

No pensamento social brasileiro, a literatura, de certa maneira, auxiliou a transformar o conceito de sertão em um conceito cumulativo, embora dicotômico, sempre oposto a litoral ou a capital, no caso do interior.

E é a história desse sertão que está configurada em *Tropas e Boiadas*, ou seja, ler Hugo de Carvalho Ramos hoje é se inteirar da história de seu tempo e encará-la também como precursora dos tempos atuais, que mudaram, mas não muito: se há o novo, há também um passado que não passou, que sobrevive tanto particular quanto singular de nosso estado e de nossa identidade. E, tanto na história quanto nas estórias de Hugo, é um passado precursor do presente e por ele modificado: rupturas e continuidades, modos pelos quais caminha a história.

---

8   Vários livros regionalistas já acusam essa aliança a partir dos anos 70. Por exemplo: *Essa Terra (1976), de Antônio Torres; Nunila (1984), de Carmo Bernardes.*

9   Cf. "Regionalismo literário e os sentidos do sertão", de 2008.

É a par disso que a contribuição de sua obra (literária e ensaística) permanece inalterável para as questões do regionalismo, sendo uma das fontes fundamentais para a tessitura da literatura brasileira e da história do estado e do Brasil, especialmente porque as questões do regionalismo exigem questionar a nação e põem em causa sua tessitura. Colocar o regionalismo em pauta é colocar a nação em pauta. E isso é, tanto ontem como hoje, necessário para enfrentar a urgência ética de pensar o Brasil. E Hugo de Carvalho Ramos é uma contribuição seminal nesse enfrentamento tão indispensável hoje.

GOIÂNIA, JANEIRO DE 2024.

REFERÊNCIAS

BENJAMIN, W. *Magia e Técnica, Arte e Política: ensaios sobre literatura e história da cultura*. São Paulo: Brasiliense, 1986.

BORGES, J. L. "Kafka e seus precursores", em: *Outras Inquisições*. Trad. Davi Arrigucci Jr. São Paulo: Cia. das Letras, 2007.

BOURDIEU, P. *O poder simbólico*. Lisboa: Difel, 1989.

CARVALHO, J. M. de. "Mandonismo, Coronelismo, Clientelismo: Uma Discussão Conceitual", em: *Dados*, v. 40, n. 2, p. 229–250, 1997. Disponível em: < https://www.scielo.br/j/dados/a/bTjFzwWgV9cxV8YWnYtMvrz/?lang=pt# >.

ELIOT, T. S. *Ensaios*. Trad. Ivan Junqueira. São Paulo: Art Editora, 1989.

ESTEVAM, L. *O Tempo da transformação: Estrutura e dinâmica da formação econômica de Goiás*. Goiânia: Ed. do Autor, 1998.

FRANÇA E SOUZA, M. S. *A sociedade agrária em Goiás na literatura de Hugo de Carvalho Ramos*. Dissertação de Mestrado: USP/UFG/ICHL. Goiânia, 1978.

MATTEI, L. "Pluriatividade no contexto da ruralidade contemporânea: evolução histórica dos debates sobre o tema", em: *Revista Econômica do Nordeste*. Fortaleza, v. 39, n.3, jul-set. de 2008. p. 411-422.

ONG, W. J. *Oralidad y escitura: Tecnologías de la palabra*. México: Fondo de Cultura Económica, 1987.

ORTIZ, R. *A moderna tradição brasileira: cultura brasileira e indústria cultural*. São Paulo: Brasiliense, 1994.

PEREIRA, L. M. *Prosa de ficção*. São Paulo: Edusp; Belo Horizonte: Itatiaia, 1988.

PERES, M. T. M. e TERCI, E. T. "Revisitando a modernidade brasileira: nacionalismo e desenvolvimentismo", em: *Impulso: Revista de ciências sociais e humanas*, n. 29, vol. 12, pp. 132-153. Piracicaba: Editora Unimep, 2001. Disponível em: <www.yumpu.com/s/L6SThAFfsT6NoqO6>.

POLAR, C. "El indigenismo y las literaturas heterogéneas: su doble estatuto socio-cultural", em: *Actas — Seminário de crítica literária en latinoamerica*. Caracas, s/ref., 1977.

_____. *O Condor voa. Literatura e cultura latino-americanas*. Org. Mario Valdés; Trad. Ilka Carvalho. Belo Horizonte: Editora UFMG, 2000.

PROENÇA, M. C. "Literatura do Chapadão", em: RAMOS, H. C. *Tropas e boiadas*. Belo Horizonte: Itatiaia, 1986.

RAMOS, H. de C. Obras completas. (OC) São Paulo, Editora Panorama, 1955.

_____. Tropas e boiadas. (TB) Goiânia, Editora UFG/Fundação Cultural Pedro Ludovico Teixeira, 1998.

SALES, T. "Raízes da desigualdade social na cultura política brasileira", em: *Revista Brasileira de Ciências Sociais*, nº 25. Disponível em: < http://pensamentopoliticobrasileiro.blogspot.com.br/2009/03/teresa-sales-raizes-da-desigualdade.html >

SCHWARZ, R. "As ideias fora do lugar", em: *Ao vencedor as batatas*. São Paulo: Duas Cidades, 1992.

sevcenko, n. *Literatura como Missão, Tensões Sociais e Criação Cultural na Primeira República*. São Paulo: Brasiliense, 1995.

SPINELLI, J. A. *Coronéis e Oligarquias no Rio Grande do Norte: (Primeira República) e outros estudos*. Natal: EDUFRN, 2010.

sussekind, f. *O Brasil não é longe daqui*. São Paulo: Companhia das Letras, 1990.

TELES, G. M. "Hugo de Carvalho Ramos: gramática e estilo", em: MOTTA, A.V.B. *Aspectos da cultura goiana*, v. 1. Goiânia: DEC/Oriente, 1971.

VICENTINI, A. "Gente da gleba: heterogeneidade, história e política", em: COSTA, C.B. e RIBEIRO, M.E.S.C. *Fronteiras móveis: história e literatura*. Belo Horizonte: Fino Traço, 2015.

_____. *O regionalismo de Hugo de Carvalho Ramos*. Goiânia: Ed. UFG. 1997. (Col. Quíron).

_____. *A narrativa de Hugo de Carvalho Ramos*. Col. Debates. São Paulo: Ed. Perspectiva, 1986.

_____. *Tal sertão, qual cerrado?* Goiânia: Ed. da UFG, 2016. (Edição tipográfica).

_____. "Regionalismo literário e sentidos do sertão", em: *Sociedade e Cultura*, Goiânia, v. 10, n. 2, 2008. DOI: 10.5216/sec.v10i2.3140. Disponível em: < https://revistas.ufg.br/fcs/article/view/3140 >.

ZUMTHOR, Paul. *Introdução à poesia oral*. Trad. Jerusa Pires Ferreira. São Paulo: Hucitec, 1997.

O presente volume foi entregue á typographia "Revista dos Tribunaes" em Dezembro de 1916, terminando a sua impressão em fins de Fevereiro do anno de 1917, epoca em que foi posto á venda.

Que o presente exemplar de "Tropas e Boiadas", accrescido de "Pés de Roda", e summariamente revisto pelo autor, sirva de modelo a futuras edições.

Capital Federal, 25 de Março de 1919.

Hugo de Carvalho Ramos

5   Manuscrito de Hugo de Carvalho Ramos, escrito no dorso do frontispício de um exemplar da primeira edição de *Tropas e Boiadas*, com os seguintes dizeres:

> O presente volume foi entregue à typographia "Revista dos Tribunaes" em Dezembro de 1916, terminando a sua impressão em fins de fevereiro do ano de 1917, época em que foi posto à venda.
>
> —
>
> Que o presente exemplar de *Tropas e Boiadas*, acrescido de "Peru de Roda" e sumariamente revisto pelo autor, sirva de modelo a futuras edições.
>
> Capital Federal, 25 de março de 1919
>
> *Hugo de Carvalho Ramos*

Dados Internacionais de Catalogação na Publicação (CIP)
(Câmara Brasileira do Livro, SP, Brasil)

Ramos, Hugo de Carvalho
  Hugo de Carvalho Ramos : obras reunidas : volume I /
Hugo de Carvalho Ramos ; prefácios Lázaro Ribeiro
de Lima e Ricardo Domeneck ; posfácio Albertina
Vicentini. -- São Paulo : Ercolano, 2024.

  Inclui bibliografia
  ISBN 978-65-85960-11-3

  1. Contos brasileiros 2. Poesia brasileira 3. Ramos, Hugo de Carvalho,
1895-1921. Tropas e boiadas 4. Regionalismo I. Lima, Lázaro Ribeiro
de. II. Domeneck, Ricardo. III. Vicentini, Albertina. IV. Título.

24-207983   CDD-B869

1. Ramos, Hugo de Carvalho : Obras completas :
Literatura brasileira B869
Eliane de Freitas Leite - Bibliotecária - CRB 8/8415

ERCOLANO

Editora Ercolano Ltda.
www.ercolano.com.br
Instagram: @ercolanoeditora
Facebook: @Ercolanoeditora

Este livro foi editado em 2024
na cidade de São Paulo pela
Editora Ercolano, com as famílias
tipográficas Bradford LL e
Wremena, em papel Pólen Bold
70g/m² e impresso na Leograf.